Norman
Mailer
**DER
KAMPF**

Norman Mailer
DER
KAMPF

LANGENMÜLLER

Titel der Originalausgabe »The Fight«.

Aus dem Amerikanischen übersetzt von Gisela Stege.
Die Übersetzung stammt aus dem Jahr 1976 und folgt der damaligen
Rechtschreibung.

2. Auflage 2021

© 2021 Langen Müller Verlag GmbH, München
Alle Rechte vorbehalten

© Deutsche Ausgabe: Droemersche Verlagsanstalt Th. Knaur Nachf.,
München 1976 Amerikanische Ausgabe: © 1975 by Norman Mailer
Alle Rechte vorbehalten

Umschlaggestaltung: STUDIO LZ, Stuttgart
Umschlagmotiv: Boris Schmitz, Düren
Satz: Satzwerk Huber, Germering
Druck und Binden: Friedrich Pustet GmbH & Co.KG, Regensburg
Printed in Germany
ISBN 978-3-7844-3575-6

www.langenmueller.de

INHALT

DIE TOTEN

STERBEN VOR DURST

1
Carnal Indifference

Es ist immer wieder ein Schock, wenn man ihn sieht. Nicht live, wie im Fernsehen, sondern wenn man ihm gegenübersteht und er in optimaler Verfassung ist. Dann läuft der größte Sportler der Welt Gefahr, auch noch unser schönster Mann zu sein, und das Camp-Vokabular drängt sich auf. Frauen beginnen schwer zu atmen. Männer senken den Blick. Wieder einmal wird ihnen ihre Minderwertigkeit vor Augen geführt. Selbst wenn Ali niemals den Mund aufmachte, um das Gallert der öffentlichen Meinung zum Beben zu bringen – er würde dennoch Liebe und Haß wekken. Denn er ist der Fürst des Himmels – verrät das Schweigen, das ihn umgibt, wenn er brilliert.

Ist er jedoch deprimiert, nimmt seine helle Haut die Farbe des Milchkaffees an, eines mit milchigem Wasser, nicht mit Sahne vermischten Kaffees. Dann hängt das kränkliche Grün eines trüben Morgens in den schlammigen Niederungen des Fleisches. Er sieht aus, als fühle er sich nicht wohl. Und das mag eine zutreffende Beschreibung des Zustandes sein, in dem er sich eines Septembernachmittags, sieben Wochen vor seinem Kampf gegen George Foreman in Kinshasa, in seinem Trainingslager befand.

Sein Sparring an jenem Tag war schwunglos. Schlimmer. Er ließ sich immer wieder von dummen Schlägen treffen, von Schlägen, denen er normalerweise ausgewichen wäre, und das paßte nicht zu ihm! Ali beim Training zu beobachten ist eine Kunst, die man im Laufe der Jahre erlernen muß. Andere Champions suchen sich Sparringspartner, die den Stil ihres nächsten Gegners zu imitieren verstehen, und nehmen, wenn sie es sich leisten können, einen Boxer hinzu, der ihnen selber angemessen erscheint: einen, den sie nach Belieben mit Schlägen eindecken können, einen, mit dem ihnen das Boxen Spaß macht. Ali tat das auch, aber in umgekehrter Reihenfolge. Vor seinem zweiten Kampf gegen Sonny Liston war Jimmy Ellis sein Favorit gewesen, ein trickreicher Künstler, der mit Sonny nichts gemeinsam hatte. Als Boxer unterschieden sich Ellis und Liston in ihren Bewegungen so sehr, daß einer dem anderen keinen Teller Suppe hätte reichen können, ohne alles zu verschütten. Natürlich hatte Ali für diesen Kampf noch andere Sparringspartner. Beispielsweise Shotgun Sheldon. Da hing Ali in den Seilen, während Sheldon hundert Schläge in seinem Bauch landete: So bereitete er Magen und Rippen auf Listons Angriffe vor. Darin sah er seine Pflicht. Doch wenn ihm das Sparring Spaß machen sollte, boxte er lieber mit Jimmy Ellis – als hätte er es gar nicht nötig, Sonnys Stil zu studieren.

Boxer benutzen ihre Trainingszeit im allgemeinen dazu, die Zuverlässigkeit ihrer Reflexe zu schulen; etwa so, wie ein durchschnittlicher Skiläufer nach einer Woche Arbeit an seinem Parallelschwung allmählich überzeugt ist, daß er eines Tages wie ein Experte aussehen wird. In späteren Jahren konzentrierte sich Ali jedoch immer weniger auf das Forcieren seines eigenen Tempos und immer mehr auf den Ausbau seiner Fähigkeit, Schläge einzustecken. Jetzt bestand seine Kunst zum Teil darin, jedem Kopftreffer ein wenig von seiner Wucht zu nehmen und den Rest des Aufpralls zu verteilen. Das tut allerdings jeder Boxer, ja ein junger Fighter würde nicht lange durchhalten, wenn er mit dem Hals nicht im selben Sekundenbruchteil, da er getroffen wird, jedem Schlag folgen könnte; aber bei Ali schien es so, als erziehe er sein Nervensystem dazu, den Schock schneller weiterzuleiten, als andere Boxer dies vermochten.

Vielleicht ist jede Krankheit nur die Folge einer unterbrochenen Verbindung zwischen Körper und Geist. Auf eine so plötzliche Krankheit wie einen Knockout trifft das jedenfalls mit Sicherheit zu. Der Verstand kann den Gliedern keine Befehle mehr erteilen. Das Extrem dieser Theorie, aufgestellt von Cus D'Amato, als er

Floyd Patterson und José Torres managte, lautet sogar: Ein Faust-kämpfer, der fest zum Sieg entschlossen ist, kann niemals k. o. geschlagen werden, wenn er den Schlag kommen sieht, denn dann kommt es nicht zu dieser drastischen Unterbrechung der Kommunikation. Der Schlag mag ihn schmerzen, kann ihn aber nicht ausschalten. Eine Fünferkombination dagegen, in der jeder Schlag ein Treffer ist, wird den Gegner mit Sicherheit betäuben. So leicht die einzelnen Schläge auch ausfallen mögen – die Wirkung läßt nicht auf sich warten. Die plötzliche Überlastung des Nachrichtenzentrums muß jenen schockartigen Verwirrungszu-stand auslösen, der uns gemeinhin als Koma bekannt ist.

Nun sah es aus, als entwickle Ali diese Methode weiter bis zu ei-nem Punkt, da er die Schläge schneller absorbieren konnte als andere Boxer, da er den Schock buchstäblich durch mehr Kör-perteile ableiten oder ihn den bestmöglichen Weg entlangschik-ken konnte. Als trainiere er sich in der Fähigkeit, diese Kombina-tion von fünf Schlägen (oder sechs, oder sieben!) einzustecken und trotzdem sofort in der Lage zu sein, den Aufprall an jeden Arm, jedes Organ, jedes Bein weiterzugeben und so die Prügel zu verkraften, während sein Verstand klar blieb. Es war ein Erlebnis, zu beobachten, wie Ali Schläge einsteckte. Er hing in den Seilen und fäustelte mit seinem Sparringspartner wie eine Katzenmut-ter, die sich gutmütig ihrer Jungen erwehrt. Dann ließ Ali seinen Handschuh plötzlich hochschnellen und den Schlag des Gegners an diesem Handschuh entlang vom Kopf abgleiten; und wieder-holte diesen Trick aus den verschiedensten Winkeln, als bestehe die zweite Hälfte der Kunst, Schläge einzustecken, aus der Kennt-nis aller Kurven, die ein Schlag nehmen kann, wenn er von den Handschuhen abgleiten und trotzdem am Körper landen soll; immer wieder probierte Ali aus, wie man derartigen Schlägen die Wirkung nehmen oder den Handschuh, der den Schlag ausführ-te, abfangen konnte. Immer wieder vervollkommnete er seine Fähigkeit, die Bomben, die auf ihn zukamen, intuitiv abzufangen, zu mildern, zu verwandeln, abzutäuschen, abzudrehen, zu verfälschen, abzulenken, abzuwenden, abzuwehren und abzuhalten, und all das mit einem Minimum an Bewegung, mit dem Rücken in den Seilen, beide Hände lässig erhoben. Er trainierte beharrlich nach einem Drehbuch, das ihn als zutiefst erschöpften Boxer zeichnete, in der zwölften Runde eines Fünfzehn-Runden-Kampfes sogar zu müde, um die Arme zu heben. Dieses Training hat ihn bei seinem ersten Kampf gegen Frazier möglicherweise vor dem K. o. gerettet, dieses Training hat ihm seither in jedem Kampf geholfen. Seine Ecke brüllte:»Hör endlich auf, rumzuspielen!«, die Kampfrichter punkteten gegen ihn, weil er in den Seilen hing, die Sportreporter berichteten, er sei nicht mehr der alte Ali, während er die ganze Zeit doch nur ganz bewußt seine Methoden verbesserte.

An jenem Nachmittag in Deer Lake jedoch sah es aus, als lerne er sehr wenig hinzu. Er wurde ständig von dummen Schlägen getroffen, die ihn offenbar überraschten. Er war nicht lässig, sondern schwerfällig. Er wirkte gelangweilt. Mürrisch bewies er bei seiner Arbeit jenen Mangel an Begeisterung, den ein Ehemann zeigt, der sich zwingt, trotz sexueller Gleichgültigkeit mit seiner eigenen Frau zu schlafen.

Der erste Sparringspartner, Larry Holmes, ein junger, hellhäutiger Schwarzer mit einer Profi-Laufbahn von neun Siegen und keiner Niederlage, boxte drei Runden lang aggressiv und traf Ali häufiger als dieser ihn. Das wäre an sich nicht einmal so ungewöhnlich gewesen – Ali teilte manchmal in einer ganzen Runde nur einen einzigen Schlag aus –, an diesem Nachmittag jedoch schien es, als wisse Ali nicht, was er mit Holmes anfangen sollte. Ali trug den gleichen angeekelten Ausdruck zur Schau wie Sugar Ray Robinson gegen Ende seiner Laufbahn, wenn er eins auf die Nase bekam: eine Grimasse der Geringschätzung für seinen Beruf, als könne man, wenn man nicht aufpaßte, das gute Aussehen verlieren. Das Wetter war heiß an diesem Nachmittag, und im Trainingssaal war es noch heißer. Er war angefüllt mit Touristen, über hundert, die alle einen Dollar Eintritt bezahlt hatten – es herrschte spätsommerliche Apathie. Hin und wieder machte Ali Miene, Holmes für seine Impertinenz zu strafen, doch Holmes wollte unbedingt etwas von ihm lernen. Er wehrte sich mit dem Eifer eines jungen Profis, der eine große Zukunft für sich voraussieht. Ali hätte ihm natürlich eine Lektion erteilen können, schien aber in die Tiefen einer Depression versunken zu sein und boxte auch so. Seine Stärke im Ring beruhte zum Teil auf dem Verharren in seiner jeweiligen Stimmung. Obwohl sich, wenn er mit der Presse sprach, so automatisch ein harter, hysterischer Ton in seine Stimme einschlich, wie andere Männer sich eine Zigarette anzünden, war er im Ring niemals hektisch, zumindest nicht seit seinem Kampf gegen Liston 1964 in Miami, als er die Weltmeisterschaft im Schwergewichtsboxen errang. Nein, wie Marlon Brando in einer Rolle zu leben scheint, als sei sie ein natürlicher Ausdruck seiner Stimmung, so verhielt sich Ali beim Boxen. War seine Stimmung schlecht, blieb er lethargisch, boxte er aus einem Widerwillen gegen die Langeweile seines Berufes heraus. Oft trainierte er einen ganzen Nachmittag lang in dieser schlechten Laune. Der Unterschied heute war nur der, daß er in unerwartete Schläge hineinlief – ein Weltuntergang für Ali! Verärgert zahlte er es Holmes dann heim, indem er ihn in den Schwitzkasten nahm. Im Laufe der Jahre hatte sich Ali zu einem der besten Ringer unter den Boxern entwickelt. Doch hätte man Karatetricks im Boxring zugelassen, wäre Ali darin ebenfalls Bester geworden. Sein Credo lautete anscheinend, daß ihm beim Boxen nichts, aber auch gar nichts fremd war. Jetzt allerdings beschränkte sich seine Kunst auf einen Ringkampf mit Holmes. Sobald sich die beiden trennten, ging Holmes wieder auf ihn los. Gegen Ende der drei Runden begann ihn Ali mit kurzen Stechschlägen einzudecken. Holmes ihn ebenso.

Alis nächster Sparringspartner, Eddie »Bossman« Jones, ein Halbschwergewicht, war eine dunkle, kleinere Ausgabe von George Foreman. Er sah nicht aus, als sei er einssechsundsiebzig groß, und Ali spielte mit ihm herum. Ali, bei Jones (ein Boxer, der an andere plattfüßig herumstehende und drauflosdreschende Boxer erinnerte) ganz in seinem Element, hing in den Seilen, steckte Bossmans Schläge ein, wenn es ihm paßte, blockte sie ab, wenn es ihm beliebte. Nach der Anstrengung, die ihn dies zu kosten schien, hätte Ali Abnehmer am Fließband sein können, der das Produkt ablehnte oder akzeptierte:»Dies hier geht durch, das da nicht.« Soweit es sich beim Boxen um Fleischeslust handelt, Körper gegen Körper, war Ali Meister seines Fachs. Das Einstekken brachte ihm Genuß, den ästhetischen Genuß der Schläge, die er blockierte oder abgleiten ließ, den libidinösen Genuß, daß Bossman Jones auf seinen Magen einhämmerte. Eine ganze Runde lang bearbeitete ihn Bossman, und Ali beschäftigte sich mit sich selbst. In der zweiten dieser beiden Runden löste sich Ali während der letzten Minuten von den Seilen und ließ sich zum erstenmal an diesem Nachmittag herbei, selbst Schläge auszuteilen. Mit seinem ganzen Meisterrepertoire deckte er den anderen ein, linke Gerade mit geschlossenem Handschuh, linke Gerade mit geöffneter Faust, linke Gerade mit einer Drehung des Handschuhs nach rechts, linke Gerade mit einer Wendung nach links, dann eine Reihe rechter Angriffsschläge, angeboten wie Gerade, dann wieder Uppercuts und leichte Haken mit beiden Händen aus aufrechter Position und in vollem Tempo. Aus jedem Schlag machte er etwas anderes.

Jetzt machte sich Alis Trainer Bundini mit anfeuernden Rufen aus der Ecke bemerkbar.»Ja, weiter so!«schrie er zufrieden. Doch Ali schlug nicht mit voller Kraft, sondern bepflasterte Bossman Jones mit einem Schlaghagel, ting, ting, bing, bap, bing, ting, bap! Und Bossmans Kopf schnappte vor und zurück wie ein lederner Sandsack.»Weiter so!«Irgendwie war es abstoßend, so etwas mitanzusehen – als säße der Kopf des Mannes auf einer Töpferscheibe und werde zu einem Sandsack geformt. Obwohl er kein einziges Mal hart getroffen wurde, war Jones (ein Beweis für die Theorie Cus D'Amatos) bei Ausgang der Runde groggy. Und glücklich. Er war dem Boß nützlich gewesen. Er besaß ein Gesicht, aus dem man schließen konnte, daß Tausende von Treffern an seiner Persönlichkeit abgeglitten waren, das gutmütige Strahlen eines Schwerarbeiters, dem schon vor langem die Intelligenz herausgeprügelt worden ist.

Die letzten drei Runden sparrte er mit Roy Williams, den Zuschauern als Schwergewichtsmeister von Pennsylvania vorgestellt, und dieser nun hatte Alis Körpergröße, ein dunkler, sanfter, verschlafen wirkender Mann, mit so großem Respekt vor seinem Brotherrn, daß er boxte, als sei er ganz von der Angst beherrscht, Alis Charisma zu verletzen. Williams schlug in die Luft, und Ali begann mit ihm zu ringen. Anscheinend arbeitete er jetzt mehr mit Ringergriffen als mit Boxhieben, fast so, als wolle er seine Arme an Roy Williams' Kraft messen. Drei langsame Runden hindurch steckte der Kopf des Schwergewichtsmeisters von Pennsylvania in der Umklammerung von Alis Bizeps. Es sah aus wie das Endstadium einer Straßenprügelei, wenn sich nicht viel mehr abspielt als beiderseitiges heftiges Keuchen.

Ali hatte jetzt acht Runden geboxt, fünf davon leicht, zu leicht, um bereits so erschöpft zu sein – die grünliche Tönung seiner Haut ließ auf eine nicht ganz intakte Leber schließen. Die Touristen, in der Hauptsache weiße Fabrikarbeiter in geblümten Sporthemden, dazwischen hier und da auch mal ein Bart oder ein Radfahrer, wirkten apathisch. Man mußte schon mit Alis Methoden vertraut sein, um auch nur im entferntesten zu ahnen, um was es bei diesem Training ging. Gegen Mitte der letzten Runde machte sich dann wieder Bundini bemerkbar. Den Lesern der Sportberichte kein Unbekannter (schließlich war er der Erfinder des »Schwirren wie ein Schmetterling, zustechen wie eine Biene«), bewies er an durchschnittlichen Tagen pro Kubikzoll mehr Intensität als Ali und trompetete jetzt mit einer Stimme los, die kein Zuschauer jemals vergessen wird, denn sie war nicht nur heiser und bösartig, sondern ließ außerdem ahnen, daß ihr in unserer Atmosphäre keine Schallisolierung gewachsen ist. Bundini beschwor alle guten Geister. »Los doch, zeig den Trommelwirbel!

Gib's ihm! Gib's ihm!« heulte er, den Kopf zurückgeworfen, mit den weit aufgerissenen, hin- und herzuckenden Augen ektoplasmische Ungeheuer aufspießend. Ali reagierte nicht. Er und Roy Williams blieben im Clinch, rangen, hämmerten gelegentlich aufeinander ein. Von Kunst keine Spur. Nur die schwerfälligen Bemühungen erschöpfter Boxer, die dem Taumeln übermüdeter Möbelpacker gleichen.»Leg endlich los!« schrie Bundini ihn an. »Gib's ihm doch endlich!« Sekunden tickten vorüber. Bundini wollte einen Trommelwirbel – wegen der Kampfmoral, damit Ali abends ein gutes Gewissen haben konnte, damit eine gute Gewohnheit erhalten blieb, damit – wenn schließlich aus keinem anderen Grund – dieser miesen Stimmung endlich ein Ende gesetzt wurde »Los, gib's ihm! Greif ihn doch an. Come on, baby! Mach ihn fertig, damit wir fertig werden! Auf die Bretter mit ihm! Auf die Bretter mit ihm! *Auf die Bretter mit ihm!*« tönte Bundini während der letzten Sekunden der achten und damit der Endrunde, und Ali und Williams plagten sich ihrem Feierabend entgegen. Kein Derwisch. Kein Trommelwirbel. Der Gong. Es war kein schönes Training gewesen. Ali wirkte mürrisch und verschnupft.

Und auch, als er eine Stunde später für ein Interview bereit war, wirkte er noch nicht viel glücklicher. Lang ausgestreckt lag er auf der Couch im Ankleideraum, von der Anstrengung des Trainings so stark gezeichnet, daß er auf einmal nicht mehr intelligent aussah, sondern ganz einfach stumpf, ja sogar häßlich. Sein Gesicht war eine Spur geschwollen. Es vermittelte den Eindruck, daß sein Kopf allmählich dicker werden und er selbst in späteren Jahren eher wie ein Boxer aussehen würde. Am erschreckendsten aber war sein Mangel an Energie. Gewöhnlich pflegte Ali nach dem Training gern etwas zu plaudern, als beflügelte die körperliche Anstrengung seine Energie derart, daß er seiner großen Leidenschaft frönen konnte: dem Reden. Eine Anzahl Schwarze hielten sich bei ihm auf, die sich ihm devot wie Höflinge näherten und Muhammad abwechselnd etwas ins Ohr flüsterten, um sich dann wieder zurückzuziehen und weiterhin aufmerksam dazusitzen. Der Interviewer eines Senders für Schwarze hielt, für den Fall, daß Ali etwas erwidern wollte, ein Mikrophon in der Hand, doch dies war eine jener Gelegenheiten, bei denen Ali das nicht wollte. Das Training schien ihn zu sehr angestrengt zu haben. Lastend wie Schwermut hing Mangel an Stimulation in der Luft. Natürlich war es nicht ungewöhnlich, daß in einem Trainingslager düstere Stimmung herrschte. Boxer leben während ihres harten Trainings in einer Atmosphäre der Langeweile, von deren Dimensionen andere Menschen nicht einmal die Spur einer Ahnung haben. Das muß so sein. Die Langeweile führt zu einer gewissen Unzufriedenheit mit der eigenen Lebensweise und dadurch zu dem festen Vorsatz, sie zu verbessern. Langeweile erzeugt Widerwillen gegen die Niederlage. So sind die Möbel unweigerlich in allen Schattierungen stumpfer Grau- und Brauntöne gehalten, die Sparringspartner, fast bis zur Empfindungslosigkeit geprügelt, sind wortkarg, wenn nicht verdrossen, und das Schweigen scheint dazu bestimmt, den Boxer auf seine Leiden am Abend des Kampfes vorzubereiten. In Alis Trainingslagern jedoch ging es gewöhnlich recht lebhaft zu, herrschte, wenn schon keine andere, dann wenigstens seine eigene Lebendigkeit. Es war, als sei Ali fest entschlossen, sich während der Trainingszeit zu amüsieren. Heute nicht. Heute war es wie in jedem anderen Trainingslager. Unausgesprochene Ahnungen einer Niederlage durchzogen den trist möblierten Raum.

Wie ein zu einer langen Gefängnisstrafe Verurteilter, der zu verzweifeln beginnt, wenn er einsehen muß, daß die Bemühungen, seinen gesunden Menschenverstand zu bewahren, ihn allmählich schwächen, kommt auch der Boxer zu einer ganz ähnlichen Erkenntnis. Der Gefangene oder Boxer muß einen Teil dessen aufgeben, was an ihm das Beste ist (da nämlich das Beste an einem Menschen so wenig für das Gefängnis – oder das Training – taugt wie ein wildes Tier für den Zoo). Früher oder später merkt der Boxer, daß irgend etwas an seiner Psyche einen zu hohen Preis

17

für das Training bezahlt. Die Langeweile stumpft nicht nur seine Persönlichkeit ab, sie tötet auch seine Seele. Kein Wunder also, daß Ali während der Hälfte seiner Boxerlaufbahn gegen das Training rebellierte.

»Was halten Sie von den Quoten?« fragte jemand, und die Frage, unvorbereitet gestellt, schien Ali aus dem Konzept zu bringen. »Ich verstehe nichts vom Wetten«, antwortete er. Man erklärte ihm, daß die Quoten zweieinhalb zu eins gegen ihn stünden. »Ist das viel?« fragte er und fuhr beinahe verwundert fort: »Die glauben tatsächlich, daß Foreman gewinnt!« Zum erstenmal an diesem Tag wirkte er weniger deprimiert. »Bei solchen Quoten müßtet ihr einen Haufen Geld machen können.« Der Gedanke an den Kampf schien ihn jedoch eine Spur aufzumuntern – wie ein Sträfling, der an die Stunde denkt, da er seine Strafe abgesessen hat. (Natürlich kann auch auf der Straße ein Killer warten.) »Wollt ihr«, fragte er aufgrund dieser ein wenig gehobenen Stimmung, »mein neues Gedicht hören?«

Niemand brachte es übers Herz, nein zu sagen. Ali winkte einem seiner Paladine, und dieser brachte ihm eine Tasche, der der Boxer eine Handvoll beschriebener Seiten entnahm. Er behandelte diesen literarischen Erguß mit jener Konzentration in den Fingerspitzen, mit der ein Armer einen Stapel Geldscheine zählt. Dann begann er vorzulesen. Die Schwarzen lauschten andächtig, den Blick zwecks verstohlener Kalkulationen abgewandt.

»Ich habe«, las Ali, »eine gute Kombination eins-zwei.
Die Eins trifft hart, und die Zwei geht niemals vorbei.«

Alle lachten. Der nächste Vers deutete an, daß Ali einem Rasiermesser gleiche und Foreman sich an ihm schneiden würde.

»Sieht man ihn an, das nimmt einen mit,
denn in seinem Gesicht klafft Schnitt um Schnitt.«

Endlich legte Ali die Blätter beiseite. Auf das pflichtschuldige Gelächter hin hob er die Hand. Sein Gedicht war drei Seiten lang gewesen.

»Wie lange haben Sie daran geschrieben?« wurde er gefragt.

»Fünf Stunden«, antwortete er – Ali, der pro Minute dreihundert neue Wörter hinausrattern konnte! Da die Hochachtung dem Mann galt, dem ganzen Mann, das literarische Talent eingeschlossen (wie man auch wohl bereit gewesen wäre, die Quietscher zu respektieren, die Balzac einer Flöte entlockte, hätte sich darin eine andere Seite Balzacs geoffenbart), sah man im Geiste Ali vor sich, wie er, den Bleistift in der Hand, dasaß und dichtete, völlig versunken in die den Schwarzen eigene Verehrung für den Reim, jene geheimnisvollen Verbindungen im Reich des Klangs: Kein Reim ohne verborgenes Motiv! Trugen Alis Reime dazu bei, die Gestaltung der Zukunft zu beeinflussen, oder saß er nach dem Training einfach da und reihte eine dumm-witzige Zeile an die andere?

Doch in kritischen Situationen macht sich immer wieder Alis sechster Sinn bemerkbar. »Das Zeug da«, sagte er mit einer Handbewegung, »ist doch bloß Spaß. Aber ich habe mich auch mit ernsthafter Dichtung befaßt.« Zum erstenmal an diesem Tag schien er an dem, was er gerade tat, Interesse zu nehmen. Aus dem Gedächtnis zitierte er mit ernster Stimme:

»Das Wort der Wahrheit ist bewegend.
Die Stimme der Wahrheit ist tief.
Das Gesetz der Wahrheit ist einfach.
In eurer Seele werdet ihr ernten.«

So ging es weiter, eine ganze Anzahl Verse, und endete schließlich mit: »Die Seele der Wahrheit ist Gott«, eine unumstößliche Wahrheit für jeden Juden, Christen oder Moslem, unumstößlich für alle, nur nicht für einen Manichäer wie unseren Interviewer. Die Überlegungen dieses Interviewers aber gingen schon wieder in eine andere ästhetische Richtung. Das Gedicht konnte unmöglich von ihm selbst stammen. Vielleicht war es die Übersetzung einer frommen Sufi-Weisheit, die ihm sein Moslem-Lehrer vorgelesen und an der er anschließend einige Wörter verändert hatte. Trotzdem ging ihm eine bestimmte Zeile nicht aus dem Kopf. »In eurer Seele werdet ihr ernten.« Hatte man recht gehört? Konnte er das wirklich geschrieben haben? In den ganzen zwölf Jahren, in denen Ali prophetische Knittelverse über die Boxkämpfe geschmiedet hatte – die Verse so schlecht wie die Voraussage häufig zutreffend: *Archie Moore/ is sure/ to hug the floor/ by the end of four,* oder so ähnlich –, mußte diese Zeile der erste Beweis eines nicht kraß antipoetischen Gedankens in Alis umfangreichem Repertoire sein. Wenn Ali nur ein paar Worte echter Poesie zustande brächte, wäre das gleichbedeutend mit einem Intellektuellen, der einen guten Boxhieb landet. Nachforschungen waren angezeigt. Ali jedoch konnte sich außerhalb des Zusammenhangs nicht an diese Zeile erinnern. Er mußte sich das ganze Gedicht ins Gedächtnis rufen. Leider wollte sein Gedächtnis nicht so recht funktionieren. Jetzt zeigte sich die Wirkung der Schläge, die er am Nachmittag eingesteckt hatte. Zeile um Zeile fahndete er mit lauter Stimme nach den fehlenden Worten. Es dauerte fünf Minuten. Und seine Suche bekam in diesem Zeitraum einen ganz anderen Sinn, als könne er durch die Tätigkeit des Erinnerns zugleich einige der an diesem Tag in seinem Gehirn gestörten Schaltkreise reparieren. Mit der Freude eines Achtjährigen, der in der Schule ein gutes Gedächtnis beweist, fiel es Ali schließlich wieder ein.

»Das Gesetz der Wahrheit ist einfach.
Wie ihr sät, so werdet ihr ernten.«

Alis Image war wieder in Ordnung. Er hatte noch immer keine dichterische Zeile geschrieben.

Die Anstrengung hatte ihn jedoch belebt. Er fing an, über Foreman zu sprechen, und zwar mit Genuß.»Glauben die wirklich, daß er mich besiegt?«tönte er laut. Und als sei sein Bild des Universums beleidigt worden, sagte er zornig:»Foreman kann nichts weiter als blind drauflos dreschen. Er kann nicht *treffen*! Er hat noch nie einen Gegner k. o. geschlagen! Frazier hatte er sechsmal unten und konnte ihn nicht k. o. schlagen! Norton viermal! Das ist doch kein Boxen! Foreman schickt die Gegner nur zu Boden. Mir kann er nicht gefährlich werden, er hat keinen linken Haken! Nur linke Haken sind gefährlich für mich. Sonny Bates hat mich einmal mit einem linken Haken zu Boden geschickt, Norton hat mir die Kinnlade gebrochen, Frazier hat mich mit einem linken Haken zu Boden geschickt, aber Foreman – der schlägt doch lahm, dessen Schläge brauchen ein Jahr, bis sie ankommen.«Jetzt erhob Ali sich und fintete mit ein paar Luftschlägen.»Glaubt ihr, davor hätte ich Angst?«fragte er mit ein paar linken und rechten Geraden gegen den Interviewer, die bis auf fünf Zentimeter an seine Nase herankamen.»Das wird das größte Ereignis in der Geschichte des Boxkampfes.« Endlich war Ali richtig animiert. »Meine Reichweite ist um ungefähr vier Zentimeter größer als seine. Das ist eine Menge. Sogar ein Zentimeter ist schon ein Vorteil, aber vier Zentimeter, das ist viel. Das ist wirklich eine Menge.«

Es ist nicht unbekannt, daß ein Trainingslager der Produktion eines einzigen Erzeugnisses dient, und das ist das Selbstbewußtsein des Boxers. In Muhammads Lager waren es jedoch weder der abwesende Manager noch die Trainer, Sparringspartner oder – ganz sicher nicht – die bedrückende Atmosphäre des Lagers selbst, die hier am Werk waren. Diese Arbeit übernahm einzig und allein Ali selbst. Er war das Produkt seines eigenen Rohmaterials. Nach seiner Ansicht hatte Foreman keine Chance. Immerhin, die Erinnerung an Ken Norton regte sich, den Foreman in zwei Runden auseinandernahm. An jenem Abend, als Ali gleich nach dem Kampf am Ring einen Kommentar abgab, hatte seine Stimme schrill geklungen. Als er sich mit den TV-Reportern unterhielt, hatte seine erste – für Ali vollkommen uncharakteristische – Bemerkung gelautet:»Foreman kann härter zuschlagen als ich.«

Falls Ali sich mit Ausreden über seine beiden langen, ausgeglichenen Kämpfe mit Norton hinweggetröstet hatte, so war sein Ego dieser Ausreden jetzt beraubt worden. An jenem Abend in Caracas hatte er, direkt vor seinen Augen, einen Killer gesehen. Foreman war im Ring so bösartig gewesen wie vor ihm kaum einer. In der zweiten Runde, als Norton zum zweitenmal zu Boden ging, erwischte ihn Foreman mit der Sekundenschnelle, mit der ein Löwe seine Beute schlägt, noch fünfmal. Diese Sekunde muß Ali in alle Knochen gefahren sein.

Gewiß, ein großer Boxer lebt nicht, wie andere Menschen, mit der Angst. Er darf gar nicht erst beginnen, daran zu denken, wieviel Schmerzen ihm ein anderer Boxer zufügen kann. Sonst würde das aufgrund seiner Vorstellungskraft bewirken, daß seine Kreativität nicht zu-, sondern abnimmt – schließlich hört die Angst, mit der er sich herumschlagen müßte, niemals auf. Hier in Deer Lake ging es darum, jedwede Furcht restlos zu begraben; und so strahlte Ali statt ihrer ein gefährliches, überaus monoton wirkendes Selbstbewußtsein aus. Wieder einmal ging sein Charme in der Proklamation des eigenen Wertes und der Inkompetenz seines Gegners unter. Doch diese Alchemie funktionierte. Irgendwie verwandelte sich die begrabene Furcht in Ego. Jeden Tag kamen die Reporter, jeden Tag hörte er zum erstenmal die Quoten von zweieinhalb zu eins und lieferte den Informanten dafür dieselben Sprüche, las ihnen dieselben Gedichte vor, stand er auf und schwenkte die Fäuste fünf Zentimeter vor ihrer Nase. Hatten Reporter Tonbandgeräte mitgebracht, um seine Worte aufzuzeichnen, gingen sie unter Umständen zweimal mit wortwörtlich demselben Interview nach Hause, auch wenn eine ganze Woche zwischen ihren Besuchen lag. Ein langer, schrecklicher Alptraum – Nortons Niederlage durch Foreman – wurde, Reporter um Reporter, Gedicht um Gedicht, Analyse um Analyse –»Er drischt blind drauflos, aber er kann nicht *treffen*« –, in die Wiederherstellung von Alis Ego verwandelt. Das Angstgefühl zu psychischen Ziegelsteinen gepreßt. Welch eine Mauer von Ego Alis Willenskraft im Laufe der Jahre doch errichtet hatte!

Vor dem Verlassen des Trainingscamps ein zwangloser Rundgang durch das Lager. Deer Lake ist bei den Medien schon für seine Nachbildungen von Sklavenhütten hoch oben auf Alis Hügel sowie für die Felsbrocken berühmt, auf denen die Namen seiner Gegner stehen, Listons Name auf dem Stein, der dem von der Zufahrtsstraße Kommenden zuerst ins Auge fällt. Bei jeder Rückkehr in sein Camp müssen diese Steine in Ali wieder gewisse Erinnerungen wachrufen. Einst standen sie für Boxer, die ihn im Schlaf in Panik versetzten und ihm beim Erwachen eiskalte Angstschauer über den Rücken jagten. Heute sind sie nur noch Namen, und die Hütten sind eine Augenweide, Alis eigene allen voran. Ihre Balken haben die dunkle Tönung der alten Eisenbahnbrücke, von der sie stammen, die Innenausstattung entspricht überraschenderweise tatsächlich einer bescheidenen Sklavenhütte. Die Möbel sind schlicht, aber antik. Das Wasser kommt aus einer alten Handpumpe. Die adäquate Bewohnerin von Alis Hütte wäre wohl eine alte Frau, die an ein eintöniges, ehrbares Leben gewöhnt ist. Selbst das Vierpfostenbett mit der Flickensteppdecke scheint eher auf ihre als auf seine Größe zugeschnitten zu sein. Außerhalb dieser Hütte jedoch enden diese philosophischen Reminiszenzen an die Alte jäh an einem asphaltierten Parkplatz. Um ihn, der größer als ein Basketballplatz ist, gruppieren sich die großen und kleinen Gebäude. Wie sehr das doch alles zu Ali paßt! Der raffinierte Geschmack des Himmelsfürsten, der gekommen ist, sein Volk zu führen, kollidiert mit dem heiseren Geschrei von Muhammads Medienhimmel, dessen Firmament aus Asphalt besteht und dessen Sterne in künstlichem Glanz erstrahlen.

2
Der Schicksalsschlag

Nun der Geschmack eines anderen Schwarzen: der Sitz des Präsidenten Mobutu in Nsele am Ufer des Kongo, eine Ansammlung weiß verputzter Gebäude mit Straßen, die sich über ein Areal von mehr als tausend Morgen hinziehen. In einem abgelegenen Winkel findet man einen Zoo und einen Swimmingpool von Olympia-Ausmaßen. Gleich am Eingang erhebt sich eine große Pagode, begonnen als Geschenk der Nationalchinesen, vollendet jedoch als Geschenk der Rotchinesen! Wir befinden uns in einem merkwürdigen Herrschaftsbereich: Nsele! Es erstreckt sich von der Autostraße, die zum Kongo führt, über beackerte Felder zwei Meilen weit bis zum Kongo, jetzt Zaire genannt, jenem gewaltigen Strom, der hier enttäuschen muß, weil seine Wasser schlammig und voller Treibgut sind, dicken, vom Ufer losgerissenen Hyazinthenbüscheln, aufgebläht wie Kadaver, unästhetisch wie Kothaufen. An der Pier liegt ein Dreidecker-Flußboot, ein Zwitter aus Yacht und Raddampfer. Es heißt »Präsident Mobutu«. Daneben, ähnlich in der Konstruktion, ein Hospitalschiff. Es heißt »Mama Mobutu«. Natürlich. Auf den Plakaten, die den Kampf ankündigen, steht zu lesen:»*Un cadeau du Président Mobutu au peuple Zairois* (ein Geschenk Präsident Mobutus an das Volk von Zaire) *et un honneur pour l'homme noir* (und eine Ehrung für den schwarzen Menschen)«. Der Name Mobutu ist in Zaire so eng mit dem revolutionären Ideal verbunden wie die Schlange mit dem Stab, um den sie sich ringelt.»Ein Kampf zwischen zwei Schwarzen in einem schwarzen Land, von Schwarzen organisiert und mit der ganzen Welt als Zuschauer: ein Sieg des Mobutismus.« So heißt es auf einer der von der Regierung aufgestellten gelb-grünen Tafeln an der Autostraße von Nsele nach der Hauptstadt Kinshasa. Eine Vielzahl dieser in Englisch und Französisch beschrifteten Tafeln vermittelt dem Automobilisten im Vorbeifahren einen Schnellkurs in Mobutismus. »Wir wollen frei sein. Wir wollen uns auf dem Weg zum Fortschritt nicht behindern lassen; und wenn wir uns diesen Weg durch Fels bahnen müssen, dann werden wir ihn uns durch Fels bahnen.« Besser als Burma Shave und gewiß eine edle Gesinnung im Hinblick auf das Gedeihen des Kongo, aber der Interviewer findet, daß er nach langer Reise an einem unwirtlichen Ort angelangt ist. Nun gut, auch der Interviewer ist ein bißchen grün um die Nase. Er hat sich, bevor er nach Zaire kam, in Kairo ein Virus geholt und weilt erst seit drei unangenehmen Tagen in diesem Land. Er will sogar schon am Nachmittag wieder nach New York zurückfliegen. Der Kampf ist verschoben worden. Foreman hat sich beim Training eine Verletzung zugezogen Da es sich um eine Platzwunde über dem Auge handelt, kann der Aufschub, obzwar zeitlich noch nicht festgelegt, keinesfalls weniger als einen Monat dauern. So ein Schicksalsschlag! Am selben Tag, als er in Zaire landete, hörte er die Nachricht. Das Hotelzimmer, das er bestellt hatte, war natürlich nicht reserviert worden. Nichts ist schlimmer, als kein Bett vorzufinden, wenn man bei Morgengrauen in einer afrikanischen Hauptstadt eintrifft. Der halbe Vormittag verging, bis er schließlich im »Memling« unterkam, in jenem Hotel, das für seine revolutionäre Vergangenheit berühmt ist. Vor einem Jahrzehnt wohnten in den oberen Stockwerken Pressekorrespondenten, während unten in der Halle Aufständische erschossen wurden. Das Blut rann über den Fußboden. Jetzt war das »Memling« wieder das, was es zuvor gewesen war: ein mittelmäßiges Hotel in einer Tropenstadt. Der berühmte Fußboden der Halle glich, was Sauberkeit und Gemütlichkeit betraf, wieder mehr oder minder dem Fußboden des Greyhound-Busbahnhofs von Easton, Pennsylvania, und die Eingeborenen an der Rezeption sprachen ein Französisch, das klang, als wären sie mit künstlichen Kehlköpfen ausgestattet. Trotzdem legten sie Fremden gegenüber eine kaum geringere Überheblichkeit an den Tag als die echten Pariser. Sie setzten ihren Stolz darein, unseren Akzent nicht zu verstehen. Welch ein Rahmen für Exekutionen, diese Halle! Die Beamten von Zaire, die in diesen Gefilden aus- und eingingen, trugen dunkelblaue Jacken ohne Revers und dazu passende blaue Hosen, alles zusammen *aboscos* genannt (vom Slogan *À bas le costume!* – »Nieder mit dem konservativen Anzug!« abgeleitet), die akzeptierte Kleidung der revolutionären Bürokraten. Obwohl einige dieser Beamten sogar Englisch sprachen (mit einem noch schlimmeren Akzent als die Japaner – sie würgten die Silben mit vorquellenden Augen aus dem Hals), herrschte bei Gesprächen Gereiztheit vor. Traf Schwarz auf Weiß, maß Arroganz sich mit Arroganz. Einmütig stellte die Presse fest, die Zairois seien die unhöflichsten Menschen ganz Afrikas. Das Verhältnis zwischen den Zairois und den zu Besuch weilenden Weißen war schon bald von gegenseitiger Abneigung gekennzeichnet. Um zu bekommen, was man wollte, sei es einen Drink, ein Zimmer oder ein Flugticket, mußte man seinen Wunsch im schroffen Befehlston eines belgischen Kolonialherrn vortragen. Legte man zum Beispiel den Telefonhörer auf, nachdem man zwanzig Minuten auf eine Antwort gewartet hatte, konnte man sicher sein, daß der Mann in der Telefonzentrale des Hotels zurückrief, um sich empört darüber zu beschweren, daß man ihn derart schikanierte. Dann mußte man wiederum in die Haut eines *Cultivateur Belgique* schlüpfen, der einem Plantagenarbeiter klarmacht, wie die Realität aussieht. »*La connection était im-par-faite!*« Die Atmosphäre war bald so gespannt, daß amerikanische Schwarze afrikanische Schwarze anfauchten. Ein Land voll alter Komplexe – und voll neuer!

Schlimmer noch: Zum erstenmal im Kongo zu sein und zu wissen, daß der Name geändert worden ist! Dieser Beitrag zur Anonymität wirkte lähmender als Kannibalismus. Bis an das »Herz der Dunkelheit« heranzukommen, hier in der alten Hauptstadt von Joseph Conrads »Horror«, diesem Kinshasa, einstmals das böse Léopoldville, Zentrum des Sklaven- und Elfenbeinhandels, und es mit den galligen Blicken gepeinigter Eingeweide zu sehen! Beruhte Hemingways Genie zum Teil vielleicht darauf, daß er mit kerngesunden Eingeweiden reiste? Wer hatte sich je so nach New York gesehnt! Wenn Kinshasa Charme besaß – wo ihn suchen? Das Stadtzentrum prunkte mit dem Glanz einer landeinwärts gelegenen Florida-Stadt von siebzig- bis achtzigtausend Einwohnern, die irgendwie den Anschluß an den Boom verpaßt hatte: Ein paar hohe Gebäude blickten herab auf ein Meer von niedrigen. Doch Kinshasa hatte nicht achtzigtausend Einwohner. Es hatte eine ganze Million und erstreckte sich vierzig Meilen weit an einer Biegung des Kongo, ja, ja, jetzt des Zaire, entlang. Durch Kinshasa zu fahren war kaum angenehmer, als sich vierzig Meilen weit durch dichten Lastwagenverkehr und die von Autos wimmelnden Vororte von Camden oder Biloxi zu quälen. Obzwar es eine La Cité genannte Innenstadt gab, wo die Eingeborenen in einem einzigen, riesigen und verlotterten Slum voll Wasserrinnen, rutschiger Schlammwege, Nightclubs, Gehsteigläden und Elendsquartieren lebten, fühlte sich unser Reisender von der inneren Fehlfunktion seines Körpers noch immer zu elend, um ihr einen Besuch abzustatten, und lebte nur in dem Gedanken, endlich wieder nach Hause zu kommen. Ein derartiger Streßzustand förderte die galleproduzierenden Gefühle natürlich aufs prächtigste. Welch ein Vergnügen, festzustellen, daß dieser schwarze, revolutionäre Einparteienstaat es geschafft hatte, einige der bedrückendsten Aspekte des Kommunismus mit den schlimmsten Seiten des Kapitalismus zu vereinigen! Präsident Mobutu, der (angeblich) siebtreichste Mann der Welt, hatte bestimmt, die einzig richtige Anrede eines Zairois für einen anderen sei *Citoyen*. Bei einem durchschnittlichen Prokopfeinkommen von siebzig Dollar pro Jahr könnte also ein Zairois, jedweder Zairois, den siebtreichsten Mann der Welt immer noch »Bürger« nennen. Kein Wunder also, daß der Interviewer den präsidentschaftlichen Herrschaftsbereich verabscheute. Diese kleinen weißen Villen (für die Presse reserviert) sowie die große weiße Kongreßhalle (für das Training der Boxer reserviert) waren ein Levittown am Zaire. Aspirinfarben getünchte Gebäude versteckten sich hinter durchbrochenen Ziermauern, die an das Schlimmste von Edward Durrell Stone erinnerten – eine vernichtende Kritik, da selbst das Beste von Edward Durrell Stone noch dem Einnehmen einer Krebspille gleichkommt; nein, dieses prätentiöse Nsele mit seiner zwei Meilen langen Zufahrt und seinen Scharen von ausgemergelten Arbeitern auf den Wassermelonenfeldern (man konnte auf der Straße tausend Schwarzen begegnen, ohne einen einzigen mit einer Andeutung von Fleisch auf den Knochen zu entdecken) war eine technologische Konstruktion wie die NASA oder Vacaville, ein Gefängnis mit einem Minimum an Sicherheit für die Beamten der Medien und die zu Besuch weilenden Bürokraten der ganzen Welt. Ein hoher, weißer, chromverzierter Turm mit den Initialen der Partei – MPR – ragte empor wie eine Mahnsäule für die phallische Aufrechthaltung der Massen. Ein langer Weg, von Joseph Conrad und dem alten »Horror« bis hierher! Vielleicht bedurfte es eines so extremen Geistes wie des seinen, um behaupten zu wollen, das Plastikzuckerwerk Edward Durrell Stones sei, was sein Odium angehe, durchaus dem Belgisch-Kongo von 1880 gleichzusetzen:

»Sie waren keine Feinde, sie waren keine Verbrecher, sie waren jetzt überhaupt nichts Irdisches mehr – nur noch schwarze Schatten aus Krankheit und Hunger, die verwirrt in dem grünlichschimmernden Dunkel herumlagen. Unter Zeitarbeitsverträgen völlig legal aus den entlegensten Winkeln hierhergebracht, in dieser fremden Umgebung verloren, mit unbekannten Speisen gefüttert, erkrankten sie, wurden unproduktiv und durften sodann davonkriechen und sich ausruhen. Diese moribunden Gestalten waren so frei wie die Luft – und auch fast so dünn Allmählich lernte ich das Glänzen der Augen unter den Bäumen auszumachen. Dann, im Hinabblicken, sah ich in der Nähe meiner Hand ein Gesicht. Die schwarzen Glieder lang ausgestreckt, eine Schulter gegen den Baum gelehnt, langsam hoben sich die Augenlider, und eingesunkene Augen, riesig, leer, richteten sich auf mich, in den Tiefen der Iris ein blindes, weißes Flackern, das langsam wieder erlosch. Der Mann schien noch jung zu sein – beinahe ein Knabe –, aber Sie wissen ja, wie schwer man das bei denen beurteilen kann. Ich wußte nichts anderes zu tun, als ihm einen von den Schiffszwiebäcken meines guten Schweden anzubieten, die ich in der Tasche hatte. Langsam schlossen sich die Finger um ihn und hielten ihn fest – sonst keine einzige Bewegung, kein einziger Blick.«

In Nsele war Ali in einer Villa an der Uferstraße des Zaire untergebracht. Das Haus war von der Regierung stilvoll eingerichtet worden – hätte man annehmen sollen. Überall große Zimmer, doppelt so groß wie Motelräume, aber mindestens ebenso deprimierend. Lange Sofas und Sessel waren mit grünem Kordsamt bezogen, der Fußboden bestand aus grauen Plastikfliesen, die Kissen waren orangefarben, der Tisch dunkelbraun – man sah sich jener unvermeidlichen Hoteleinrichtung gegenüber, die beim Großhandel unter der Bezeichnung *High Schlock* bekannt ist.

Es war neun Uhr vormittags. Ali hatte geschlafen. Er sah zwar jetzt etwas besser aus als in Deer Lake, aber man merkte immer noch, daß seine Gesundheit zu wünschen übrig ließ. Tatsächlich hatten zeitweilig Gerüchte kursiert, daß sein Blutzuckerspiegel zu niedrig sei und seine Energie nicht ausreiche. Also hatte man ihn auf eine andere Diät gesetzt. Trotzdem war an seiner äußeren Erscheinung keine deutliche Besserung festzustellen.

An diesem Vormittag war er wegen Foremans Verletzung doppelt deprimiert. Bis zum Kampf war es nur noch knapp eine Woche gewesen. Bill Brannigan, ein Fernsehkorrespondent, der mit Ali sprach, als dieser gerade die Nachricht bekommen hatte, bemerkte später: »Zum erstenmal habe ich an Ali eine natürliche Reaktion gesehen.« Und wie erregt Ali war! »Der allerungünstigste Moment«, sagte er, »und das Schlimmste, was mir passieren konnte. Ich komme mir vor, als sei mir eben ein guter Freund gestorben.« War es vielleicht die wiederauflebende Energie seines Körpers, die da gestorben war, sein mühseliges Ringen um Kondition? Allein, spricht man von Kondition, steht man bereits vor dem ersten Geheimnis der Boxkunst. Sie, die Kondition, ist ein äußerst selten auftretender Zustand, bei dem Körper und Geist es dem Schwergewichtsboxer gestatten, sich fünfzehn Runden lang mit Spitzengeschwindigkeit zu bewegen. Das ist mit dem Willen allein nicht zu schaffen. Dennoch hatte Ali es versucht. Monatelang hatte er trainiert.

Die Ironie lag jedoch darin, daß es tatsächlich eine Zeit gegeben hatte, da er ständig in Hochform war. Vor seinem zweiten Kampf gegen Liston konnte man ihn zu jeder beliebigen Zeit mitten im Training beobachten, und er war großartig. Nie ließ ihn damals sein Körper im Stich. Seine Einschätzung der eigenen Kondition war wie eine Definition des Glücks. Aber das war vor zehn Jahren gewesen. In den drei Jahren, nachdem man ihm wegen der Weigerung, Soldat zu werden – »Von den Vietkongs hat mich noch keiner ›Nigger‹ genannt« –, den Titel genommen hatte und er keine Boxlizenz mehr besaß, hatte er jedes andere Leben geführt, nur nicht das Leben eines Boxers; er hielt Vorträge, stand in New York als Schauspieler auf der Bühne, reiste, lag brach. Er amüsierte sich. Und trainierte seitdem stets mit einem Seitenblick auf das Vergnügen, das er sich gönnen würde, sobald er das tägliche Training absolviert hatte. Am Abend vor seinem ersten Kampf gegen Norton, in den Händen furchtbare Arthritisschmerzen, im Knöchel eine Cortisoninjektion, besuchte er dennoch eine Party. Am nächsten Abend brach ihm Norton den Kiefer. Von da an zwang er sich zu einem härteren Training, aber es war eine nie gekannte Plackerei für ihn. Erst für den zweiten Frazier-Kampf, und nun auch für den Kampf gegen Foreman, war er bereit gewesen, sich wieder der deprimierenden Tretmühle des Konditionstrainings zu unterziehen. Wie viele Monate lang hatte er sich in Deer Lake abgerackert! Und wegen der Arthritis sogar das Fleisch aufgegeben und statt dessen Fisch gegessen. Seine Hände heilten. Er konnte wieder am großen Sandsack arbeiten. Dann aber ließ seine Energie plötzlich nach. Mit einer so endlosen Trainingsperiode hinter sich, konnte seine Energie immer noch nachlassen! Irgend etwas in den kosmischen Gesetzen der Gewalttätigkeit muß mit dem Fleisch zusammenhängen, muß verlangen, daß der Mensch Fleisch ißt. Also hatte er den Fisch aufgegeben, war wieder zum Fleisch zurückgekehrt, aß sogar Desserts, und sein Blutzuckerspiegel stieg. Er war endlich sogar bereit, jenen Kampf anzutreten, der die Logik seiner Lebensweise auf die Probe stellen würde. Darum muß die Terminverschiebung auf ihn gewirkt haben wie eine Amputation. Welch ein Schock! Jede Zelle seines Körpers muß rebelliert haben.

An diesem Vormittag, achtundvierzig Stunden später, gab er sich jedoch philosophisch.»Eine echte Enttäuschung«, sagte er,»eine echte Enttäuschung. Aber Allah hat mir offenbart, daß ich dies als meine ganz persönliche Lektion in Enttäuschung betrachten soll. Dies ist für mich eine Gelegenheit, zu lernen, wie man tiefste Enttäuschung in höchste Kraft umsetzt. Denn im Elend der Enttäuschung kann der Keim zum Sieg liegen. Allah hat es mir ermöglicht, diese Terminverschiebung als einen Segen aufzufassen«, sagte Ali und fügte mit erhobenem Zeigefinger hinzu:»Die größten Überraschungen findet man immer im eigenen Herzen.«

Nur Ali allein brachte es fertig, so etwas zu sagen und zu bewirken, daß man überzeugt war, er glaube selber daran.»Nichtsdestoweniger«, sagte Ali,»ist es *hart*. Ich habe das Training satt. Ich möchte alle Apfel-Cobbler der Welt essen und alle Schlagsahne der Welt trinken.« Und dann – war es, weil sie während seines Vortrags stehengeblieben waren? – wurde der Interviewer Alis schwarzen Paladinen offiziell als »ein großer Schriftsteller« vorgestellt.»No'min ist ein Mann der Weisheit«, erklärte Ali. Ein schwerwiegendes Hindernis für das Interview. Denn wie konnte sich Ali nach einer solchen Einführung den Wunsch verkneifen, seine Gedichte vorzulesen? Ein Mann der Weisheit wiederum möchte vielleicht gern seinen Mut beweisen, wird es aber – unter dem Zwang, sich diese Verse anzuhören – wahrscheinlich vorziehen, feige zu sein. Wie sich No'min bei Alis Begehren nach einer offenen Kritik seiner Gedichte windet! Jedes literarische Prinzip geht baden, als Ali vorträgt – eine ebenso unverzeihliche Sünde wider die Ästhetik, wie ein den Anlagen von Nsele erteiltes Lob sie dargestellt hätte.

Wiederum jedoch besteht das Gedicht nicht aus Knittelversen, sondern entspringt Alis geheimnisvoller innerer Quelle. Ungefähr hundert Seiten lang, alle mit seiner großzügigen Handschrift bedeckt, so daß eine Seite nicht einmal fünfzig Wörter faßt, spricht Ali über das menschliche Herz. Ein merkwürdiges Poem. Wieder ist es schwer zu entscheiden, wieviel von dieser Sprache sein eigen ist, aber eindeutig geht es dabei um das Wesen des Herzens. Er deklamiert es wie eine Predigt und klingt wie ein aufgeweckter Dreizehnjähriger, der großes Lob erntet, weil er so schön vor dem Altar stehen und so laut sprechen kann wie ein Erwachsener. Das Gedicht untersucht die verschiedenen Variationen des menschlichen Herzens: Da gibt es ein Herz aus Eisen, das erst ins Feuer kommen muß, bevor man etwas daraus machen kann, und das Herz von Gold, welches das Licht der Sonne reflektiert. Da die Aufmerksamkeit zu wandern beginnt, hört man nur noch mit halbem Ohr von Herzen aus Silber, Kupfer und Stein sowie von dem feigen Herzen aus Wachs, das in der Hitze zu schmelzen beginnt (obwohl ein höherer Wille auch ihm eine nützliche Form zu geben vermag). Dann spricht Ali von »dem Herzen aus Papier, das wie ein Kinderdrachen im Wind dahintreibt. Dieses Papierherz kann man lenken, wenn nur die Schnur, an der man es hält, lang genug ist. Ohne Wind jedoch sinkt es herab.«

Eine Unterbrechung erfolgt. Man vermutet, daß Alis Herz aus Eisen ist. Ali zeigt sich verwundert, sieht er sich doch mit einem Herzen aus Gold. Auf seine Rezitation folgt Schweigen.

»Das sind wunderschöne Predigten«, meint Norman. »Falls Sie sich ganz dem Predigerberuf zuwenden, werden Sie sie bestimmt gut gebrauchen können« Sofort bestrafen ihn seine Eingeweide für diese Heuchelei. Außerdem bessert sich Alis Laune durch diese Verweigerung direkter Kritik keineswegs. Es wird ein Vormittag ohne Höhepunkt. »Vielleicht wärme ich mich ein bißchen auf«, sagt er. »Die Afrikaner hier möchten mich sehen, und die Terminverschiebung war für sie ein Schock. Vielleicht muntert es sie auf, wenn sie sehen, daß ich trotzdem trainiere.«

»Wollen Sie bis zum Kampf hierbleiben?«

»Ich hatte nicht vor, abzureisen. Mein Platz ist hier bei meinem Volk.« Es hatte Gerüchte gegeben, daß weder Ali noch Foreman Zaire verlassen dürften. Fest stand jedenfalls, daß Foremans Villa von Soldaten umgeben war. In der ersten Stunde nach der Verletzung des Champions versuchte Mobutus Mann in Nsele, Bula Mandungu, die Story zu vertuschen – nur um dann feststellen zu müssen, daß Amerika über einen Fernschreiber, den seine Helfer außer Funktion zu setzen vergessen hatten, bereits informiert worden war. Bula, dessen kleine Augen den wenig einladenden Blick eines Mannes besaßen, der seit zwanzig Jahren ein Pistolenhalfter an der Hüfte trägt, schimpfte nun über die Presse. »Sie dürfen diese Nachricht auf keinen Fall publizieren«, verlangte er. »Sie wird in Ihrer Heimat falsch interpretiert werden. Ich schlage vor, daß Sie die Geschichte einfach vergessen. Diese Platzwunde ist doch ganz harmlos. Gehen Sie schwimmen. Morgen kann Foreman bestimmt wieder trainieren.« Bula hatte drei Jahre in der DDR und vier Jahre in Moskau verbracht; daher stammte vermutlich sein Konversationsstil. »Alle Amerikaner sind hysterisch«, erklärte er. »Sie müssen alles dramatisieren.«

Ein mutiger Beamter des amerikanischen Außenministeriums lieh nun einigen Reportern seine schwarze Botschaftslimousine, damit sie zu Foremans vier Meilen entfernter Villa hinausfahren konnten. Bei der Ankunft dort durften die Reporter jedoch nicht einmal aussteigen. Auf der Veranda stand Foremans Manager

Dick Sadler und winkte ihnen, heraufzukommen und den Verletzten zu besuchen, aber der Sicherheitsbeamte, der den Wagen angehalten hatte, sagte schnell:»Sie stören den Champion.«
»Tun wir nicht! Können Sie denn nicht sehen, daß uns sein Manager hereinwinkt?« antwortete John Vinocur von der Associated Press.
»Sie stören *mich*«, sagte der Sicherheitsbeamte und gab seinen Wachleuten ein Zeichen. Sofort kamen die Männer mit Uzi-MPs herbei, die das Ergebnis eines Flirts mit den Israelis waren. Da Mobutu außerdem für seine national- und rotchinesische Pagode, seine Privathäuser in Belgien, Paris und Lausanne, seine Schweizer Banken, seinen gegenwärtigen Flirt mit den Arabern und seine bemerkenswert zuvorkommende Behandlung der CIA in Kinshasa bekannt war – die angeblich den Staatsstreich inszeniert hatte, der ihn an die Macht brachte –, war es keineswegs unfair, den Präsidenten von Zaire für einen Eklektiker zu halten. (Um der Wahrheit die Ehre zu geben: Er war das Musterbeispiel eines Eklektikers!) Die Reporter bewiesen ihren Respekt vor dieser Virtuosität, indem sie ihre offizielle amerikanische Limousine mit dem offiziellen amerikanischen Stander aus der Reichweite der israelischen Uzis in den Händen von Mobutus schwarzen Sicherheitswachen entfernten. Nunmehr erzählte man sich an den Pressetischen im Scherz, wenn man Ali befreien wolle, müßten schon die US-Marines im Kongo einmarschieren.
In dem Zimmer mit den High-Schlock-Möbeln verlief die Zeit indessen ereignislos. In der Villa kamen und gingen die Besucher. Ali saß in einem grünen Kordsessel und gab ein Interview nach dem anderen. Er analysierte Foremans Platzwunde und ihre Auswirkung auf seinen Gegner.»Er hat noch nie eine Verletzung gehabt. Er hielt sich immer für unüberwindlich. Das *muß* ihn schmerzen.« Nach dieser Analyse gab Ali einem afrikanischen Reporter ein Interview und ließ sich über seine Absicht aus, nach dem Kampf eine Rundreise durch Zaire zu machen. Er sprach von seiner Liebe zum Volk von Zaire.»Es sind liebenswürdige,

fleißige, bescheidene und gute Menschen.« Zeit zum Aufbruch. Wenn der Interviewer sein Flugzeug erreichen wollte, mußte er sich von Ali verabschieden. Er setzte sich zu ihm, wartete eine Minute und sagte ihm dann auf Wiedersehen. Vielleicht war es der Gedanke an diese bevorstehende Abreise, der zu einer so unerwarteten Antwort führte. Denn Ali murmelte: »Ich muß hier raus.«

Konnte er seinen Ohren trauen? Er beugte sich vor. Nie waren sie sich so nahe gewesen. »Warum gehen Sie nicht für einige Tage auf Safari?«

Mit dieser Bemerkung verscherzte er sich den Rest seines Exklusivinterviews. Warum hatte er nicht einfach gesagt: »Ja, ja, es ist schwer!« Zu spät mußte er einsehen, daß man sich Muhammads Psyche so behutsam nähert wie einem scheuen Eichhörnchen.

»Nein.« Ali wehrte sich gegen die Versuchung, dieser neuen Lokkung nachzugeben. »Ich bleibe hier und arbeite für mein Volk.«

Boxen bedeutet Abkapselung gegen jeden Einfluß von außen. Eine klassische Disziplin.

So kehrte Norman mit wenig beglückenden Gedanken an den bevorstehenden Kampf in die Vereinigten Staaten zurück.

3
Der Millionär

Nun hatte unser Mann der Weisheit ein großes Laster: Er pflegte über sich selbst zu schreiben. Nicht nur die Ereignisse, deren Zeuge er gewesen war, schilderte er, sondern auch seine eigene kleine Einflußnahme darauf. Das irritierte die Kritiker. Sie redeten von Egotrips und den unattraktiven Dimensionen seines Narzißmus. Diese Kritik tat ihm nicht sehr weh. Das Verliebtsein in die eigene Person hatte er hinter sich und dabei ein ganz hübsches Quantum Liebe verbraucht. Jetzt war er nicht mehr so selbstzufrieden. Seine alltäglichen Reaktionen langweilten ihn. Sie glichen immer mehr denjenigen der anderen Menschen. Sein Verstand setzte, wie er feststellen mußte, sein Räderwerk in Gang und schien sich durch pures sklavisches Festhalten an mediokren Stützgewohnheiten zu wiederholen. Wenn er nunmehr überlegte, welchen Namen er sich in diesem Essay über den Kampf geben sollte, dann keineswegs aufgrund eines übermäßig ausgeprägten literarischen Egos. Sondern vielmehr aus Besorgnis um die Aufmerksamkeit des Lesers. Diesem wäre es kaum zuzumuten, so langen Ausführungen zu folgen, träte der Erzähler lediglich als abstrakte Erscheinung darin auf: als der Schriftsteller, der Reisende, der Interviewer. Das wäre ebensowenig angenehm, wie jahrelang mit einer Frau zusammenzuleben und in ihr immer nur »die Frau« zu sehen.

Nichtsdestoweniger war Norman, als er nach New York zurückkehrte, ganz zweifellos bescheiden geworden und fand daher, er könne ebensogut seinen Vornamen verwenden; das war im Boxgeschäft ohnehin so üblich. Sein Kopf war in der Tat so leer, daß sich als Alternative nur noch die Möglichkeit bot, seinen Bericht ganz namenlos zu schreiben. Nie war in ihm das Gefühl, seine

Weisheit habe sich unsichtbar gemacht, so stark gewesen, und dieser Zustand ist ein guter Nährboden für den Entschluß, einmal mit anonymer Zunge zu reden.

Einen Monat darauf, wieder in Kinshasa, fand er vieles sehr verändert. Jetzt hatte er ein schönes Zimmer im »Inter-Continental«, und nicht nur er war dort, sondern auch jedermann aus dem Foreman-Lager, der Champion selbst, die Sparringspartner, die Verwandten, die Freunde, die tüchtigen Trainer – von niemand Geringerem ist hier die Rede als von Archie Moore und Sandy Saddler –, kurzum alles, was zum Gefolge gehörte, war versammelt. Selbst einige Leute aus Alis Camp wohnten hier, vor allem Bundini, der sich später in der Halle Wortgefechte mit Foremans Gefolgsleuten lieferte. Und was für Wortgefechte! Nicht zu beschreiben. Die Kampfpromoter waren im »Inter-Continental« abgestiegen, John Daly, Don King, Hank Schwartz. Big Black, der große Conga-Drummer aus Alis Lager, war da. Von einem britischen Reporter interviewt und nach der Bezeichnung für seine Trommel gefragt, antwortete er, das sei eine Conga. Der Reporter schrieb Conga. Der zairesche Zensor machte Zaire daraus. So konnte Big Black bei Interviews mit Fug behaupten, daß er die Zaires spiele.

Ja, die Stimmung war verändert. Sowohl das Essen als auch die Drinks waren im »Inter-Continental« besser. In der Halle herrschte ein unbekümmertes Durcheinander von Schwarz und Weiß. Musiker, vom Festival vier Wochen zuvor übriggeblieben, Profitmacher am Rande des Geschehens, Boxexperten, emsige Händler und sogar ein paar Touristen mischten sich mit afrikanischen Bürokraten und europäischen Geschäftsleuten. Angestellte von Spielbanken, weibliche wie männliche, kamen herüber, um schnell einen Blick hereinzuwerfen, und mischten sich mit jungen Leuten vom Friedenskorps oder Repräsentanten von Kartellunternehmen. Dashikis, Buschjacken und Nadelstreifen bevölkerten die Halle. Binnen kurzem sprachen die Public Relations von »Kinshasas Salon«. Die Atmosphäre dieser Halle war sonderbarerweise angenehm, obwohl sich das Herbstbraun und Pastellorange der Teppiche, Korbsessel, Wände, Lampen und Sofas keineswegs vom Herbstbraun des Indianapolis Hilton oder des Sheraton Albuquerque unterschied. In Afrika machte sich dieser Stil gut. Ein paar materielle Annehmlichkeiten wirkten in Kinshasa Wunder. Die schnellen Lifts sausten! Gebratene Speisen bestanden aus Eiern! Taxis waren sofort zur Stelle. Immerhin, diese muntere Geschäftigkeit war doch wohl eher auf das Gewimmel in der Halle zurückzuführen als auf den Status der im Hotel versammelten Personen. Gesellschaftserfahrene Stammgäste von Schwergewichtsmeisterschaften hätten sich nämlich bei der Suche nach einem Gesicht, das bedeutend genug war, um ignoriert zu werden, die Augen aus dem Kopf geschaut. Und als am Abend vor dem Kampf endlich ein paar bekannte Namen eintrafen – Jim Brown, Joe Frazier und David Frost, um nur drei von ihnen zu nennen –, war von der alten Garde der Boxfans weit und breit nichts zu entdecken. Die einzigen Prominenten waren die Boxkader selbst sowie George Plimpton, Hunter Thompson, Budd Schulberg und er. Jeder Gedanke an Anonymität mußte aufgegeben werden.

Denn jetzt wurde Norman von den Schwarzen freudig willkommen geheißen! Hatte Ali ihn als »Mann der Weisheit« apostrophiert – Ali, der im Laufe der Jahre wohl ein dutzendmal mit ihm gesprochen, nie aber so recht zugegeben hatte, daß er sich an seinen Namen erinnerte –, so sagte Foreman nunmehr seinerseits: »Yeah, ich habe schon von Ihnen gehört. Sie sind der Champ unter den Schreibern.« Don King präsentierte ihn als »großer Denker, ein Genie«. Bundini, das Blaue vom Himmel herunterlügend, versicherte jedem, der es hören wollte: »No'min ist sogar noch klüger als ich.« Archie Moore, den No'min lange verehrt hatte, war endlich liebenswürdig zu ihm. Ein Sparringspartner bat um ein Autogramm.

Welch ein Fest! Bei der Rückkehr nach Afrika so herzlich empfangen zu werden war für ihn, als wäre er endlich den Fängen des

Schocks entronnen Die letzten Nachwehen jenes scheußlichen Fiebers, das ihn bei seiner Heimkehr nach New York eine Woche lang ans Bett gefesselt hatte, waren verschwunden. Er war froh, wieder in Afrika zu sein. Welch eine Überraschung! Da er in diesem Milieu bei weitem nicht soviel gelesen wie gelobt wurde, und da die schwarze Einwohnerschaft Afrikas mit ihrer merkwürdig einmütigen Meinung, die beinahe telepathischen Wellen glich, Gutes über ihn verbreitete, ohne einen auf der Hand liegenden Grund dafür zu haben – kein kürzlich veröffentlichtes Werk, keine literarische Bezugnahme auf die Schwarzen, die auch nur halb so gezielt gewesen wäre wie die Bücher und Artikel, die er vor zehn, fünfzehn Jahren geschrieben hatte –, erkannte er endlich die Ironie der Situation. Vor Monaten war eine Meldung über einen Roman, an dem er arbeitete, in die Presse gelangt: Seine Verleger gäben ihm unbesehen eine Million Dollar für das Buch. Obwohl seine Kerzen in der Kathedrale der Literatur in den letzten Jahren recht weit heruntergebrannt waren, tat diese Zeitungsnotiz nunmehr das Ihre, um ihr endgültiges Erlöschen zu beschleunigen. Er wußte, daß sein weithin angekündigter Roman (zu neun Zehnteln ungeschrieben) jetzt doppelt so gut ausfallen mußte, wenn er die Wirkung dieser Story auffangen wollte. Von guten Literaten erwartete man nicht, daß sie ansehnliche Summen verdienten. Eine Kleinigkeit für ihn, in Stadt und Land sowie in den literarischen Zirkeln zu verbreiten, sein Bostoner Verleger leide keineswegs an einer degenerativen Erkrankung der Hirnrinde und die Million werde ihm nur ausgezahlt, wenn er fünf- bis siebenhunderttausend Wörter, also das Äquivalent von fünf Romanen, zu Papier bringe. Da er das Honorar nur jeweils bei Ablieferung erhalten solle, andererseits aber Schulden gemacht, einen beträchtlichen Vorschuß schon ausgegeben, fünf Frauen und sieben Kinder zu versorgen sowie gegenwärtig ein Finanzproblem habe, das ihm weit über den Kopf wachse, sei die Summe keineswegs so groß, wie es den Anschein habe, erklärte er – die Million sei lediglich nominal.

Nun, in der Welt der Literatur entstand aus dem Mißgeschick Unruhe. Aus gutem Grund. Da niemand ihm so schnell vergeben würde, wenn sein Roman nicht einfach phänomenal ausfiel, würde ihn diese Tatsache zwingen, sich jenem Ziel weitgehend zu nähern. Vielleicht blieb ihm wenigstens Zeit, daran herumzufeilen.

Hier in Afrika dagegen war die Situation anders. Seit die Nachricht von seiner Million an die Presseagenturen gelangt war, erschien sein Name in der schwarzen Welt *unterstrichen*. No'min Million war ein Mann, der mit dem Kopf ein Vermögen machen konnte. Ohne körperliche Gewalt! Er brauchte seinen Schädel weder hinzuhalten und Schläge einzustecken, noch mußte er auf andere Schädel eindreschen. Dieser Mann mußte der Champion unter den Schriftstellern sein! Eine Million zu verdienen, ohne ein Risiko einzugehen – Respekt! Einen Vertrag über eine Summe abzuschließen, die für Schwergewichtsboxer erst in erreichbare Nähe gerückt war, als Muhammad Ali auf dem Plan erschien – tatsächlich, die optimistischen Elemente der schwarzen Welt, die in Amerika inzwischen jeden nur möglichen kommerziellen Horizont anvisierten, begannen mit der Literatur zu liebäugeln. An diesen Mann müßt ihr euch halten, hieß es. Vielleicht bleibt etwas an euch hängen!

Früher einmal wäre er bedrückt darüber gewesen, daß er sich an solchen Bewertungen emporranken konnte. Doch seine Liebe zur schwarzen Seele, im schlimmsten Stadium eine Orgie der Sentimentalität, hatte zu Zeiten der Black Power stark gelitten. Er wußte nicht mehr, ob er die Schwarzen liebte oder insgeheim Abneigung gegen sie hegte, was dann das finsterste Geheimnis seines Lebens in Amerika bleiben mußte. Ein Teil seiner Leiden während der ersten Afrikareise, ein Teil seiner intensiven, irrationalen Abneigung gegen Mobutu – sogar ein Foto des Präsidenten mit den Hamsterbacken und der Hornbrille löste Schmähreden aus, die eines Harvardprofessors beim Anblick einer Nixon-Ikone würdig gewesen wären – mußte eine Reaktion auf die Wut gewesen sein, die er auf die Schwarzen, auf alle und jeden einzelnen Schwarzen hatte. Beim Spaziergang durch die Straßen von Kinshasa während jener ersten Reise, als die schwarzen Passanten seiner Person gegenüber eine Gleichgültigkeit an den Tag legten, die ihn demütigte, spürte er, was es hieß, für andere nicht vorhanden zu sein. Außerdem näherte er sich, und zwar keineswegs vorsichtig, der Schlußphasen-Bitterkeit älterer Menschen. Wie sehr sein Haß brannte bei der Suche nach einer Rechtfertigung! Als dann aber das Wesen Afrikas schließlich durch seine schiere Existenz diese jüngst korrumpierten Gefühle besiegte (als ihm bei einer meilenweiten Fahrt den Highway entlang Tausende von schlanken und wahrscheinlich hungrigen Zairois begegneten, die wie neue Slumbewohner zu überfüllten Bussen eilten; und sie zeigten, diese Schwarzen, als absolute Inkarnation der Ästhetik, als Imprimatur der heiligen und letzten Inkarnation der Linie des menschlichen Körpers, sie zeigten in der Silhouette, als sie in der Schlange an der Bushaltestelle warteten, nahezu jeder einzelne dieser tausend schlanken, dunklen Afrikaner, zeigten sie eine unverletzbare Einsamkeit, eine steinern-stumme Würde, eine afrikanische Würde, die er niemals gesehen hatte, weder bei Südamerikanern noch bei Europäern oder Asiaten, ein tragisches, magnetisches Bewußtsein des eigenen Ich, als trügen sie, jeder für sich allein und alle zusammen, diesen Kontinent wie einen schmerzensreichen Heiligenschein um den Kopf), da wurde es ihm unmöglich, dem unvergleichlichen Leben Afrikas gegenüber unempfänglich zu bleiben – obwohl Kinshasa sich zu den Regenwäldern verhielt wie Hoboken zu Big Sur –, ja es wurde ihm unmöglich, nicht zu empfinden, was schon seit hundert Jahren über Afrika zu sagen versucht worden war, allen voran von Big Papa Hemingway: So voller Scheiß Sensitivität war hier alles ringsum! Kein Horror ohne Echo Tausende von Meilen entfernt, kein Niesen ohne Schuld am Fall eines Blattes auf der anderen Seite des Berges. Dann konnte er diese Zairois nicht mehr hassen, ja nicht einmal mehr seines negativen Urteils über ihre eigenen schwarzen Unterdrücker sicher sein, dann verlagerte sich seine Bitterkeit auf einen anderen Kontinent, zu den schwarzen Amerikanern, die mit ihrer Arroganz, ihrem Jive, ihren Kostümen ethnischer Überheblichkeit, ihrem lüsternen Soul, ihrem hodenerschütternden Orgelsound und ihrem neuen, schwarzen, widerlichen Ego wie die Schlacke dieses ganzen entfremdeten Unrathaufens USA waren; dann wußte er, daß er nicht nur gekommen war, um über einen Boxkampf zu berichten, sondern auch, um tieferen Einblick in seine eigenen, überdimensionalen Gefühle der Liebe und – konnte es sein? – des schieren Hasses für die Existenz der Schwarzen auf der Welt zu gewinnen.

Nein, er war kaum überrascht, als seine Krankheit bei der ersten Rückkehr in die Staaten wiederaufflackerte, und durchlebte eine Woche und dann zehn Tage des totalen Ekels vor sich selbst, ein Fieber ohne Phantasien, eine Krankheit ohne Schrecken, denn er fühlte sich, als habe er seine Seele ausgehaucht oder, schlimmer, als habe sie ihn verlassen. Er erhob sich vom Krankenlager mit dem festen Entschluß, vor seiner Rückkehr etwas mehr über Afrika in Erfahrung zu bringen – ein gesunder Entschluß, der ihm Glück brachte (aber spielen wir nicht alle unbewußt mit dem Gedanken, daß eine Wiederkehr unseres Glücks auch die Wiederkehr unserer Gesundheit bedeutet?). Nach einigen Erkundigungen begab er sich zum University Place Book Shop in New York, funktionelle Definition des Begriffs »Höhle«, im siebenten oder achten Stock eines ächzenden alten Bürogebäudes unterhalb der Fourteenth Street – Katakombengeruch in den Mauern –, um beim Aussteigen aus dem Lift einem Berg von Büchern, Pappkartons und Staub gegenüberzustehen, wo ein hochgewachsener, blonder Verkäufer mit zotteligen Koteletten ganz allein seine Arbeit tat und dem neuen Kunden versicherte, dieser werde sich die vielen Bücher, mit denen er bepackt wurde, doch wohl leisten können, da er ja schließlich die Million erhalten habe, nicht wahr – eine Exkursion, unnötig zu beschreiben, wäre nicht die

Tatsache gewesen, daß der Verkäufer ihm die Bücher, allesamt unbekannte Titel, selbst aussuchte. Ob es in all dem geographischen, politischen, historischen Schlamm wohl eine einzige erleuchtende Stelle gab? Das Glück war ihm hold – nicht nur eine Stelle, sondern ein ganzes Buch: *Bantu Philosophy* von Pater Tempels, einem holländischen Priester, der in Belgisch-Kongo als Missionar gearbeitet und diese Philosophie aus der Sprache der Stämme, unter denen er lebte, zusammengetragen hatte.

In Anbetracht einiger seiner eigenen Theorien war Normans Aufregung nicht gering, als er *Bantu Philosophy* zu lesen begann. Denn er entdeckte, daß die instinktgeleitete Philosophie afrikanischer Stammesangehöriger zufällig der eigenen sehr nahe kam. Die Bantu-Philosophie betrachtete die Menschen, wie er schon bald erkannte, nicht als Lebewesen, sondern als Kräfte. Daran hatte er, ohne es in Worte zu fassen, schon immer geglaubt. Sie verlagerte seine Gedanken auf eine ganz neue Ebene. Nach dieser Logik waren Männer oder Frauen mehr als nur die Gesamtheit ihrer einzelnen Teile, das heißt also, mehr als nur das Ergebnis ihrer Erbmasse und Erfahrung. Ein Mensch war nicht nur das, woraus er bestand, nicht nur seine Wünsche, seine Erinnerungen, seine Persönlichkeit, sondern darüber hinaus in jedem gegebenen Moment auch die Kräfte aller lebenden und toten Dinge, die auf ihn übergingen. Ein Mensch war also nicht nur er selbst, sondern das Karma aller vergangenen Generationen, die in ihm lebten, nicht nur ein menschliches Wesen mit einer eigenen Psyche, sondern ein Teil der Resonanz – sympathetisch oder speziell – jeder Wurzel, jedes Dinges (und jeder Hexe) um ihn herum. Er fand sein Gleichgewicht, seinen unruhigen Platz in einem Feld aus all diesen Kräften der Lebenden und der Toten. So war der Sinn seines Lebens nie schwer zu erkennen. Er versuchte, im Sog all dieser Kräfte derart zu leben, daß seine eigene Kraft vermehrt wurde. Im Idealfall tat er dies in Harmonie mit dem Wirken der Kräfte, Beginn aller Weisheit war es für ihn jedoch, sich zu bereichern, das *muntu*, also die Menge des Lebens in ihm selbst, die Größe des menschlichen Wesens in ihm selbst, zu vermehren. Verrückt. Wir werden zum Calvinismus der Erwählten zurückgeführt, wo der Mann mit dem ausgedehntesten Besitz erwählt wird, der Mann mit der größten Kraft, mit dem größten Reichtum. Wir leben tatsächlich im Ghetto, wo man in den Bereich eines anderen nicht eindringt. Wir sind gebunden an den Stolz auf Eigentum und Selbstbereicherung. Zurück zu den primitiven Mechanismen des Kapitalismus! Die Bantu-Philosophie ist so primitiv jedoch nicht! Mag sein, daß sie eine beängstigendere Vision zeichnet; vielleicht aber auch eine noblere. Denn wenn wir unsere eigene Kraft sind, dann sind wir auch Diener der Kräfte der Toten. Und müssen daher den Mut aufbringen, mit all diesen magischen Kräften zu leben, die zwischen den Lebenden und den Toten freigesetzt sind. Dabei sind wir nie ohne Furcht. Und bedürfen der Tapferkeit, um mit Schönheit oder Reichtum zu leben, wenn wir uns diese beiden vorstellen als Existenz, gebunden an die Botschaften, die Flüche, die Loyalitäten der Toten.

Angesichts einer schön gekleideten Frau huldigt ein Afrikaner wohl nicht nur der größeren Macht, die das kostbare Gewand dieser Frau verleiht. In seinen Augen ist außerdem die Kraft, die dem Gewand selbst innewohnt, das *kuntu* ihres Kleides, auf sie übergegangen. Das eine eigene Existenz besitzt. Auch dies eine Kraft im Universum der Kräfte. Das Gewand ist dem Anwachsen der Macht gleichzusetzen, das ein Schauspieler spürt, wenn er in seine Rolle schlüpft, wenn er die eigene Existenz der Rolle empfindet, die in ihn eindringt, als hätte sie *da draußen* im Dunkeln auf ihn gewartet. Dann ist es, als nähme er die Lebenskraft vergessener Höhlen in sich auf. Deswegen müssen manche Akteure spielen, oder sie werden wahnsinnig: Ohne die Klarheit jenes Augenblicks, da die Rolle in sie zurückkehrt, ist für sie kaum ein Leben möglich.

Hier eine Passage aus *The Palm Wine Drunkard* von Amos Tutuola:

»In jener Nacht lernten wir ›Lachen‹ persönlich kennen, denn obwohl jeder einzelne von ihnen aufhörte, über uns zu lachen, hörte ›Lachen‹ noch zwei Stunden lang nicht auf. Als in jener Nacht ›Lachen‹ über uns lachte, vergaßen meine Frau und ich unsere Schmerzen und lachten mit ihm, denn er lachte mit seltsamen Stimmen, wie wir sie niemals im Leben gehört hatten. Wenn also jemand fortfahren würde, mit ›Lachen‹ persönlich zu lachen, müßte er lügen oder sofort vor endlosem Lachen die Sinne verlieren, denn Lachen war seine Profession.«

Wenn das Lachen eine solche Macht besitzt, was wäre dann von der Einstellung des Afrikaners zur Fleischeslust zu halten, zum unvermeidlichen *kuntu* des Fickens – jedes Wort muß eine eigene Beziehung zu den Urelementen des Universums haben »Das Wort«, sagt ein Dogon-Weiser namens Ogotemmêli, »ist Wasser und Hitze. Die Kraft, die das Wort trägt, kommt aus dem Mund in einem Wasserdampf, der beides ist, Wasser und Wort.« Nommo ist zugleich der Name des Wortes und der Geist des Wassers. Daher lebt Nommo überall: im Dampf der Luft und in den Poren der Erde. Da Wort gleich Wasser ist, werden alle Dinge von Nommo, dem Wort, beeinflußt. Sogar das Ohr wird zum Sexorgan, wenn Nommo hinzukommt: »Das gute Wort geht, sobald es vom Ohr aufgenommen wird, direkt zum Sexorgan, wo es im Uterus rollt …«
Welche Freude! Dieses kleine, hübsche Buch *Bantu Philosophy* – und dann noch ein größeres voll intellektueller Leckerbissen, *Muntu, the New African Culture* von Janheinz Jahn – verschönt seine letzten Stunden in New York, seine Flugreise – eine Nacht und ein Tag! –, seinen zweiten Eindruck von Kinshasa. Es hat ihn gelehrt, zur alten Liebe zu den Schwarzen zurückzufinden – als gäbe es die tiefsten Gedanken, die jemals seinem Verstand entsprangen, nur, weil die Schwarzen existieren. Es hat aber auch die alte Angst wiederaufleben lassen. Die geheimnisvolle Ausstrahlung dieser rüden, explosiven und – im Grunde – absolut uner-

träglichen Schwarzen. Welch einen Lärm machten sie immer noch um den Rest seines literarischen Verstandes, welch ein Geschrei, Geplärr und Gekreisch, und wie groß war die Wahrscheinlichkeit des Vergessens im Handumdrehen! All seine Vorurteile waren entfesselt. So groß sein Ressentiment gegen schwarzen Stil, schwarzen Snobismus, schwarze Rhetorik, schwarze Zuhälter, Selbstherrlichkeit und immer wieder diese Virtuosität im Umgang mit dem *ho*. Dieser Stolz, den die Schwarzen in ihre Tüchtigkeit als Zuhälter setzten! Grimm über die Mißwirtschaft, die er mit seinem eigenen Sinnesleben getrieben hatte, erfaßte ihn, Kummer darüber, daß sich die Toleranz seiner geistigen Einstellung mit zunehmendem Alter unaufhaltsam zu verringern schien. Er brachte es einfach nicht so recht fertig, über das Erwachen eines kraftvollen Volkes mitten im amerikanischen Leben erfreut zu sein: Er war neidisch. Sie hatten das Glück, als Schwarze geboren zu sein. Und war insgeheim wütend über das professionelle Behagen, mit dem die Schwarzen Selbstbemitleidung betrieben, empfand einen ungeheuren Zorn auf die rhythmische Kraft jener anmaßenden Stimmen, eine Abneigung schließlich auch gegen ihre Wertmaßstäbe, gegen jene ständige Betonung des eigenen Ich –»Ich bin der Gockel von diesem Block, ich bin der gefährlichste Schwanz, die härteste Faust. Ich bin ein Großstadthai. Merkt euch das!« Doch während er sich in seinem Neid erging, verspürte er seltsamerweise Erleichterung. Denn er war zu einer nützlichen Erkenntnis gekommen. Als der amerikanische Schwarze seiner afrikanischen Heimat entrissen wurde, wurde er auch seiner Philosophie entrissen. Also konnte man seiner Gewalttätigkeit und Arroganz wiederum einiges Verständnis entgegenbringen. Man brauchte sich nur diese Qual vorzustellen. Nach der afrikanischen Philosophie entstand alles aus der Wurzel, aber die Philosophie war selber entwurzelt worden. Welch ein verstümmeltes und überstimuliertes Transplantat war doch der amerikanische Neger! Seine Lebensanschauung entsprang nicht nur seinen üblen Erfahrungen in Amerika, sondern außerdem den Fragmenten seines verlorenen afrikanischen Glaubens. So daß er nicht einer, sondern zwei Kulturen entfremdet worden war. Welche Idee aus seinem Erbe sollte ein Afro-Amerikaner denn bewahren, wenn nicht die, daß jeder Mensch für sich ein Maximum an Kraft erstreben muß? Da er in einem Feld menschlicher Kräfte lebte, die sich ständig, und zwar drastisch, veränderten, da die Menschen, die er kannte, umgebracht oder verhaftet wurden oder dem Rauschgift zum Opfer fielen, mußte er sich absichern. Wie sollte er sonst zum Leben finden? Ein Verlust an Lebenskraft war ein realer Verlust, einem Verlust an Ego, an Status, an Vorteilen zum Erwerb von Schönheit gleichzusetzen. Im Vergleich zum amerikanischen Schwarzen konnte ein weißer Judeo-Christ einen Verlust an Lebenskraft überstehen und sich dennoch moralisch, selbstlos, ja sogar heiligmäßig vorkommen; konnte ein Afrikaner sich inmitten der traditionellen Kräfte im Gleichgewicht halten. Ein Afrikaner konnte die Last seiner Verpflichtung dem Vater gegenüber tragen, weil sein Vater ihm in der langen Kette zu Gott einen Schritt weit voraus war – in jener ununterbrochenen Kette der Menschenleben, die an den Anfang der Schöpfung zurückführt. Der amerikanische Schwarze dagegen war soziologisch berühmt für den Verlust des Vaters. Kein Wunder, daß sie mit ihren Stimmen die Aufmerksamkeit auf sich zogen! Die Stimmen sprachen von einer verkrampften Lebenskraft. Ein armer, ungebildeter Mensch war ohne diese Kraft nichts. In dem Maße, in dem sie ihm innewohnte, steckte er voll Kapital, voll Ego-Kapital, und das war schließlich alles, was er besaß. Das war der Kapitalismus des armen amerikanischen Schwarzen, der versuchte, mehr von dem einzigen Reichtum zu sammeln, der für ihn erreichbar war: dem Respekt vor seiner eigenen Sphäre, dem Respekt der lokalen Speichellecker vor der Macht seiner Seele. Welch ein krasser, tastender, drängender, rivalisierender Kapitalismus! Welch ein Mangel an Profit! Das Establishment setzte diesem massiven Ego-Fieber massive Hindernisse entgegen. Kein Wunder, daß das Stammesleben in Ame-

rika zwischen Steinmauern und Drogen begann. Die Drogen verliehen dem Gefühl, daß in einem noch eine mächtige Kraft lebte,
ungeheure Dimensionen, und die Strafanstalt ließ die alte Idee
wiederaufleben, daß der Mensch eine Kraft inmitten eines Kräfte-
feldes sei. Hatte in Afrika die Tradition die einschränkende Rolle
des Gesellschaftsvertrages gespielt, war der amerikanische
Schwarze, der ein politisches Ideal hatte, gezwungen, statt dessen
unter revolutionärer Disziplin zu leben. Und während er in seinen Steinmauern duldete, wurde sie zu einer Disziplin, die so
vernichtend auf die Seele wirkte wie das Ringen eines Boxers um
Kondition.

Bantu Philosophy erwies sich als ein Geschenk des Himmels, aber
als eines, das der Schriftsteller vielleicht nicht brauchen würde.
Nicht, um diesen Kampf zu verstehen. Es gab jetzt soviel neues
intellektuelles Gepäck, daß man den Zug darüber versäumen
konnte. Einiges davon nahm Norman mit und hoffte, nicht allzu
gierig zu sein. Denn das Schwergewichtsboxen war beinahe ganz
schwarz – schwarz wie Bantu. Daher war das Boxen zu einem
weiteren Schlüssel zum Verständnis der Schwarzen geworden, zu
einem weiteren Schlüssel zu schwarzen Emotionen, schwarzer
Psychologie, schwarzer Liebe. Das Schwergewichtsboxen mochte
darüber hinaus in jenen Raum im Untergrund der Welt führen,
in dem die schwarzen Könige saßen: Was war schwarze Emotion,
schwarze Psychologie, schwarze Liebe? Gewiß, dies von Boxern
lernen zu wollen, war ein im Grunde lachhaftes Unterfangen. Boxer waren Lügner. Champions waren große Lügner. Mußten es
sein. Wußte man, was sie dachten, konnte man sie auch treffen.
So wurde ihre Persönlichkeit zu einem Meisterstück der Verstel-
lung. Die Möglichkeiten, mit Hilfe irgendeiner Philosophie etwas
über Ali und Foreman zu erfahren, würden begrenzt sein. Trotzdem war er dankbar für diesen Anhaltspunkt. Menschen waren
nicht Wesen, sondern Kräfte. Er würde versuchen, die beiden in
diesem Licht zu sehen.

4
Eine ganze Reihe von Champs

Genaugenommen war Foreman ein keineswegs zu verachtender Repräsentant der Lebenskraft. In bestickter Latzhose und Dungaree-Jacke kam er aus dem Lift und betrat, auf beiden Seiten von je einem Schwarzen flankiert, die Halle des »Inter-Continental«. Er glich weniger einem Mann als einem Löwen, der aufrecht geht wie ein Mann. Er wirkte verschlafen, aber so wie ein Löwe, der einen Kadaver verdaut. Sein breites, gutaussehendes Gesicht (einer leicht plattgedrückten Clark-Gable-Maske nicht unähnlich) war weder freundlich noch unfreundlich, sondern wach wie das eines Boxers, der, so verschlafen er auch aussehen mag, mit einem Teil seines Wesens ständig auf der Hut ist – eine Gespanntheit, wie sie wohl alle guten Sportler zeigen und die bewirkt, daß sie ein Insekt mit den Fingern aus der Luft holen, ebenso mühelos aber auch die Miene eines Freundes in der dreißigsten Reihe vom Ring aus wahrnehmen können.

Da Norman häufig nicht so alert war, wie er es eigentlich sein müßte, war er gelegentlich zu voreilig. Nachdem er gerade erst wieder in Kinshasa eingetroffen war, konnte er nicht wissen, daß man Foreman in der Halle nicht ansprechen durfte, und ging ihm deshalb mit ausgestreckter Hand entgegen. In diesem Augenblick eilte Bill Caplan herbei, der die Public Relations für Foreman bestritt. »Er ist gerade erst angekommen, George«, erklärte Caplan dem Champion und übernahm die Honneurs. Foreman nickte, lächelte unerwarteterweise und machte dann jene nette Bemerkung vom Champion unter den Schriftstellern – mit einer Stimme, die verblüffend weich und ebenso typisch südstaatlerisch wie ganz und gar texanisch klang. Sein Blick wurde interessiert, als gefalle ihm die Idee des Schreibens –

bald sollte bekannt werden, daß Foreman selbst an einem Buch arbeitete. Dann jedoch machte er eine seltsame Bemerkung, über die man die ganze Woche lang nachdenken konnte. Sie war für vieles an George Foreman charakteristisch. »Entschuldigen Sie, daß ich Ihnen nicht die Hand gebe«, sagte er mit dieser Stimme, die er so sorgfältig dämpfte, um seine Kraft nicht zu vergeuden, »aber Sie sehen ja, daß meine Hände in den Taschen stecken.«

In der Tat! Wenn sie in den Taschen steckten, wie sollte er sie dann herausnehmen können? Ebenso könnte man einen Dichter mitten im Verseschmieden fragen, ob er Kaffee mit Milch oder mit Sahne trinke. Foreman aber machte diese Bemerkung mit einer solchen Selbstverständlichkeit, daß der Gedanke eher liebenswert als ungehobelt wirkte. Er sagte die Wahrheit. Es war wichtig, daß er die Hände in den Taschen behielt. Ebenso wichtig war es, die Welt auf Abstand zu halten. Er lebte in einer Aura des Schweigens. Von zwei Leibwächtern flankiert, die ihm, jawohl, genau das, die ihm die Händeschüttler vom Hals halten sollten, konnte er unter hundert Menschen in der Halle stehen und dennoch mit niemandem in Berührung kommen. Sein Kopf war allein. Andere Champions besaßen eine Präsenz, die stärker als sie selber war. Sie besaßen Charisma. Foreman besaß Schweigen. Um ihn herum vibrierte es von Schweigen. Einen solchen Mann hatte man seit dreißig Jahren nicht mehr erlebt. Oder waren es mehr? Seit Norman einen Sommer lang in einer Nervenklinik gearbeitet hatte, war er keinem Menschen mehr begegnet, der so lange, Hände in den Taschen vergraben, unbeweglich dastehen konnte. Gruften des Schweigens als Privatgemächer. Damals hatte er Katatoniker gepflegt, die von einer Mahlzeit zur anderen keine einzige Bewegung machten. Einer von ihnen stand monatelang mit geballten Fäusten immer in derselben Pose, nur um zuweilen völlig unerwartet einem vorübergehenden Pfleger mit einem Kinnhaken den Kiefer zu zerschmettern. Immer wieder warnten die Pfleger neue Pfleger, die Katatoniker seien die gefährlichsten Patienten. Die stärksten waren sie zweifellos. Doch es bedurfte der Warnung anderer Pfleger nicht. Wie die Haltung eines Rehs im Wald ausdrücken kann:»Ich bin verletzbar, unersetzlich und schnell erlegt«, so wird man in Gedanken von der Haltung eines Katatonikers verfolgt.»Wenn ich mich überhaupt nicht bewege«, drückt diese Haltung aus,»wird alle Kraft sich in mir sammeln.«

Die Frage, ob er geistesgestört sei, stellte sich bei Foreman allerdings nicht. Der Geisteszustand eines Schwergewichtschampions ist weit differenzierter. Nicht viele Geisteskranke könnten die Kasteiungen des Profi-Boxers durchstehen. Immerhin ist ein Schwergewichtschampion gezwungen, in einer Welt zu leben, in der keine Vergleichsmöglichkeiten mehr existieren. Er ist vermutlich der furchtbarste waffenlose Killer, den es auf der Welt gibt. Mit bloßen Händen könnte er fünfzig Mann erschlagen, bevor er zu müde würde, um weiterzutöten. Oder grenzt die Zahl eher an hundert? Ein Grund dafür, daß Ali Liebe erweckte (und relativ wenig Respekt vor seiner Körperkraft), lag tatsächlich darin, daß seine Persönlichkeit unweigerlich die Vorstellung auslöste, er werde niemals einem normalen Menschen etwas antun, sondern jeden Angriff lediglich mit einem Minimum an Bewegung abwehren und sich dann sofort dem nächsten zuwenden. Während George Foreman geballte Drohung verkörperte. In einem Alptraum von Blutbad würde er immer weiterwüten.

Nun üben Boxer sich natürlich nicht in der Kunst, wahllos Menschen zu töten. Im Gegenteil, das Boxen bietet auch jenen Männern eine Berufslaufbahn, die andernfalls vielleicht auf offener Straße gemordet hätten. Dennoch ist das Ausmaß der Gewalttätigkeit, die in einem Champion wie Foreman freigesetzt werden kann, beunruhigend, wenn man bedenkt, daß sie gegen einen anderen Boxer zur Anwendung kommt. Diese Gewalttätigkeit, zu einer ganz speziellen Kunst entwickelt, hatte ihm in seinem achtunddreißigsten Kampf die Meisterschaft eingetragen. Nie war Foreman besiegt worden. An dem Tag, an dem er die Meisterschaft gewann, standen nicht weniger als fünfunddreißig Knockouts auf seiner Rekordliste, wobei alle Kämpfe im Durchschnitt noch vor der dritten Runde beendet waren. Eine wahrhaft unvorstellbare Leistung! Zehn Knockouts in der ersten, elf in der zweiten, elf in der dritten oder vierten Runde. Kein Grund also, ihn für geisteskrank zu halten; eher vielmehr für ein physisches Genie, das die Methoden der Katatonie (Schweigen, Konzentration und Reglosigkeit) vollkommen beherrschte. Und da Ali ein Genie völlig anderer Art war, durfte man einen der außergewöhnlichsten Kämpfe aller Zeiten erwarten: das Treffen zweier verschiedener Inkarnationen göttlicher Inspiration. Der Kampf würde also ein Religionskrieg sein. Das gereichte Ali zum Vorteil. Wer wollte behaupten, Ali habe in einem Religionskrieg, der in Afrika stattfand, keine Chance? Norman hatte zuerst gelächelt, als er von dem Fight hörte, hatte an bösen Blick, Zauberei und schwarze Psycho-Praktiken denken müssen. »Wenn Ali in Afrika nicht gewinnen kann«, stellte er fest, »kann er nirgendwo gewinnen.« Der Widersinn bestand, wenn man den Champion kennenlernte, jedoch darin, daß Foreman der Schwärzere von beiden zu sein schien. In Alis Adern floß weißes Blut, floß sogar eine Menge davon. Irgend etwas an seiner Persönlichkeit war unbekümmert, ja sogar übermütig weiß, verlieh ihm den Anschein eines einsfünfundachtzig großen Präsidenten einer College-Fraternity im US-Süden. Zuweilen erinnerte Ali eindeutig an einen weißen Schauspieler, der für seine Rolle zu wenig Make-up aufgetragen hat und daher als Schwarzer nicht ganz überzeugend wirkt – einer von den achthundert kleinen Widersprüchen in Alis Wesen; Foreman aber, der war *echt*. Foreman konnte man viel eher für einen Afrikaner halten als Ali. Foreman stand in enger Verbindung mit einer Muse. Und diese Muse war ebenfalls echt, eine entfernte Verwandte der Schönheit, die Muse der Gewalttätigkeit in ihrer ganzen komplizierten Beschaffenheit. Der oberste Grundsatz dieser Muse der Gewalttätigkeit mag im Bewahren der Gelassenheit bestehen. Foreman konnte wie eine männlich-kraftvolle Verkörperung der lebenden Toten durch die Halle gehen – wach für alles, in seinem Schweigen aber dennoch immun gegen die fahrlässige Ansteckung durch das ewige Händeschütteln aller möglichen Bewunderer. Foremans Hände waren so wenig Teil seiner selbst wie ein *kuntu*. Sie waren seine Werkzeuge, die er in die Taschen steckte wie ein Jäger, der sein Gewehr wieder ins Samtfutteral packt. Der letzte Schwergewichtsboxer, an den Foreman erinnerte, war Sonny Liston. Der flößte Angst ein, wenn er jemanden nur ansah, und sein Zorn über jegliches Eindringen in die Aura seiner Persönlichkeit zischte wie Dampf. Die Drohung, die er ausstrahlte, kam aus seinem innersten Wesen. Er wurde mit einem kleinen Mann ebenso schnell fertig wie mit einem großen. Verglichen mit ihm war Foreman ein in Kontemplation versunkener Mönch. Seine Gewalttätigkeit lag unter einer Aureole gelassener Ruhe verborgen. Es war, als hätte er sich die Lektion gemerkt, die Sonny gelehrt hatte: Man verzettelt seine Gewalttätigkeit nicht, man speichert sie. Und die gelassene Ruhe war ein Gefäß, in dem man Gewalttätigkeit speichern konnte. Deswegen hatte jeder in Foremans Umgebung Befehl, ihm die Neugierigen vom Leib zu halten. Und genau das taten sie. Es war, als mache sich Foreman bereit, eine Abwehr gegen die Gedanken aller Menschen aufzurichten. Wenn er die Arena betrat und ganz Afrika ihm die Niederlage wünschte, würde seine Konzentration zum Ozean werden, der ihn vor Afrika beschützte. Ein gewaltiger Abwehrmechanismus.

Wenn man ihn beim Training beobachtete, wurde dieser Eindruck bestätigt. Der Literaturchampion von Kinshasa war nur ein mäßiger Boxexperte; mäßig waren zum Beispiel seine Vorkenntnisse über Foreman. Er hatte ihn einmal vier Jahre zuvor gesehen, als er aufgrund einer zweifelhaften Entscheidung in zehn Runden über Gregorio Peralta siegte. Dann hatte er ihn bis zur zweiten Runde gegen Norton nicht mehr gesehen. Da er zu spät zum Kampf erschien, erlebte er nur noch die Niederschläge in der zweiten Runde. Und das war kaum ein vollständiges Bild von Foreman.

Sah man ihn jedoch im Ring von Nsele, hatte man eindeutig das Gefühl, daß Foreman seinen Stil verbessert hatte. In seinem Training war alles einzig auf diesen Kampf abgestellt. Dick Sadler, sein Manager, war sein Leben lang im Boxgeschäft gewesen. Archie Moore, Sandy Saddler und Sugar Ray Robinson waren genau jene drei Boxer, die einst die brillantesten technischen Vorbilder für Alis aufkommendes Talent abgegeben hatten. Foreman war daher ein Champion, dessen Training von anderen Champions bestimmt wurde; dies bot dem Zuschauer Gelegenheit, die Methoden einiger der besten Köpfe im Boxgeschäft zu studieren.

Der wirksamste Schutz gegen die Gefahr einer afrikanischen Bedrohung und einer Massenhysterie war bereits deutlich: Schweigen und Konzentration. Wenn Afrika nicht Alis einzige Waffe war, bestand seine zweite mit Sicherheit in Psychologie. Würde er den Versuch machen, Foreman in seiner Eitelkeit zu treffen? Keine Sportart ist so sehr von Eitelkeit beherrscht wie das Boxen. Der Faustkämpfer steigt in den Ring, um Bewunderung zu ernten. Daher kann man bei keinem Sport tiefer gedemütigt werden. Ali würde sich alle Mühe geben, Foreman das Gefühl zu vermitteln, er sei tolpatschig. Wenn Foreman in seiner gefährlichsten Verfassung aussah und kämpfte wie ein Löwe, so glich er in seiner schlechtesten einem Ochsen. Deswegen war es das wichtigste Trainingsziel, Foremans Gefühl für Grazie zu entwikkeln. George lernte tanzen. Obwohl er sich noch mit dem Foxtrott herumschlug, Ali jedoch schon meilenweit über den Frug, Monkey und Jerk hinaus war, schaffte es Foreman immerhin schon, im Ring umherzugleiten, und genau das war es, was er brauchte. Das Training begann mit einer Lockerungsübung, die man bei anderen Boxern vergeblich suchte. Foreman stand meditierend in der Ringmitte, während über die Lautsprecher eine merkwürdige, ungewöhnliche Musik gespielt wurde. Popmusik. Aber so anspruchsvoll, wie es bei Popmusik überhaupt nur möglich war; mit einer Mischung von Klängen, die an Wagner, Sibelius, Mussorgsky und so manchen Komponisten elektronischer Musik erinnerten. Das Erwachen der Natur am frühen Morgen – das etwa war es, was die Musik ausdrückte; aber was für einer Natur! Macbeths Hexen trafen sich mit Wagners Germanengöttern in einer konvulsivisch zuckenden Dämmerung. Scharenweise Dämonen. Höhlen spien Dämpfe aus. Bäume barsten mit dem Krachen brechender Knochen. Die Erde bebte. Wackersteine stürzten auf Musikinstrumente. Und inmitten dieses Getöses ging langsam, lyrisch wie einschmeichelnde Filmmusik, die Sonne auf, schüttelten die Bäume ihre Blätter, und in den Pausen dieser Geräuschorgie erklangen, wie das qualvolle Schluchzen einer gemarterten Seele, improvisierte Orgelrhythmen.

Foreman trug eine rote Hose, ein weißes T-Shirt, einen rötlichen Kopfschutz und leuchtend rote Boxhandschuhe – blutiger Kontrast zu seiner ruhig-nüchternen Stimmung. Als nun die Musik aufrauschte, begann er mit angedeuteten Bewegungen der Ellbogen und Fäuste, winzigen, verhaltenen Uppercuts, die nicht mal drei Zentimeter weit gelangten, leichten Halsdrehungen, kurzem Augenrollen. Langsam bewegte er dann auch die Füße, aber mit noch ziemlich unbeholfenen Schritten. Er wirkte wie ein Riese, der sich nach fünf Jahren Schlaf zu regen beginnt. Gleichgültig gegen den Eindruck, den er machte, absolvierte er ein traumtänzerisches Ritual. Fast ohne sich zu bewegen, beschwor er dennoch das dumpfe Dröhnen jener dampfenden Natur, die langsam erwachte. Ganz allein im Ring, mit einer einigermaßen verdutzten Presse und einem ganz und gar sprachlosen Publikum von mehreren hundert Afrikanern, bewegte er sich, als wolle er dem Auflaufen zum richtigen Boxtempo seine volle, reichliche Zeit lassen. Manche Schwergewichtler waren bekannt dafür, daß es sehr lange dauerte, bis sie soweit waren – Marciano absolvierte vor einem Titelkampf in seiner Kabine ganze fünf Runden Schattenboxen –, doch Foremans Aufwärmeübungen ließen erkennen, daß er nur dann wieder mit seinen Reflexen eins wurde, wenn er sich ganz und gar von der Zeit löste.

Als nun die Musik jedoch immer weniger einer Tondichtung zu Hieronymus Bosch glich und immer mehr zu einem von »Oklahoma!«-Klängen durchsetzten Mussorgsky zu werden schien – welcher Wechsel von süß und sauer! –, begannen Foremans Füße zu gleiten und seine Arme imaginäre Schläge zu parieren. Vorwärtsschreitend, schattenboxend, durchquerte er den Ring, boxte immer härtere Schläge in die Luft, steigerte sich in den Alptraum eines jeden Schwergewichtsfighters hinein, der sein Ziel verfehlt (denn nichts ist so schlimm für die Schulter wie ein Boxhieb, der nicht trifft – Profis unterscheiden sich von Amateuren durch das Tempo, mit dem ihr Körper sich von diesem plötzlichen Gleichgewichtsverlust erholt). Und als Foreman endlich all diese Stadien hinter sich hatte, stellte Sadler die Musik ab, während Foreman zu ihm in die Ecke ging. Völlig geistesabwesend stand er da und ließ sich von Sadler für das bevorstehende Sparring sorgfältig Gesicht und Stirn einfetten. Er hatte sich bereits wieder ganz in die Melancholie der Einsamkeit und Konzentration zurückgezogen.

Er sparrte eine Runde mit Henry Clark – voller Genuß, aber ohne jeden Versuch, einen Treffer anzubringen. Seine Fäuste waren schnell; er hielt sie als wirksame Deckung vor sein Gesicht, blockte mit schnellen, löwengleichen Prankenhieben der Handschuhe ab, konterte mit Linken und Rechten. Was seine Kopfbewegungen betraf, so hatte er noch viel zu lernen, seine Füße aber waren flink. Clark, ein Schwergewichtler von Ruf mit einem Cherubimgesicht (Achter in der Reihenfolge der Schwergewichtsfighter), wurde von Foreman mit Überlegenheit behandelt. Als Liebling der gesamten Presse sang Clark seit Wochen Foremans Loblied: »George schlägt anders als die übrigen Boxer«, behauptete er. »Schon ein Treffer auf den Arm kann den Gegner lähmen, und das mit den schweren Handschuhen. Ich fürchte, daß Ali, der ein Freund von mir ist, Verletzungen davontragen wird. George ist der härteste Boxer, den ich jemals erlebt habe.«

An diesem Nachmittag jedoch, als es bis zum Kampf noch fünf Tage waren, trainierte Foreman mit Clark (der im Semifinale gegen Roy Williams antreten sollte) nicht seinen Boxstil, sondern arbeitete an seinen Ringergriffen. Henry versuchte, ihn zu halten, wie Ali es vermutlich tun würde, und Foreman schüttelte ihn ab oder schob ihn von sich, manövrierte ihn an die Seile, wo er ihn mit leichten Schlägen eindeckte, wich zurück und wiederholte das ganze Spiel dann noch einmal von der Ringmitte her. Aus irgendeinem Grund – vielleicht war Clark, ein schwerer Mann, nicht wendig genug, um Foremans Kunst, den Ring zu beherrschen, wirklich auf die Probe zu stellen – stoppte Sadler das Sparring nach einer Runde und schickte statt dessen Terry Lee zu Foreman, ein schlankes, weißes Halbschwergewicht mit dem groben Gesicht eines Bauarbeiters, nichtsdestoweniger aber flink wie ein Wiesel. Drei Runden lang imitierte Lee Ali, wich im Bogen an die Seile zurück, schlüpfte sofort in einer anderen Richtung davon und entwischte George, der die Ringmitte besetzt hielt, immer wieder. Terry Lee war nicht schwer genug, um Foremans Schlägen standzuhalten, aber Foreman versuchte auch gar nicht, ihn zu treffen, sondern tüpfelte, wenn er Lee hatte, nur ganz leicht mit dem Handschuh hin. Trotzdem gab Terry eine großartige Vorstellung, federte von den Seilen hoch, um in die eine Richtung zu finten, federte wieder zurück, um in die andere zu finten, und flitzte sodann auf jedem nur möglichen Fluchtweg davon, stieß sich von der einen Seilreihe ab, nur um sofort an die andere gedrängt zu werden, wo er dann abduckte, auswich, mit den Händen den Kopf deckte, sich in die Seile zurücklehnte, sich wieder abstieß, fintete, die Hände herabnahm, vorstieß und wieder davonzukommen versuchte. Während ihm Foreman die ganze Zeit über voller Vergnügen auf den Fersen blieb, denn seine Reflexe wurden immer schneller.

Dabei lernte Foreman mit jedem Schritt neue Tricks. Einmal schlüpfte Terry Lee, von den Seilen abfedernd, unter Foremans Armen hindurch wie ein Junge, der seinem Vater entwischt, und die afrikanischen Zuschauer im Hintergrund brüllten vor Lachen. Foreman jedoch gab sich unbekümmert, ja sogar interessiert, als habe er dadurch, daß er sich hereinlegen ließ, einen ganz neuen Trick gelernt, und als Lee in der nächsten Runde dasselbe noch einmal versuchte, blockierte ihm Foreman sofort den Fluchtweg. Sah man Terrys gekonnte Imitation von Alis Stil, und sah man dann, mit wieviel Geschick Foreman dennoch immer wieder Raum an den Seilen gewann und ihn in eine Ecke drängte, hatte man das Gefühl, daß Ali, um den Sieg zu erringen, mehr würde einstecken müssen als jemals zuvor.

Nach den drei Runden mit Lee verließ Foreman den Ring, um am kleinen Sandsack zu üben. Anschließend sprang er eine Zeitlang Seil. Mit schönen Fußbewegungen hüpfte er fröhlich zur Stimme von Aretha Franklin, die »You Got a Friend in Jesus« sang. Dieses Training hatte vom ersten Moment bis zum Seilspringen jetzt fünfundvierzig Minuten gedauert – genauso lange wie ein Zehnrundenkampf mit einminütigen Ruhepausen –, und Foreman wirkte nicht im geringsten ermüdet. Im Gegenteil, er schien beim Seilspringen regelrecht aufzuleben, seine Fußsohlen trommelten den Boden mit jener Virtuosität, mit der ein Drummer seine Stöcke handhabt. Foreman war jetzt mehr als graziös – die Perfektion seiner Beinarbeit beflügelte ihn. Dick Sadler, sein Manager, die flache Kappe auf dem großen, schwarzen Rundschädel nach hinten geschoben, kündigte eine Pause an. »Ladys and Gentlemen«, wandte er sich an die Zuschauer, »hiermit ist unsere Vorstellung für heute beendet. Morgen sind wir wieder da und machen alles ganz genauso.« Er strahlte allerbeste Laune aus.

Bei der nun folgenden Pressekonferenz gab sich Foreman geradezu jovial. In seiner bestickten Latzhose saß er, die Presse rings um sich versammelt, an einem langen Tisch und weigerte sich ruhig, aber entschieden, in ein Mikrophon zu sprechen. Da seine Stimme nicht sehr laut war, gestaltete sich die Situation für die fünfzig Reporter und Kameramänner ziemlich schwierig, aber er beharrte auf seinen Territorialrechten. Die Stimmung, in der er sich befand, war sein persönlicher Besitz, und er wollte nicht, daß ein eventuelles Feedback-Quietschen seine Nerven beleidigte. Dafür beantwortete er, nachdem das Mikrophon zurückgenommen worden war und die Reporter sich um ihn scharten, alle Fragen mit lässiger Intelligenz und weicher, volltönender Texasstimme. Seine Entgegnungen verliehen der Atmosphäre eine gewisse Problematik, so, als könne er noch viel mehr sagen, schweige aber, um seine Aura von Gelassenheit und Ruhe nicht zu gefährden – und die war ebenfalls problematisch. Während Foreman sprach, mußte einer unter seinen fünfzig Interviewern – es wird wohl unser Student der afrikanischen Philosophie gewesen sein – an ein sehr schönes Buch denken, an die *Conversations with Ogotemmêli* von Marcel Griaule. Ogotemmêli verglich die Gabe der Rede mit der Webekunst, Zunge und Zähne mit Kette und Schuß, durch die wie ein Faden der Atem geht. Bei einigem Nachdenken fand er diese Idee gar nicht so abwegig. Was anderes war denn schließlich ein Gespräch, wenn nicht ein abstraktes Gewebe, das vom Verstand mit einem anderen abstrakten Gewebe verknüpft wird? Und wie die meisten Textilien endeten auch die meisten Gespräche in nichts als Fetzen.

Foreman sprach mit viel Gefühl für die Empfindlichkeit des Materials, das er webte, ein feines Gespinst, fest in der Struktur, adäquates Produkt eines intelligenten, aber ungebildeten Mannes, der ein Champion geworden war.

Beispiele:

Reporter: »Ihr Auge scheint in Ordnung zu sein, George.«

Foreman: »Das scheint mir auch so.«

Reporter: »Was sagen Sie zu Ihrem Gewicht?«

Foreman: »Wenn man Schwergewichtsboxer ist, spricht das Gewicht für sich selbst.«

Reporter: »Glauben Sie, daß Sie ihn k. o. schlagen werden?«
Foreman (völlig entspannt): »Das würde ich nur allzu gern tun.«
Auf die Belustigung, die seine Antwort hervorrief, reagierte Foreman mit einem Lächeln. Als der nächste Fragesteller wissen wollte, was er davon halte, um drei Uhr nachts boxen zu müssen, gab Foreman eine ausführlichere Antwort. »Wenn man eine gute Kondition erreicht hat«, sagte er, »ist man zu vielem fähig, wozu man sonst nicht fähig wäre. Eine gute Kondition macht flexibler. Nein, ich mache mir keine Sorgen wegen der späten Nachtstunde.«
»Ali behauptet, daß er gegen mehr harte Fighter geboxt hat als Sie.«
»Stimmt«, entgegnete Foreman gelassen, »aber genau das kann ein Pluspunkt für mich sein. Ich besitze einen Hund, der sich ständig mit anderen Kötern rumbeißt. Wenn der nach Hause kommt, ist er jedesmal ganz fertig.«
»Glauben Sie, daß Ali nach Ihrem Auge zielen wird?« Foreman zuckte die Achseln. »Jeder soll zielen, wonach er kann – solange er kann. Die Krähen fallen über eine Vogelscheuche her, vor dynamischen Menschen aber nehmen sie Reißaus.«
»Wie ich höre, schreiben Sie an einem Buch.«
»Ach«, antwortete Foreman in sanftestem Ton, »ich notiere mir ganz einfach gern, was so passiert.«
»Hat Ihr Buch ein bestimmtes Thema?«
»Es handelt ganz allgemein von mir.«
»Werden Sie es veröffentlichen?«
Er wurde nachdenklich, als studiere er die auf keiner Karte verzeichneten Landstriche der Literatur, die sich vor ihm ausbreiteten. »Das weiß ich doch jetzt noch nicht«, antwortete er. »Vielleicht ist es nur für meine Kinder.«
Reporter: »Lassen Sie sich von Alis Sprüchen beeindrucken?«
Foreman: »Nein. Er erinnert mich an einen Papagei, der immer wieder sagt: ›Du bist ein Dummkopf, du bist ein Dummkopf.‹ Ich will Muhammad Ali nicht beleidigen, aber er gleicht diesem

Papagei. Alles, was er jetzt sagt, hat er früher schon einmal gesagt.«

Er wurde gefragt, ob ihm das Land Zaire gefalle; er machte ein etwas unbehagliches Gesicht und erwiderte, zum erstenmal mit einer Spur Unbehagen in der Stimme:»Ich möchte so lange wie möglich hier zu Besuch weilen.« Wenn Boxer gute Lügner waren, dann war er vielleicht gar kein Boxer.

»Warum wohnen Sie im ›Inter-Continental‹ statt hier?«

Foreman antwortete noch schneller:»Nun ja, ich bin an das Hotelleben gewöhnt. Obwohl es mir hier in Nsele sehr gut gefällt.« Eine weitere Frage rettete ihn.

»Wie wir hören, hat Präsident Mobutu Ihnen einen Löwen als Schoßtier geschenkt.«

Foreman fand zu seinem Lächeln zurück.»Für ein Schoßtier ist er zu groß. Er ist ein richtiger, ausgewachsener Löwe.«

»Sind Sie gern Champion?« Reporter schienen einen Freibrief für dumme Fragen zu haben. Der Haken daran war leider nur, daß gute Gründe für dumme Fragen bestanden. Denn bei deren Beantwortung verriet sich der Befragte zumeist am leichtesten.

»Sind Sie gern Champion?«

»Ich denke jede Nacht daran«, antwortete George und ergänzte in einem plötzlichen Ausbruch unterdrückter Eigenliebe, den seine sanfte Stimme nicht ganz bewältigen konnte:»Ich denke daran und danke Gott; und danke George Foreman für sein großartiges Stehvermögen.« In seiner Stimme lag die typische Schizophrenie großer Sportler. Die, genau wie die Künstler, den fertigen Profi nicht von dem Kind, aus dem er hervorgegangen ist, zu trennen vermögen. Das Kind (inzwischen erwachsen) ist noch immer der Begleiter des großen Sportlers und bis über beide Ohren in ihn verliebt – eine, es muß gesagt werden, ausgesprochen unreife Liebe.

Aber Sadler, Moore und Saddler hatten ihn gelehrt, Fehler zu korrigieren. Seine Stimme beruhigte sich wieder, und er fügte rasch hinzu:»Ich fühle mich keinem meiner Vorgänger im

Championat überlegen. Den Titel besitze ich nur leihweise und muß ihn später wieder abgeben.« Nun wurde er mitteilsam. »Ich habe es sogar gern, wenn mich die jungen Anfänger mustern und sagen: ›Ach, mit dem könnte ich schon fertig werden.‹ Dann lache ich. Denn ich war genauso. Das ist all right. So muß es sein.« Er schien mit dieser Pressekonferenz so zufrieden zu sein, daß er auf einmal ganz natürlich wirkte und allen Anwesenden Sympathie abnötigte. Er bot einen krassen Gegensatz zu Ali, der sich immer, wenn Reporter in seiner Nähe waren, über die jüngste ihm angetane Kränkung entrüstete und den Medien gegenüber mit dem Säbel seiner Eloquenz rasselte, daß es klang wie ein im Wind schepperndes Stück Blech.

Die Fragen gingen weiter. Foremans Antworten kamen samtweich wie abgetragene Jeans. Einmal nur entstand eine Situation, die ahnen ließ, wie es aussah, wenn man ihn reizte. Ein Reporter fragte, was er von Alis Behauptung halte, er sei bei der Arbeit für sein Volk militanter als Foreman.

George erstarrte. Kette und Schuß blockierten den Faden. Er atmete gepreßt. »Über eine solche Behauptung wird sich ein intelligenter Mensch nicht aufregen«, antwortete er. »Und wenn Ali glaubt, militanter zu sein als ich … « Seine Stimme wurde lauter. »An so was denke ich überhaupt nicht«, sagte er, sich selbst unterbrechend. Offenbar saß bei ihm die Wut ebenso locker wie die Tränen bei einem verzogenen Kind. Seine Erregbarkeit schien unter dem Einfluß einer starken Labilität zu stehen – eine teilweise Erklärung für sein Konzentrationsritual. Wie ein Mensch, der fürchtet, aus großer Höhe herabzustürzen, und seine Augen auf den Fußboden heftet, um nicht aus dem Fenster sehen zu müssen, richtete Foreman seine Gedanken ausschließlich auf das Negieren jeglicher Herausforderung.

»Es ist schwer«, meinte er, »sich zu konzentrieren und höflich zu sein, wenn man Fragen vorgesetzt bekommt, die man schon so oft gehört hat.« Er war also Anhänger der Theorie, daß Wiederholung die Seele tötet. »Sehen Sie, ich bereite mich hier auf einen Kampf vor. Diesen Vorbereitungen gilt mein einziges Interesse. Und ich wünsche keine Ablenkung. Ich habe zwar nichts gegen die Presse, aber ich möchte mich ausschließlich mit dem beschäftigen, was jetzt vor mir liegt. Denn sehen Sie«, fuhr er fort, »man muß alles, was man tut, hundertprozentig tun.« Er sah sich um, als wolle er andeuten, daß er nun genug geschwatzt habe.

»Eine letzte Frage noch, George. Ihre Voraussage für den Kampf?«

Foreman war wieder in seinem Element. Die Krise war vorbei. »Ach«, sagte er in einer gar nicht mal so schlechten Parodie, »ich bin der größte Boxer aller Zeiten. Ich bin ein Wunder. Das fünfte Weltwunder. Ich bin sogar schneller als Muhammad Ali. Und ich werde ihn k. o. schlagen, in drei – zwei – eins.« Seine Augen lachten. »Ich werde hundertprozentig mein Bestes geben«, erklärte er. »Das ist meine einzige Voraussage.«

Nun wurden Dick Sadler einige Fragen gestellt. Foremans Manager, klein, gedrungen, ungefähr sechzig, mit kahlem Kopf, platter Nase und schwarzer Baskenmütze auf der Glatze, war hart, aber rundlich, und seine Züge wirkten beeindruckend, denn sie glichen einer immer wieder korrigierten Landkarte – Sadler wußte, welchen Verformungen das Fleisch in der Welt draußen unterworfen ist. Da er überdies die ganze Skala klug angepaßter Verhaltensweisen beherrschte, die sich aus der wechselseitigen Beeinflussung der verschiedenen schwarzen Institutionen ergibt: Gefängnis, Boxen, Musik, ja sogar persönlicher Redekunst, hätte Sadler, wäre er Schauspieler gewesen, praktisch alles spielen können, vom Aufseher im Sträflingslager bis zum alternden Conferencier. Er hätte Tänzer oder Komödiant sein können und war beides gewesen; er hätte Klavier spielen oder Trompete blasen können und hatte beides getan. Er war vielseitig und hatte das schon im Alter von neun Jahren erkannt, als er in »Our Gang«-Komödien auf der Bühne stand. Sogar jetzt erinnerten seine Züge noch an so klassische Gesichter wie Louis Armstrong und Moms Mabley; Sadlers Mund wirkte stets, als habe er den Nach-

65

geschmack seiner letzten Bemerkung noch auf den Lippen. Die oft genug einmalig war, denn er brauchte niemals etwas zweimal zu sagen. Unterhielt er sich jedoch mit der Presse, wiederholte er sich mit Bedacht:»Wiederholungen sind die Versicherung der Idioten«, verkündete sein ironischer Blick, und dann begann er mit seinen Ausführungen.»George«, erklärte er ihnen jetzt, »wird immer den linken Fuß zwischen Muhammads Beinen haben. Auuuu!« Er imitierte großen Schmerz.»Und da ist George am richtigen Platz. Ein Schlag in die Nieren, ein Schlag aufs Herz und wieder einer in die Nieren. Auuuu! George kann viel mehr als Muhammad Sein Schlag ist besser, in jeder Hinsicht, er ist schneller und perfekter. George weicht aus, George pariert Angriffe, George geht an den Gegner ran, gibt ihm Dampf, trifft ihn, daß er herumgeworfen wird, erwischt ihn am Kopf. Das merkt der Gegner, oder er merkt es nicht.« Sadler hielt inne, blickte an sich herab und begann mit den Knien zu wackeln wie ein Betrunkener.»Aber seine Beine werden es merken.«

Gefragt, ob noch in letzter Minute Veränderungen an Foremans Training oder Kampftaktik zu erwarten seien, zuckte Sadler ob der Plumpheit dieser Frage die Achseln.»Ich habe jetzt seit einer ganzen Reihe von Jahren mit einer ganzen Reihe von Champs gearbeitet. Nein, wir machen uns keine Sorgen. Wir brauchen nicht im letzten Moment auf meine *Intuition* zurückgreifen. Ali kann laufen, aber bestimmt nicht lange. Wir sind sehr zuversichtlich. Es wird keine Überraschungen geben. Dies wird vermutlich der leichteste Kampf werden, zu dem George jemals angetreten ist.« Ein Kopfnicken zur Presse hinüber, dann ging er mit seinem Schützling davon.»Platz für unsere Talentbombe!« rief er befehlend.

Ein wenig davon machte sich am nächsten Tag in der Art und Weise bemerkbar, wie er Foreman arbeiten ließ. Da gab es kein Boxtraining, kein vergnügliches Sparring im Ring, nur die unheimlichen Klänge von Foremans Naturmusik (»I love the Lord« – Donny Hathaway). Und nach fünfzehn bis zwanzig Minuten der Auflockerung, der Versenkung und des Schattenboxens begab sich Foreman an den schweren Sandsack. Während Sadler auf der anderen Seite stand und den Sack festhielt – eine elementare Übung, die man sonst nur mit Anfängern macht, weil sie zunächst einmal lernen müssen, auf ein unbewegliches Objekt loszuschlagen. Foreman und Sadler jedoch beabsichtigten etwas ganz anderes.

Für einen Boxer ist es hart, lange am schweren Sandsack zu arbeiten. Die Arme schmerzen, der Kopf schmerzt, und wenn die Hände nicht umwickelt sind, können dabei die Knöchel aufspringen. Der Sandsack, etwa so groß wie eine Übungspuppe für Bajonettangriffe, wiegt achtzig Pfund oder mehr, und wenn der Boxer nicht richtig trifft, wird sein Körper von der Wucht seines eigenen Schlages geschüttelt. Die Wirkung ist etwa so, als werde man von einem Gegner unerwartet zu Boden gerissen. Ein einziger falscher Schlag genügt. Und Foreman begann nun am Sandsack Linke und Rechte zu praktizieren. Er schlug nicht langsam, er schlug nicht schnell, er schlug gleichmäßig und legte sein ganzes Körpergewicht in die Schläge. Das bedeutete, daß er seine Kraft vierzig bis fünfzigmal pro Minute anspannte und losschnellen ließ, denn in diesem Rhythmus schlug er zu – nicht schnell, nicht langsam, aber so hart, daß seine Schläge die Wirkung eines Preßlufthammers besaßen. Sadler stand vornübergebeugt, den Sandsack fest in beide Arme genommen, in der Haltung eines Mannes, der sich im Sturm auf See an ein rettendes Holzfaß klammert. Jeder Schlag schüttelte ihn durch und durch. Sein Körper erbebte unter den Treffern. Aber das war nicht weiter wichtig, so was gehörte eben dazu. Landete ein Treffer auf der anderen Seite des Sandsacks besonders hart, knurrte Sadler nur und sagte bewundernd: »*Alors!*«

Fünfzig Schläge pro Minute in jeder Drei-Minuten-Runde. Das sind einhundertundfünfzig Schläge hintereinander. Foreman hörte in den dreißig Sekunden Pause, die Sadler ihm zwischen den Runden zugestand, zwar auf, den Sandsack zu bearbeiten, hörte aber keineswegs auf, sich zu bewegen. Kaum hatte Sadler den Sandsack losgelassen, tänzelte Foreman um den Sack herum, tippte ihn mit leichten Fäusten an und wurde mit seinen Füßen dabei immer schneller. Dann waren die dreißig Sekunden um, Sadler hielt wieder den Sandsack fest, und Foreman schmetterte seine Schläge hinein. Das waren keine gewöhnlichen Schwinger! Seine ganze Kraft legte Foreman in diese Schläge, Runde um Runde, fünfzig- bis hundertmal hintereinander, ohne daß seine Kraft nachließ – an diesem Tag schlug er fünf- bis sechshundertmal zu, und das war wohl die härteste Schlagserie, die ein Boxreporter jemals gesehen hat. Jeder einzelne Hieb reichte aus, um einem durchschnittlichen Sportler die Rippen zu brechen; einem Mann mit schwachen Bauchmuskeln hätten sie das Rückgrat gebrochen. Foreman traf den Sandsack mit der Selbstsicherheit eines Mannes, der einen Vorschlaghammer nehmen und einen Baum damit umhauen kann. Im Sandsack selbst entstand eine Vertiefung, die so groß war wie sein Kopf. Mit der Zeit bildeten Foremans Schweißtropfen auf dem Fußboden ein Muster von zwei Meter Durchmesser: Poom! und pom! und boom! bom! boom! machten seine Fäuste auf dem Leder, methodisch, rhythmisch und so unfehlbar hypnotisierend wie der Lärm eines Dampfhammers, der ein Stahlrohr in die Erde treibt. Man ahnte die Taktik. Früher oder später mußte in diesem Kampf der Zeitpunkt kommen, da Ali so müde war, daß er sich kaum noch bewegen, da er nur noch die Arme zur Deckung hochnehmen konnte. Dann war er diesem Sandsack gleich. Dann konnte ihn Foreman so bearbeiten wie diesen Sandsack. Mit der unendlichen, massiven Selbstsicherheit dieser gigantischen Schläge würden sich seine Fäuste den Weg durch Alis Deckung sprengen, auf seine Arme niederprasseln, bis diese ihn nicht mehr decken konnten. Sechshundert Schläge gegen den Sandsack, und kein einziger falscher dabei. Aus jedem nur denkbaren Winkel würden seine Fäuste auf Alis angstvoll geduckten, Schutz suchenden Körper eintrommeln, und Sadler rief, als spüre er, wie die Zuschauer zu begreifen begannen, Sadler, mit seinem erfahrenen Wasserspeiermund, rief laut: »Keine Angst, Muhammad! O Muhammad, nur keine Angst!«

5
Toter Mann auf den Brettern

Ali warf einen Blick herein. Foreman konnte kaum etwas tun, ohne daß Ali es mitansah. Denn Ali, der täglich in diesem selben Ring als erster trainierte, hatte ausreichend Zeit, um zwölf Uhr mittags mit seiner Arbeit zu beginnen, sich mit der Presse zu unterhalten, zum Duschen die hundert Meter zu seiner Villa hinüberzugehen und dann wieder herauszukommen und sich Foremans Training anzusehen. Foreman traf jeweils nach einer Vierzig-Meilen-Fahrt vom »Inter-Continental« bis hier herüber etwa gegen dreizehn Uhr ein und ging zum Umziehen in seine Kabine. Häufig war er bereits da, wenn Ali noch mit der Presse sprach. Hörte dieser, daß Foreman mit seinem Gefolge draußen vorbeikam, rief er laut: »Komm rein, Holzkopf! Ich tu dir nichts.« Und Foreman antwortete: »Ich will nichts hören.« Damit war er schon wieder aus Alis Rufweite heraus, und Ali erklärte den lauschenden Reportern: »George Foreman möchte sich nicht beunruhigen lassen, denn schließlich hat er schon genug Sorgen. Weil er gegen *mich* antreten muß.«
Zu jener Zeit schien Ali mehr an Gesprächen mit der Presse interessiert zu sein als am Training. Eines Vormittags zeigte er sogar nur drei Runden leichtes Schattenboxen und arbeitete dann einige Minuten am schweren Sandsack. Vielleicht hatte Ali zu viele Jahre hindurch am schweren Sandsack gearbeitet, denn er tat es vorsichtig, als wolle er weder seinen Händen noch seinem Kopf Schaden zufügen. Er schien seine Energie für die Presse zu reservieren. Nach dem Training war er immer für eine seiner Tiraden zu haben, und seine Stimme war unverändert – immer noch verriet sie die Hysterie, die man zehn Jahre zuvor in ihr entdeckt hatte, immer noch war es dieselbe höhnisch erregte Stim-

me, die alle weißen Zuhörer abstieß, immer noch jene häßliche Stimme, die so wenig zu seinem sonst üblichen Charme paßte. Man spürte direkt, wie Ali innerlich einen anderen Gang einlegte, wenn er zu seinem Redeschwall ansetzte – als gäbe es ein Spezialgetriebe, das er ausschließlich für seine Pressekonferenzen benutzte, oder zum Deklamieren seiner Gedichte, oder für Monologe über den jeweiligen Gegner. Bei solchen Gelegenheiten wurde sein Ton hart. Schrille Anklänge von Angst schlichen sich in seine Stimme, schwere Töne gekränkter Würde. Und je komischer das wirkte, was er sagte, desto humorloser wurde er selbst. »Obwohl ich der Größte bin«, erklärte er wohl, »habt ihr mich zum Underdog gestempelt. Wenn ich, der Künstler, der Kreative, mit einem Amateur kämpfe, werde ich als Underdog beschimpft.« Sein Hochmut war königlich, zielte aber wahrscheinlich auf das Schloß des Champs, denn er wußte, daß jedes seiner Worte sofort kolportiert wurde. Irgend etwas in seiner Stimme deutete an, daß man niemals erfahren werde, wieviel er selbst glaubte von dem, was er sagte. Nach einer Weile begann man zu argwöhnen, daß diese Tiraden Eliminierungshilfen waren, Ventile für die Langeweile des Trainings; er warf der Presse seinen Seelenmüll vor. Infolgedessen war es nicht immer lustig, in seiner Nähe zu sein. Wenn er die Luft mit seinen Reden verpestete, drängte sich der Gedanke auf, daß er ununterbrochen von Panik geschüttelt wurde. Gewiß, die kurzen Einblicke in Foremans Training mit dem schweren Sandsack mußten ihm einige Angst eingejagt haben. Irgendwo in seinem Wesen mußte er auf die monumentalen Schläge reagieren. Und diese Reaktion bestand anscheinend darin, daß er die Presse zu einer weiteren Tirade versammelte. Seine Tiraden klangen jedoch allmählich hohl, und es gab Augenblicke in Nsele, da diese Hohlheit auf ihn zurückzufallen schien, als hätte er laut hinausgerufen: »Hört, o Wände, den Klang meiner Größe!« Und die Wände hatten ihn nicht gehört.

Am Donnerstag, fünf Tage vor dem Kampf, hielt Ali wieder einmal ein charakteristisches Seminar. »Dieser Kampf wird nicht nur das größte Ereignis in der Geschichte des Boxens sein, sondern sich außerdem als größtes Ereignis der Weltgeschichte erweisen. Er wird das größte Aufsehen erregen, das man jemals erlebt hat, und denjenigen, die nichts vom Boxen verstehen, wird er wie das größte Wunder vorkommen. Das Boxpublikum besteht, was seine Kenntnis von der Kunst des Boxens betrifft, aus Dummköpfen und Ignoranten. Das kommt daher, daß ihr, die ihr über das Boxen schreibt, von dem, was ihr zu beschreiben versucht, keine blasse Ahnung habt. Denn die eigentlichen Dummköpfe und Ignoranten seid ja doch ihr Schreiberlinge. Und damit ihr wieder was für eure Kolumnen habt, werde ich euch jetzt zeigen, warum George Foreman mich nicht besiegen kann und warum ich das größte Aufsehen in der Geschichte des Boxens auslösen werde, was ja im Grunde allein ihr Schreiberlinge mit eurer Dummheit und Ignoranz verschuldet habt. Eure Schuld ist es«, er artikulierte die Worte jetzt überdeutlich, »daß das Boxpublikum so wenig weiß und daher glaubt, George Foreman sei gut und ich sei erledigt. Deswegen muß ich euch unwiderlegbare Beweise dafür bringen, daß ihr euch täuscht. Angelo«, wandte er sich an Angelo Dundee, »gib mir doch mal die Listen rüber.« Und dann begann er eine Aufstellung aller Boxer zu verlesen, gegen die er jemals gekämpft hatte. Die Geschichte des Schwergewichtsboxens während der letzten dreizehn Jahre stand wieder in der Erinnerung auf. Alis erste sieben Kämpfe gingen gegen relativ unbekannte Gegner, gegen Männer wie Herb Siler, Tony Esperti und Donnie Freeman. »Nullen«, lautete Alis Kommentar. In seinem achten Kampf stand er gegen Alonzo Johnson, »ein Boxer von Rang«, dann gegen Alex Miteff, »ein Boxer von Rang«, und Willi Besmanoff, »ein Boxer von Rang«. Jetzt wurde Alis Miene bitter. »Als George Foreman auf der Straße seine ersten Prügel bezog, kämpfte ich bereits mit Boxern von Rang, Fightern von Ruf, gefährlichen Gegnern! Seht euch nur die Liste an: Sonny Banks, Billy Daniels, Alejandro Lavorante, Archie Moore! Doug Jones, Henry Cooper, Sonny Liston! Gegen alle bin ich angetreten. Patterson, Chuvalo, noch einmal Cooper, Mildenberger, Cleveland Williams – ein sehr gefährliches Schwergewicht. Ernie Terrell, doppelt so groß wie Foreman – ich habe sie besiegt. Zora Folley – der hat die amerikanische Flagge gegrüßt wie Foreman, und ich habe ihn trotzdem k. o. geschlagen, einen sehr erfahrenen Boxer!« Der Ring in Nsele erhob sich drei Meter über den Fußboden – ein weiteres Beispiel für die Technologie von Zaire: ein Boxer, der hier durch die Seile fiel, konnte sich beim Sturz einen Schädelbruch zuziehen. Ali setzte sich an den Rand, ließ die Beine baumeln, und Bundini stellte sich direkt unter ihn. Es sah aus, als säße Ali auf seinen Schultern, so daß Bundinis Kopf, rund wie ein Ball, kurz geschoren und kahl in der Mitte, wie ein Globus zwischen Alis Beinen erschien. Beim Sprechen legte Ali die Hände auf Bundinis Kopf, als habe er die Kristallkugel einer Wahrsagerin vor sich (eine schwarze Kristallkugel!); jedesmal, wenn er, um seine Worte zu unterstreichen, Bundinis kahle Stelle tätschelte, funkelte Bundini die Reporter an wie ein Hexenmeister im Halseisen.»Und der Presse möchte ich folgendes sagen«, fuhr Ali fort.»Ich habe gegen zwanzig Boxer von Rang gekämpft, bevor Foreman seinen ersten Fight antrat!« Ali grinste höhnisch. Wie konnte die Presse in ihrer Unwissenheit auch nur entfernt diese Boxkultur begreifen?»Und nun liest euch Angelo die Liste von Foremans Gegnern vor.« Während die lange Reihe der Namen ertönte, hörte Ali nicht auf, Grimassen zu schneiden. »Don Waldheim.« »Eine Null.« »Fred Askew.« »Eine Null.« »Sylvester Dullaire.« »Eine Null.« »Chuck Wepner.« »Null.« »John Carroll.« »Null.« »Cookie Wallace.« »Null.« »Vernon Clay«, sagte Dundee. Ali zögerte »Vernon Clay – der könnte gut gewesen sein.« Die Presse lachte. Und lachte abermals über Alis Kommentar zu Gary »Hobo« Wiler: »Ein Tramp.« Noch ein paar weitere Namen wurden als »Nullen« abgetan. Ali sagte verächtlich: »Würde ich gegen diese Tränen boxen, ihr hättet mich längst in hohem Bogen aus dem Boxgeschäft rausgeschmissen.« Unvermittelt rief Bundini: »Nächste Woche sind wir wieder Champ!«

»Halt den Mund«, befahl ihm Ali mit einem gleichzeitigen Klaps auf den Kopf. »Das hier ist meine Show.«

Nachdem die ganze Liste von Foremans Kämpfen verlesen war, gab Ali eine Zusammenfassung. »Foreman hat pro Monat gegen eine Träne gekämpft. Alles in allem hat George Foreman nur gegen fünf namhafte Boxer gekämpft. Er hat sie alle zu Boden geschlagen, aber keiner ist bis zehn liegengeblieben. Von den neunundzwanzig namhaften Boxern aber, gegen die ich angetreten bin, sind fünfzehn ausgezählt worden.« Stolz wie über ein gut durchdachtes und gut vorgetragenes Plädoyer, wandte sich Ali nunmehr an die Jury. »Ich bin ein Professor der Boxkunst. Ich bin ein Boxwissenschaftler – dieses ist der unwiderlegbare Beweis dafür. Den ihr auf eigene Gefahr ignoriert, wenn ihr vergeßt, daß ich ein Meister des Tanzes, daß ich ein ganz großer Künstler bin.«

»Schwirren wie ein Schmetterling, zustechen wie eine Biene«, rief Bundini dazwischen.

»Halt den Mund«, sagte Ali mit einem Klaps auf Bundinis kahle Stelle. Dann sah er die Presse durchdringend an. »Ihr habt ja alle keine Ahnung vom Boxen. Ihr seid durch die Bank Ignoranten. Ihr laßt euch von George Foreman beeindrucken, weil er so groß ist und seine Muskeln so mächtig wirken.«

»Sind sie aber nicht«, knurrte Bundini. »Sind sie wirklich nicht.«

»Halt den Mund«, befahl Ali mit einem Klaps.

»Und nun«, sagte Ali, »erkläre ich euch hier von der Presse, daß ihr euch von Foreman beeindrucken laßt, weil er aussieht wie ein großer, schwarzer Mann und so kräftig auf den Sandsack eindrischt. Ich aber sage euch, er kann nicht boxen. Das werde ich euch im Fight beweisen. Dann werdet ihr meine fabelhafte Linke und meinen fürchterlichen rechten Konter sehen. Ihr werdet den Schock eures Lebens bekommen. Weil ihr jetzt von Foreman beeindruckt seid. Aber ich will euch was verraten: Weiße fürchten sich vor Farbigen immer viel mehr als Farbige vor Farbigen. Ich fürchte mich nicht vor Foreman, das werdet ihr allesamt erleben!«

Am nächsten Tag jedoch variierte Ali seine Methode. Keine Pressekonferenz. Statt dessen eine regelrechte Show im Ring. Aber die Tatsache, daß Ali heute überhaupt boxte, war an sich schon ein Ereignis. In den vergangenen anderthalb Wochen hatte er lediglich dreimal leicht gesparrt. Gewiß, Ali hatte so lange trainiert, daß er mit seinen Stallgenossen sozusagen gemeinsam alt geworden war. Im Grunde gab es eigentlich nur noch einen, Roy Williams, den großen, dunklen, gutmütigen Boxer, der in Deer Lake so getan hatte, als sei es ein Sakrileg, seinen Arbeitgeber zu treffen. Jetzt wurde er von Bundini den mehrere Hundert zählenden afrikanischen Zuschauern mit den Worten vorgestellt: »Ladies and Gentlemen, dies ist Roy Williams, Schwergewichtsmeister von Pennsylvania. Er ist größer als George Foreman, er ist schwerer als George Foreman, seine Reichweite ist größer, er schlägt härter und er ist intelligenter als George Foreman.« Bundini, Altvater der Übertreibung.

Seine Worte wurden den schwarzen Zuschauern von einem Zairois verdolmetscht. Sie kicherten und applaudierten. Und nun dirigierte Ali sie zu einem Sprechchor: »*Ali boma yé, Ali boma yé.*« Das war etwa zu übersetzen mit: »Ali, töte ihn!« – ein uralter Schlachtruf –, und Ali dirigierte seinen Chor mit fester Hand, schlug sicher wie der Leiter eines Pfadfinderchors, streng, ernst, stolz auf seine Pimpfe, den Takt – nur daß sein Tun ein Lächeln zu zeitigen schien. Alle waren glücklich, denn der Ruf enthielt keinerlei Drohung – keine Spur von Kannibalen, denen beim Anblick des bevorstehenden Mahles das Wasser im Mund zusammenläuft, kein gieriges Grunzen oder Schmatzen, eher wohl ein High-School-Sprechchor, der anfeuernde Parolen intoniert: ein sicheres Zeichen für Alis gute Laune. An diesem Vormittag wirkte er wie achtzehn und machte sich nun für das Sparring mit Roy Williams bereit.

Aber die beiden boxten kaum. Nach Wochen und Monaten der Zusammenarbeit sind ein Boxer und sein Sparringspartner ein altes Ehepaar. Sie betreiben die Liebe in aller Ruhe. Das mag für alte Ehepaare in Ordnung sein, für einen Boxer jedoch liegt die Gefahr auf der Hand. Er gewöhnt sich daran, unterhalb des im Ring üblichen Risikopegels zu leben. Daher gab Ali heute auch jeden Gedanken an richtiges Boxen auf. Eine ganze Runde lang übte er sich mit Williams im Ringen. Zum Rhythmus von Big Blacks Congatrommeln, einem dumpfen, pulsierenden Takt, bewegte sich Ali mit Ringergriffen durch den Ring. »Wie ein Paket werde ich George zusammenschnüren und dann mit ihm marschieren, mit ihm *marschieren*«, tönte Ali mit lauter, forcierter Stimme durch seinen Mundschutz. »Jawohl, marschieren werde ich mit ihm.« Hin und wieder lehnte er sich in die Seile und ließ sich von Williams mit Schlägen eindecken, anschließend begann er wieder zu ringen. »*Marschieren* werden wir mit ihm.« Als die Runde vorüber war, schrie Ali zu der einen Seite der Halle hinüber: »He, Archie Moore, Superspion – sag George, daß ich ganz groß in Fahrt bin. Daß ich ihn bearbeiten werde, bis er dumm und dämlich ist, und daß die Tortur dann erst richtig anfängt. Krieg! Krieg!« rief Ali laut und stürzte wie die Inkarnation eiserner Entschlossenheit mit hoch geschwungener Faust nach vorn, nur um sich sofort wieder ganz zu entspannen und Williams aufzufordern, an den Seilen auf ihn einzuschlagen.

»Archie Moore, Superspion«, rief er sogar noch über seine Schulter zurück, als Williams schon auf ihn einhämmerte.

Ali hatte vor über zehn Jahren gegen Moore gekämpft. Damals noch kein Champion, nicht einmal um eine Ahnung über Cassius Clay hinaus, hatte das »Großmaul von Louisville« trotzdem prophezeit, der Kampf werde in der vierten Runde enden. Archie kam übergewichtig und überaltert in den Ring, schlug »das Großmaul« aber dennoch in der ersten Runde beinahe k. o. Er erwischte ihn mit einem mächtigen Überraschungsschlag, und als Cassius zurücktaumelte, schickte Moore eine seiner besten Rechten hinterher. Hätte er damit richtig getroffen, wäre der Kampf möglicherweise aus gewesen, doch Clay, halb bewußtlos, konnte gerade noch ausweichen. Von da an beherrschte Cassius den

Kampf. Nach der dritten Runde waren Moores Knie so weich, daß er nicht auf seinem Hocker Platz nahm, sondern in der Ecke stehenblieb, weil er fürchtete, wenn er sich setzte, werde er nicht mehr die Kraft haben, beim Gongschlag wieder aufzustehen. Die vierte Runde hielt er natürlich nicht mehr durch, und das war das Ende seiner Karriere. Archie Moore, mit einer Liste von ungefähr zweihundert Kämpfen, einst Halbschwergewichtschampion und zweimal zum Kampf um die Schwergewichtsmeisterschaft im Ring, wurde von Cassius Clay in den Ruhestand versetzt: Ein wenig vom Echo jenes Abends lag nun in Alis Stimme, als er rief: »Superspion!« – fast so, als ärgere es ihn immer noch, daß er, erster Adept von Archie Moores Kunst, erleben mußte, daß sein ehemaliger Lehrmeister im Lager des Gegners stand. Archie hatte natürlich keinen Grund, Ali besondere Liebe entgegenzubringen, diesem Ali, der niemals zugegeben hatte, daß er Archie Dank schuldete. Aber Archie hatte auch für den Einfluß, den er auf die Kunst anderer Boxer ausgeübt hatte, niemals Anerkennung geerntet. Einmal antwortete er dem irischen Boxer Roger Donoghue, der ihn fragte, wie Moore aus einer Position mit gekreuzten Armen vor dem Gesicht so schnell zuschlagen könne: »Du redest von Technik, Roger, ich aber betreibe Philosophie.« Es mag zutreffen, daß Moore die Philosophie in den Boxsport eingeführt hat. Vermutlich war er der erste, der deutlich machte – und zwar überdeutlich –, daß nicht alle harten Schläge hart sein müssen, daß nicht alle Fallen des Ausweichens wert sind, daß man sich nicht jede Öffnung zunutze machen, nicht jede Erschöpfung als endgültig ansehen muß, daß nicht alle Ringseile den Rücken unlösbar festhalten, daß keine Ecke ohne Raum zum Kämpfen ist, daß kein K. o. dem anderen gleicht und daß keine Finte niederschmettern kann, ohne zugleich ihre komprimierte Kraft zu vermitteln. Moore war für das Boxen, was Nimzowitsch für die Schachszene gewesen war. (Unnötig zu sagen, daß Ali hinsichtlich der Kunst, den Gegner nervös zu machen, eine adäquate Parallele zu Bobby Fischer bietet.)

Jetzt wirkte Moore wie ein bombastischer schwarzer Professor, der am Wochenende Saxophon spielt. Sein grauer Schnauzbart bog sich zu beiden Seiten des Mundes zu einem wohlwollenden Fu-Mandschu, und seine Koteletten machten ihrem Namen Ehre: Sie sahen wirklich aus wie Hammelkoteletts. Alles in allem war er ein etwas rundlicher, forscher Mann Ende des mittleren Alters. Welch ein ergötzlicher Gedanke, daß er beinahe sechzig war und doch noch mit Ali im Ring gestanden hatte!

Moores, des ersten Boxphilosophen, Gegenwart hatte anscheinend so ermutigend auf Ali gewirkt, daß er sich als Meister des Okkulten in der Kunst des Faustkämpfens produzieren wollte. Er ging daran, sich von seinem Sparringspartner k. o. schlagen zu lassen. Ein ritueller Knockout.

Als die zweite Runde begann, gab Ali Williams ein Zeichen, seine Magenpartie zu bearbeiten. Gehorsam drang Williams auf ihn ein und stellte Alis Fähigkeit, eine endlose Zahl von Schlägen zu absorbieren, wieder einmal unter Beweis. »Auuu, das tut weh!« schrie Ali plötzlich. »Auuuu, tut das weeeeh!«

Eilfertig erklärte der Zairois-Dolmetscher den Schwarzen auf den Zuschauerplätzen: »*Il frappe dur.*« Ali löste sich von den Seilen und begann wieder mit Williams zu ringen. Beim Marschieren hielt Ali eine Ansprache an Moore. »Dein Mann hat keine Klasse!« rief er laut und deutlich durch seinen Gummimundschutz. »Keine Beinarbeit. Er denkt zu langsam. Der Truthahn ist jetzt reif zum Schlachten.« Moore jedoch lächelte nur freundlich, als wolle er antworten: »Welcher Truthahn, steht noch nicht fest.«

Ali kehrte an die Seile zurück. Williams traf ihn in den Magen. Ali sank auf ein Knie. Ein Trainer, Walter Youngblood, sprang in den Ring und zählte bis acht. Ali stand auf und lief taumelnd umher. Er und Williams wirkten jetzt wie zwei Sumo-Ringer mit Sand in den Augen. »Er hat mich in den Bauch geschlagen«, stöhnte Ali mit trauriger Sklavenstimme und ging beim nächsten Treffer in den Magen abermals zu Boden. »Der Mann ist zweimal niedergeschlagen worden«, rief er dann, munter aufspringend.

Das Sparring ging weiter. Die Niederschläge auch. Jeder einzelne bot Anlaß zu einer Ansprache. Nach dem vierten Niederschlag – oder war es der fünfte? – blieb Ali liegen. Zu aller Erstaunen zählte Walter Youngblood jetzt bis zehn. Die Stimmung war furchtbar. Es war, als hätte jemand einen durch und durch zotigen Witz erzählt, der nicht ankam. Ein Teufelsfurz. Die Atmosphäre war ruiniert. Von den Brettern aus sagte Ali:»Also, das Großmaul ist zum Schweigen gebracht. Man hat es ihm endgültig gestopft. George Foreman ist der Größte. Viel zu stark«, sagte Ali kläglich. »Er hat viel zu hart getroffen. Und nun verläßt ein geschlagener Ali den Ring. George Foreman ist unumstrittener Weltmeister.« Die Afrikaner im Hintergrund der Halle waren betroffen. Stille, mit Furcht untermischt, stieg von ihnen auf. Niemand glaubte, daß Ali verletzt war – sie fürchteten etwas viel Schlimmeres. Durch diese Farce hatte Ali das den Kampf umgebende Kräftefeld zerstört. Er hatte von den Brettern aus wie ein Toter gesprochen. Wie ein Mitglied des Chors hatte er selbst den Kommentar geliefert:»Das Großmaul ist ihm endgültig gestopft worden.« Die afrikanischen Zuschauer reagierten beunruhigt, als könnten seine Worte unsichtbare Kräfte aktivieren. Es gab kaum einen Zairois unter dem Publikum, der nicht wußte, daß Mobutu, der gute Präsident, nicht nur ein Diktator war, sondern außerdem Doktor des Okkultismus mit einem Pygmäen als persönlichem Hexenmeister (wie hervorragend dieser Pygmäe sein mußte!). Wenn Mobutu jedoch seinen *féticheur* hatte – wer unter diesen Afrikanern wollte dann nicht daran glauben, daß Ali in der furchteinflößenden, magischen Zone zwischen den Lebenden und den Toten ebenfalls eine mächtige Stimme besaß? Das Schweigen, das sich in der Menge ausbreitete (wie das Schweigen im Wald nach dem Echo des Schusses), galt dem uneingeschränkten Entsetzen vor dem, was Ali anrichten mochte, wenn er nicht wußte, was er getan hatte. Der Mensch sollte seine Glieder ebensowenig der Hexerei aussetzen, wie er seine Seele ermutigen sollte, in jenes Nebelreich zu schlüpfen. Wenn jedes Wort bis ans Ende der Welt widerhallt, kann ein schwaches Wort ein Echo auslösen, das den Menschen, der es gesprochen hat, bestraft; kann eine schwache Tat eine Niederlage garantieren. Deswegen darf der Mensch nicht mit seiner Würde spielen, es sei denn, er ist erfahren in der Kunst der Verwandlung. Wußte Ali wirklich, was er tat? War es töricht, daß er versuchte, einen Flecken auf seiner Seele wegzubrennen und dabei die Katastrophe zu riskieren, oder weckte er absichtlich die Mächte, die für den Sieg Foremans arbeiteten, um sie in Verwirrung zu stürzen? Wer konnte es wissen? Nun sprang Ali auf die Füße und beruhigte die Leute. »Sagen Sie ihnen«, wandte er sich an den Dolmetscher, »daß dies eine Sondervorstellung war. In Wirklichkeit werden sie so etwas niemals zu sehen bekommen. Sagen Sie den Leuten, sie sollen nicht den Kopf hängen lassen. Kein Mann ist so stark oder so groß, daß er mich k. o. schlagen kann. *Ali boma yé!*« rief er. »Sagen Sie ihnen, sie sollen *boma yé* rufen.« Die Übersetzung erfolgte. Matter Beifall. Man brauchte Zeit, sich von dem Schock zu erholen. Die Afrikaner waren benommen. Nicht denken, bevor das Denkvermögen wiederkehrt, mochte ihre Stimmung bedeuten. Trotzdem riefen sie: »*Boma yé!*« Wer hatte je von einer so ungeheuren Selbstsicherheit vernommen, wie sie dieser Mann im Ring besaß? Vielleicht beherrschte er die Gesetze der höchsten Magie.

»He, ihr Quatschköpfe!« rief Ali vergnügt der Presse zu. »Hört, was ich euch zu sagen habe! Wenn ihr mich hier so rumspielen seht – bitte wettet nicht gegen mich.«

Big Black schlug seine Congatrommel, und in diesem Moment ging Foreman draußen vorbei. »Hier gibt es Krieg«, schrie Ali laut, verließ den Ring und begab sich in sein Quartier. Man hatte viel Zeit, an Alis Traum zu denken, der vor so langen Wochen veröffentlicht worden war, als er gerade in Zaire ankam. Damals hatte er gesagt, daß Foreman eine Platzwunde am Auge davontragen werde. Bundini hatte damit geprahlt, daß er diese Platzwunde herbeizaubern werde. Dann hatte sich Foreman tatsächlich die Platzwunde zugezogen. Nur eben eine Woche zu früh. Falls Ali und Bundini übersinnliche Kräfte angewandt hatten, dann hatten sie sie falsch angewandt. Würden sie nunmehr gezielter angewandt? Es gab viel Anlaß zum Nachdenken in dieser Woche vor dem großen Kampf.

6
Unser schwarzer Kissinger

N'golo war ein kongolesisches Wort für Kraft, Lebenskraft. Es konnte gleichermaßen auf Ego, Status, Körperkraft und Libido angewandt werden. Ganz zweifellos fühlte sich Ali seines rechtmäßigen Anteils daran beraubt. Zehn Jahre lang hatte die Presse Ali um sein *n'golo* betrogen. Ganz gleich, ob er soviel davon besaß wie kaum einer in Amerika – er wollte mehr. Nicht das *n'golo*, das man besitzt, sondern das *n'golo*, das einem verwehrt wird, löst die schrillste Hysterie der Seele aus. Daher durfte er diesen Kampf nicht verlieren. Verlor er doch, würden sie den Nachruf auf seine Karriere schreiben, und die Toten haben kein *n'golo*. »Die Toten sterben vor Durst«, lautet ein alter afrikanischer Spruch. Die Toten können nicht in dem *n'golo* ruhen, das sich mit dem ersten Schluck Palmwein, Whisky oder Bier einstellt.

Alis Pressekontakte gestalteten sich jetzt nonstop. Nie schien ein Boxer soviel Respekt vor der magischen Macht des geschriebenen Wortes gehabt zu haben wie er. Seine Villa mit den grünen High-Schlock-Möbeln stand so manchem Reporter offen, und wenn am Nachmittag in Nsele für beide Männer das Training vorüber war, fuhr Foreman ins »Inter-Continental« zurück, während Ali, in einem tiefen Armsessel hängend, beide Beine weit von sich gestreckt, die unersetzlichen Arme vor der Brust verschränkt, in seinem Wohnzimmer faulenzte und den Reportern, die bei ihm saßen und seine eiserne Kondition bei Gesprächen keine Sekunde in Zweifel zogen, weitere Fragen beantwortete. Tagtäglich absolvierte er mit seiner Zunge einen Marathonlauf, kraftvoll, sicher und ohne je über die Gedanken anderer zu stolpern. Wurde ihm eine Frage gestellt, auf die er keine Antwort wußte, pflegte er sie zu überhören. Souverän, dieser Snobismus seiner Ohren!

Schwarzen Korrespondenten gegenüber gab er sich natürlich freundlich – das Interview mit Muhammad war häufig ihr Gesellenstück. Von keinem anderen berühmten Schwarzen würden sie je so höflich behandelt werden: Ali beantwortete jede Frage ausführlich. Er beantwortete sie vor Mikrophonen für geplante Rundfunksendungen und vor Mikrophonen von Reportern mit Tonbandgeräten, er sprach langsamer, damit sich die Journalisten Notizen machen konnten, und war erleichtert, wenn sie keine Notizen machten. Er wob einen riesigen Leinwandsack, so groß, daß die gesamte Erde hineinpaßte. Wenn dieser Sack fertig war, würde er die Welt hineinstecken und ihn sich auf die Schulter hieven.

So kehrte er in den entspannten Nachmittagsstunden nach dem Trainings-Knockout durch Roy Williams zu seinem Lieblingsthema zurück und beschrieb in allen Einzelheiten, wie er Foreman besiegen werde. »Das ist nicht anstrengender als das Konditionstraining«, sagte er. »Der Kampf wird leicht sein. Dieser Mann ist nicht, wie Frazier, bereit, Kopftreffer einzustecken, nur um an mich heranzukommen. Er ist nicht so hart wie Frazier. Er ist weich und verwöhnt.«

Ein junger Schwarzer namens Sam Clark, der für BAN – *Black Audio Network* – arbeitete, eine Rundfunkgesellschaft, die schwarz-orientierte Sender mit Nachrichten aus der Welt der Schwarzen versorgte, stellte jetzt eine gute Frage. »Wenn Sie Foreman empfehlen müßten, wie er den Kampf gegen Sie führen soll, welchen Rat würden Sie ihm geben?«

»Wenn ich meinen Gegner am Schatz meiner Erfahrungen teilhaben lassen würde, wäre er vielleicht vernünftig und wartete einfach ruhig ab. Natürlich würde ich auch das zu meinem Vorteil ausnutzen. Ich bin vielseitig. Immerhin, die Mumie würde am besten fahren, wenn sie in der Ringmitte stehenbliebe und abwartete, bis ich auf sie losgehe.« Und fast ohne Pause fuhr er fort: »Haben Sie diese *Toten*musik gehört, die er spielen läßt? Er *ist* eine Mumie. Und ich«, Ali kicherte, »werde der ›Fluch der Mumie‹ sein.«

Immer neue Themen wurden angeschnitten. Er sprach davon, daß die Afrikaner jetzt die Technologie der Welt erlernten. »Gewöhnlich fühlt man sich in einem Flugzeug sicherer, wenn der Pilot ein weißes Gesicht hat«, führte er aus. »Genau wie man es meistens vorzieht, daß ein Weißer die Jets instand hält. Hier aber sind sie alle schwarz. Das hat großen Eindruck auf mich gemacht«, bekannte er. Aber gewiß, wenn er am aufrichtigsten klang, konnte es sein, daß er es am wenigsten ernst meinte. Bei einem ähnlichen Gespräch mit Freunden hatte er augenzwinkernd hinzugefügt: »Natürlich habe ich keinen Augenblick an diesen Unsinn geglaubt, daß die Piloten tatsächlich alle schwarz sind. Ich suche ständig nach dem Geheimschrank, in dem sie den weißen Mann verstecken, bis sie einmal in Schwierigkeiten geraten.«

»Werden Sie auf Foremans Platzwunde zielen?« erkundigte sich ein anderer schwarzer Reporter.

»Ich werde *um* die Platzwunde *herum*zielen«, antwortete Ali.

»Ich werde ihn schwer zusammenschlagen«, verkündete er aus dem unerschöpflichen Vorrat seines Zorns, »und ich beanspruche den Kredit für meinen Sieg allein. Ich will nicht, daß er der Platzwunde zugeschrieben wird.« Und mit Nachdruck fuhr er fort: »Nach dem Sieg werden für meinen nächsten Kampf zehn Millionen Dollar im Gespräch sein.«

»Wenn das zutrifft, werden Sie sich trotzdem vom Boxsport zurückziehen?«

»Ich weiß es nicht. Diesmal gehe ich mit nur einer Million dreihunderttausend Dollar nach Hause. Die Hälfte meiner fünf Millionen geht an die Regierung, eine halbe Million ist für Aufwendungen, und ein Drittel des Rests bekommt mein Manager. Mir selbst bleiben 1,3 Millionen. Das ist gar nichts. Wenn Sie mir heute hundert Millionen geben, stehe ich morgen mit leeren Taschen da. Wir haben ein Krankenhaus, das sich im Bau befindet, in Chicago, ein Krankenhaus für Schwarze, das kostet fünfzig Millionen Dollar. Mein Geld geht für gute Zwecke drauf. Wenn ich diesen Kampf gewinne, werde ich viele Reisen machen.« Jetzt hatten sich die beiden Gesprächsthemen getroffen, und er redete mit jener Liebe zur Rhetorik, die ein Politiker verrät, wenn er seine Wahlrede hält und weiß, daß sie gut ist. Ali war also endlich in seinem Element.»Wenn ich gewinne«, sagte er,»werde ich der schwarze Kissinger sein. Das bringt zwar Ruhm, ist aber anstrengend. Jedesmal, wenn ich irgendwo zu Besuch bin, muß ich Schulen besichtigen, Altersheime besichtigen. Ich bin nicht einfach nur ein Boxer, für diese Leute bin ich eine Gestalt der Weltgeschichte.« Es war, als müsse er es immer wieder sagen, so wie Foreman immer wieder auf den schweren Sandsack einhämmern mußte, als würden die Muskeln seiner Willenskraft durch dieses harte orale Konditionstraining gestählt. Immer stärker drängte sich die Frage auf: War es noch immer der Junge aus Louisville, der hier ununterbrochen redete, den ganzen Nachmittag und, wer konnte es wissen, die ganze Nacht hindurch mit der unüberwindlichen Angst des Jugendlichen redete, den die Geschichte beim Kragen packt und in die Dynamos der Geschichte zwingt? Oder befand er sich mitten in der Entwicklung zu einem einzigartigen Phänomen, zu einem Propheten des zwanzigsten Jahrhunderts, so daß der Zorn und die Furcht in seiner Stimme darauf zurückzuführen waren, daß er nicht lehren, nicht überzeugen, *nicht überzeugen* konnte? Hatte einer der Reporter eine Grimasse gezogen, als er sich als schwarzer Kissinger bezeichnete? Um jeglichem Spott zuvorzukommen, begann Ali Possen zu reißen. »Wenn man all diese Leute in all diesen fremden Ländern besucht, muß man immerfort essen. Das ist gar nicht so einfach. In Amerika bekommt man einen Drink angeboten. Einen Drink kann man als Boxer ablehnen. Hier aber muß man ständig essen. Wenn man nicht ißt, sind sie gekränkt. Es ist eine Ehre, von so vielen Menschen geliebt zu werden, aber es ist auch die Hölle, *man.*« Er kam jedoch von seiner Mission nicht los.»Niemand will begreifen, was ich vorhabe«, sagte er.»Den Menschen in Amerika fällt es schwer, einen Boxer ernst zu nehmen. Sie wissen nicht, daß ich nur boxe, um bestimmte Dinge zu überwinden, die ich sonst nicht überwinden könnte. Die Tatsache, daß ich Boxer bin, gibt mir die Möglichkeit, gewisse Ziele zu erreichen. Ich mache das nicht wegen der Lorbeeren«, sagte er schließlich leise, »sondern weil ich vieles ändern möchte.«

Was er sagte, war nicht mißzuverstehen. Man mußte sich nur der Möglichkeit anschließen, daß Ali keinen repetitiven, sondern einen weit offenen Verstand besaß, und daß er auf ein eventuell hereinbrechendes Chaos vorbereitet war, auf die vulkanischen Ausbrüche, die die Welt in diesen heraufdämmernden Jahren der Verschmutzung, der Fehlfunktion und der ökonomischen Katastrophen erschüttern würden. Wer wußte denn, was für Spaltungen die Welt noch erleben würde? Hier war dieser hochgewachsene, hellhäutige Neger aus Louisville, dazu geboren, für eine nach Bourbon und Minze duftende weiße Stimme eine moderne Art von Lakai zu sein, und sah sich statt dessen als Weltführer, als Präsident nicht von Amerika, nicht einmal eines Vereinigten Afrika, sondern als Führer der halben westlichen Welt, als Führer – ganz zweifellos – zukünftiger schwarzer und arabischer Republiken. War Muhammad Mobutu Napoleon Ali auch nur einen Augenblick direkt mit den Unterschieden zwischen Islam und Bantu konfrontiert worden?

Beim Schock der Erkenntnis, daß Alis Aufrichtigkeit durchaus im flüssigen Eisen der Erde verwurzelt und seine Verrücktheit vielleicht gar nicht unbedingt so verrückt sein mochte, rückte Norman auf ein Wort mit ihm näher. »Ich weiß, was Sie uns damit sagen wollen«, wandte er sich an Muhammad.

»Ich meine es ernst«, antwortete Ali.

»Das weiß ich.« Er dachte an Foremans unmenschlich hartes Training, an Alis tiefe Verachtung. »Sie müssen diesen Kampf gewinnen«, hörte er sich sagen, »denn wenn Sie nicht gewinnen, sind Sie hinterher nichts weiter als ein Professor, der Vorträge hält.«

»Ich werde gewinnen.«

»Sie werden vielleicht kämpfen müssen wie nie zuvor. Foreman ist ein geschickterer Boxer geworden.«

»Ja«, entgegnete Ali, endlich eine Antwort für einen Reporter allein. »Ja«, sagte Ali, »das weiß ich auch.« Und mit einer Andeutung von Ironie: »George hat sich wirklich sehr verbessert.«

Das Gespräch ging weiter, endlos kamen und gingen die Besucher. Ali saß, während Fotografen seinen offenen Mund aufnahmen. Seit Louis XV. auf seiner *chaise percée* hockte und den königlichen Stuhl in den königlichen Nachttopf beförderte, der dann umgehend von einem königlichen Kammerherrn hinausgetragen wurde, war kein Mann mehr so eingehend beobachtet worden. Kein Politiker, kein Führer auf der Welt würde sich den prüfenden Blicken so rückhaltlos darbieten. Welch eine grenzenlose Neugier Ali auslöste!

Aufgrund seiner eigenen Neugier hinsichtlich der wirklichen Kondition Alis fragte Norman, ob er am Abend mit ihm laufen dürfe. Dabei erfuhr er, daß Ali um neun Uhr zu Bett gehen und den Wecker auf drei Uhr nachts stellen werde. Um diese Zeit müsse Norman zur Stelle sein.

»Sie können ja doch nicht mit mir Schritt halten«, meinte Ali.

»Das werde ich auch nicht versuchen. Ich möchte lediglich ein Stückchen mitlaufen.«

»Okay, dann kommen Sie«, antwortete Ali achselzuckend.

7
Die lange Reise

Er konnte nun ins »Inter-Continental« zurückkehren, zeitig essen und versuchen, vor dem Lauf noch etwas zu schlafen: Aber die Chance, zwischen acht Uhr abends und Mitternacht Schlaf zu finden, war gering – außerdem war es ohnehin so gut wie ausgeschlossen, daß er mit Muhammad Schritt halten konnte. Sein Gewissen jedoch (nunmehr auf seiten der guten Journalistik) sagte ihm, je besser seine eigene Kondition, desto besser seine Möglichkeit, Alis Kondition zu beurteilen. Welch ein Jammer, daß er seit dem Sommer keinen Trimm-dich-Lauf mehr absolviert hatte! Oben in Maine hatte er jeden zweiten Tag zwei Meilen zurückgelegt, aber das Laufen war nicht die richtige Sportart für ihn. Mit seiner Größe von 1,70 Meter und seinem Gewicht von 170 Pfund war er einfach zu schwer, um richtig Freude daran zu haben. Er konnte zwar ein anständiges Tempo vorlegen – fünfzehn Minuten für zwei Meilen war eine recht gute Zeit für ihn –, und wenn man ihn antrieb, schaffte er sogar drei Meilen oder auch vier, aber er haßte diese Rennerei. Sie verdarb ihm den ganzen Tag. Er fühlte sich hinterher nicht erfrischt, sondern übererregt und äußerst reizbar. Im Grunde empfand er das Laufen erst als Genuß, wenn er wieder damit aufhörte. Und sagte sich immer wieder, daß er mit Ausnahme von Erich Segal und George Gilder noch nie von einem Schriftsteller gehört hatte, dem das Laufen wirklich Spaß machte: Wer wollte seiner geistigen Brillanz schon durch die Beine Ausdruck verleihen? Zurück in Kinshasa, beschloß er dann, doch noch etwas zu trinken und sich eine gute Mahlzeit schmecken zu lassen. Beim Dinner erregte die Vorstellung, daß er Ali beim Lauftraining begleiten wollte, allgemeine Heiterkeit. »Daß Sie jetzt nicht mehr drum herumkommen, ist

Ihnen hoffentlich klar«, sagte John Vinocur von AP. »Ja, das ist mir klar«, antwortete Mailer zutiefst deprimiert. »Ali glaubt nicht, daß ich erscheine, wird es mir aber niemals verzeihen, wenn ich mich tatsächlich drücke.«

»Genauso ist es«, bestätigte Vinocur. »Ich selbst hatte mich einmal erboten, mit Foreman zu laufen, und der hat es mir dann nie verziehen, daß ich nicht erschienen bin. Er hält mir das heute noch vor, wenn wir uns begegnen.«

»Plimpton, Sie müssen unbedingt mitkommen«, erklärte Mailer. George Plimpton wußte nicht recht. Aber Mailer wußte, daß Plimpton nicht mitkommen würde. Denn er hatte zuviel zu verlieren. Mit seiner großen, mageren Langläuferfigur und seiner unter äußerer Ruhe verborgenen Leidenschaft für den Sieg (so vulkanisch wie der Vesuv, nur ohne Rauch) würde sich Plimpton verpflichtet fühlen, mit Ali wenigstens einigermaßen Schritt zu halten; andernfalls würde er mit einem unverhältnismäßig starken Gefühl der Demütigung dafür bezahlen müssen. Wogegen Mailer es leichter hatte. Wenn der nicht auf den ersten fünfhundert Metern einen Krampf im Bein bekam, konnte er sich an der Halbmeilenmarke absetzen. Er hoffte nur, daß Ali nicht zu schnell lief. Das wäre die Hölle für einen Trimm-dich-Läufer wie ihn. Bei der Vorstellung, vom Start weg stehengelassen zu werden, stieß ihm von den Drinks und dem schweren Essen doch ein wenig die Galle auf. Es war erst neun, aber sein Magen fühlte sich jetzt schon an, als halte seine Verdauung Winterschlaf.

Trotzdem war es ein gutes Essen. Sie saßen im Freien, die beklemmende Pracht eines heruntergekommenen Grand Hotels als Kulisse im Hintergrund. Längst schon zum Appartementhaus umgebaut, strömte es sein Miasma aus: Von Zeit zu Zeit wehte unverkennbar ein Lüftchen jenes Odeurs herüber, das die Viktorianer als »Kanalgeruch« zu bezeichnen pflegten.

Die Toilette im Waschraum besaß keine Brille – eigentlich ein unwichtiges, ja sogar unästhetisches Detail, hätte unser Mann der Weisheit nicht gehofft, sich vor dem Lauf ausgiebig zu entleeren;

der Anblick der Schüssel jedoch, die fehlende Brille und der unbeschreibliche Zustand überhaupt machten diese Hoffnung zunichte. An so mancher Tankstelle der USA hätte man sicher Schlimmeres vorfinden können, niemals aber so festgebacken. Die Toilettenschüssel trug die Markenbezeichnung SANICON-GO und sah aus, als wäre sie zur Zeit der Krönung König Leopolds installiert worden. Vielleicht hatte die Schüssel sogar ihr *kuntu*, denn als er an den Tisch zurückkehrte, erzählte Horst Fass Geschichten aus Vietnam – Geschichten im Stil von SANICON-GO. Fass arbeitete mit Vinocur zusammen und hatte – eine schwere Verantwortung – dafür zu sorgen, daß die AP-Meldungen über den Boxkampf richtig hinausgingen. Ein wahrer Alptraum von Telefon, Telegrammen, Telexgeräten, Telestars und hysterischen Assistenten. Er war ein tüchtiger, fröhlicher junger Deutscher mit der typischen Selbstsicherheit seines Berufs – nicht nur ein erstklassiger Techniker, sondern Reporter, Kameramann. Er war für AP in so manchem Krieg, so manchem Hafen, so mancher internationalen Konferenz gewesen: kein Wunder, daß er den scharfen Journalistenblick für alle aufregenden Storys besaß, die nicht veröffentlicht werden können. So hörten Mailer und Plimpton zum erstenmal – weiß Gott, sie bekamen den Mund nicht zu –, daß es in Vietnam Amerikaner gab, die sich freiwillig als Leichenbestatter dorthin gemeldet hatten: weil sie Connaisseurs der Nekrophilie waren und lieber mit Leichenteilen als mit den üblichen ganzen Leichnamen zu tun hatten. Fass berichtete dies mit der gelassenen Miene eines Mannes, dem nichts mehr fremd ist und den daher nichts mehr erschüttern kann, der aber dennoch auf das Detail Wert legt, weil es den Charakter des Extrems kennzeichnet. Und als wäre diese Story ein Hauptgericht aus Wildschweinbraten gewesen, dem als Dessert ein Sorbet folgen müsse, unterhielt uns Fass anschließend mit einem rührenden Bericht über die von der US-Army geführten Bordelle, eine Vorbeugungsmaßnahme gegen die in Vietnam außerordentlich große Virulenz der Geschlechtskrankheiten. Die

Mädchen in diesen Militärbordellen trugen gelbe und rote Plaketten, deren Farbe sie entweder zu unbedenklichem Verkehr freigab oder zu zeitlich begrenzter Enthaltsamkeit verpflichtete. Immerhin konnten sie trotzdem arbeiten. Zu einem niedrigeren Satz allerdings. Sie standen denjenigen Soldaten zur Verfügung, die sich mit den Mädchen nur unterhalten wollten. »Sie haben gar nicht so schlecht verdient«, meinte Fass. »Sehr viele Gls wollten nichts weiter als reden.«

Wenig später gingen sie alle zusammen in eine Spielbank und spielten Black Jack. Die Vorstellung, daß er Ali beim Laufen begleiten würde, erzeugte allmählich eine angenehm prickelnde Spannung in ihm, eine ähnliche Empfindung wie das Gefühl, daß er beim Black Jack gewinnen werde. Das Glücksspiel besaß eine eigene Libido. Genau wie man schlecht beraten war, wollte man bei schwacher Libido die Liebe pflegen, konnte man auf dieselbe Art beim Glücksspiel Geld verlieren. Wenn er sich leer fühlte, verlor er den Einsatz; war er von sich fest überzeugt, gewann er zumeist. Mit diesem Prinzip war jeder Spieler vertraut – es entsprang schließlich dem eigenen Unterbewußtsein –, und fast alle gehorchten ihm auf die eine oder die andere Weise. Nie jedoch hatte er sich in seiner Anwendung so überwältigend bestätigt gesehen wie hier in Afrika. Es war fast, als könne er damit in Kinshasa seinen Lebensunterhalt bestreiten, vorausgesetzt, er spielte nur, wenn das Blut kraftvoll in ihm kreiste.

Selbstverständlich trank er ein bißchen. Er hatte Freunde in diesem Kasino. Der Manager war ein junger, noch nicht einundzwanzigjähriger Amerikaner, der in die Qualität seines Lebens in Afrika verliebt war; Croupiers und Dealer waren junge Engländerinnen, scharf wie Raubvögel ihr Akzent, die wache, vibrierende Intelligenz der Londoner Arbeiterklasse in ihren lebhaften Stimmen. Er wurde vom *Mal d'Afrique* angesteckt, jener süßen Infektion, die nicht duldet, daß man Afrika (wenigstens in Gedanken) wieder verläßt, nachdem man es zum erstenmal gesehen hat. Welch ein Rausch, zu spielen und vorher zu wissen, ob man gewinnen oder verlieren würde! Sogar Orangensaft und Wodka trugen ihr Teil zum Wohlgefühl bei. Er liebte alles an diesem Abend – bis auf die Trägheit seiner Verdauung. Er strich sein Geld ein und begab sich ins Hotel zurück, um T-Shirt und Trainingshose anzuziehen. Die lange Fahrt nach Nsele, über fünfundvierzig Minuten, brachte wieder einmal eine Bestätigung für seinen größten Fehler: Er war ein Meister ungeschickter Zeiteinteilung. Warum hatte er es nicht so eingerichtet, daß dieses Hochgefühl, das ihn im Kasino erfüllt hatte, auch während des bevorstehenden Laufs noch anhielt? Jetzt ließ, zusammen mit der Wirkung der genossenen Drinks, auch sein *n'golo* nach. Sobald er sich auf die Strecke begab, würde er sich mit den ersten Anzeichen eines Katers herumschlagen müssen. Und sein Magen, dieses unbeirrbar zuverlässige Organ, hatte an diesem Abend einfach das Essen nicht verdaut. Großer Gott! Wie die Hyazinthenbüschel den verstopften Zaire, so trieb eine dicke Fischsuppe mit nachfolgendem Pfeffersteak den Kongo seiner Innenwelt hinab. Großer Gott, und dann noch Eiscreme, Rum-Tonic, Wodka und Orangensaft! Immerhin, schlecht war ihm nicht, nur aufgebläht fühlte er sich – ein völlig normaler Zustand bei seinen einundfünfzig Jahren, nach einer schweren Mahlzeit und zu dieser späten Stunde.

Als er Nsele erreichte, war es kurz vor drei Uhr, und er wäre am liebsten schlafen gegangen. Er war soweit, daß er ernsthaft erwog, umzukehren, ohne mit Ali überhaupt gesprochen zu haben. Doch das war inzwischen keine ernst zu nehmende Lösung mehr. Aber die Villa war stockdunkel. Vielleicht würde Ali heute nacht gar nicht laufen! Zwei Soldaten, ein bißchen ratlos angesichts der Besucher zu dieser Nachtzeit – Bob Drew, ein Kameramann von AP, wartete ebenfalls –, baten höflich, nicht anzuklopfen. Also blieben sie alle eine Viertelstunde im Dunkeln sitzen, bis im Haus einige Lichter angingen und Howard Bingham, ein junger Schwarzer von *Sports Illustrated* und praktisch Alis Leibfotograf, sie hereinholte. Ali war noch ziemlich verschlafen. Er war um neun Uhr zu Bett gegangen und eben erst wieder aufgewacht – die längste Schlafpause, die er sich in vierundzwanzig Stunden gönnte. Später, nach dem Lauf, nickte er möglicherweise noch einmal ein, aber der Schlaf war ihm offenbar viel weniger wichtig als den anderen Boxern.

»Sie sind tatsächlich gekommen?« fragte er verwundert, schien ihm dann aber keine Beachtung mehr zu schenken. Um richtig wach zu werden, machte er ein paar Gymnastikübungen und zeigte dabei die Verdrossenheit eines mitten in der Nacht aus dem Schlaf gerissenen Infanteristen. Sie wollten zu viert laufen. Bingham wollte mitkommen und Pat Patterson, Alis Leibwächter, ein Polizist aus Chicago, nicht dunkler als Ali selbst und mit dem ernsten, ja gleichgültigen Ausdruck eines Mannes, der im Leben durch viele Türen gegangen ist, ohne mit letzter Sicherheit zu wissen, ob er auch wieder herauskommen würde. Tagsüber trug er stets eine Pistole bei sich; des Nachts – wie schade, daß man sich nicht erinnern konnte, ob er ein Holster über dem Trainingsanzug trug.

Ali war sauer. Seine Miene war nicht mißzudeuten. Wer hatte jetzt schon Lust zum Laufen? Einer der beiden Wagen, die sie begleiteten, sollte ein gutes Stück zurückbleiben, damit sie nicht von den Auspuffgasen belästigt wurden. Der andere, in dem Bob Drew saß und Aufnahmen machte, durfte auf gleicher Höhe bleiben.

Wahrscheinlich hoffte Norman, der Boxer werde eine Weile gemächlich wandern, jedoch Ali setzte sofort zu einem gemäßigten Trab an, und die anderen nahmen das Tempo auf. Sie trotteten über den Rasen der Villen am Flußufer. Als sie das Ende der Häuserblocks erreicht hatten, nahmen sie Richtung auf den zwei Meilen entfernten Highway und trabten im selben langsamen Tempo an mehreren kleinen Häusern vorbei, einer Reihe Motelbauten, in denen ein Teil der Presse untergebracht war. Es schien, als laufe man mitten in der Nacht über den Rasen der Vorortvillen in einer obskuren Nebenstraße von Beverly Hills, hier und da in einem Zimmer noch Licht, angestrengt achtgebend auf die Einfahrten, die man überqueren mußte, auf die Bordsteine und die niedrigen Drahtzäune, die frische Anpflanzungen schützten. Ali übernahm die Tête und machte auf Löcher im Boden aufmerksam, auf unerwartete Senken und glitschige Stellen, wo der Rasen zu lange gewässert worden war. Und immer das gleiche langsame Tempo. Das Tempo war sogar erstaunlich langsam, bestimmt nicht schneller als sein eigenes, wenn er allein Laufübungen machte, und Norman fand seine Kondition gar nicht so schlecht.

Sein Magen war jetzt ein Klumpen aus kochend heißem Blei und würde mit Sicherheit nicht besser werden, zu seinem Erstaunen wurde er aber auch nicht schlechter – er schien sich als eines jener beharrlichen Leiden etabliert zu haben, mit denen er sich bei diesem Lauf abfinden mußte.

Nachdem sie ungefähr eine halbe Meile zurückgelegt hatten, sagte Ali:»Sie sind aber ziemlich gut in Form, Norman.«

»Nicht gut genug, um beim Laufen zu sprechen«, keuchte er durch die zusammengebissenen Zähne.

Das Laufen war eine Frage der Ausgewogenheit. Man mußte an einen Punkt gelangen, da Beine und Lunge mit dem gleichen Maß Anstrengung arbeiteten. Sie konnten beide kurz vor dem Versagen stehen, solange eines jedoch nicht übermüdeter war als das andere, brachten sie ein mechanisches, an Schwerstarbeit erinnerndes Äquivalent der Ausdauer zustande, das heißt, man fühlte sich nach einer Meile nicht elender als nach der ersten halben. Der Trick bestand darin, diesen unerfreulichen Zustand zu erreichen, ohne die Beine mehr schonen zu müssen als die Lunge, und umgekehrt. Wenn dann keine Steigungen hinzukamen, die noch die letzte winzige Kraftreserve aufzehrten, und wenn man nicht aus dem Takt geriet oder stehenbleiben mußte, wenn man nicht stolperte und kein Wort sprach, dann konnte diese Schinderei ewig so weitergehen, zermürbend, unfair gegen das angeschlagene Innenleben, aber gewissenhaft und treu – man kam sich vor wie der Motor eines alten Frachters. Nach ein paar Wochen regelmäßigen Lauftrainings konnte man der Maschine dieses Frachters immer anhaltendere Stürme zumuten, man bewältigte Steigungen, konnte sich sogar unterhalten (und wie leicht einem mit diesen durchtrainierten Beinen später, im Winter, das Skilaufen fallen würde!), jetzt aber hatte sein Körper zwei Monate lang im Trockendock gelegen und vollführte einen ganz neuen Balanceakt. Jetzt waren es nicht nur Beine und Lunge, auf die er achtgeben mußte, jetzt waren es außerdem der Pegel des Gallensaftes in seinem Magen sowie der Magendruck auf sein Herz. Er, der immer nur vor dem Frühstück gelaufen und nicht an körperliche Bewegung mit vollem Magen gewöhnt war, erhielt nunmehr in dieser Disziplin eine Lektion. Der Magen war ein durchaus ernst zu nehmender dritter Faktor, er brannte wie Feuer, war gallebitter und ähnelte einem umgekehrten Blasebalg, denn er drückte ständig auf die Lunge, erzeugte zu seiner Verwunderung jedoch keine Übelkeit, sondern eben nur diesen schweren Druck, so daß er wußte, ein schnelleres Tempo würde er nicht lange durchhalten können, weil ihm sonst der Magen das Herz abdrükken und alle beide in seinen Ohren hämmern würden.

Immerhin hatten sie jetzt etwa eine dreiviertel Meile zurückgelegt, die Villen und Häuser von Nsele weit hinter sich gelassen und trotteten eine Nebenstraße entlang, während ihnen die erstaunlich unangenehmen Auspuffgase des ersten Wagens ätzend in die Nase stiegen. Seltsam, diese zusätzliche Erschwernis des Laufens – es mußte schlimmer sein als Zigarrenrauch am Ring, und zu dieser Luftverschmutzung kam noch sporadisch das grelle Blitzlicht von Bob Drews Kamera. Immerhin, er hatte die notwendige Ausgewogenheit erreicht. Durch das Essen, die Drinks und die mangelhafte Kondition war dieser zu einem der unangenehmsten Läufe geworden, die er je mitgemacht hatte, durch das brennende Gefühl im Magen ganz zweifellos ein Vorgeschmack der Hölle, aber er hatte zur Ausgewogenheit gefunden. Er hielt mit den anderen Läufern Schritt – das Tempo wurde zum Glück nicht gesteigert – und stellte nach einer Weile fest, daß mit Ali gar nicht so schlecht laufen war. Immer wieder machte er aufmun-

ternde Bemerkungen. »He, Sie halten sich aber großartig, Norm!«
Und etwas später: »Sie sind aber wirklich gut in Form!« Worauf
der so gelobte Sportler lediglich mit einem Grunzen antworten
konnte. Was ihm bei diesem Langlauf half, war hauptsächlich das
Gefühl, daß Alis Beine zu einem perfekten, gleichmäßigen
Rhythmus gefunden hatten: als würden seine eigenen Beine dadurch irgendwie angeregt, ebenfalls den für sie günstigsten
Rhythmus zu finden. Von Alis ruhigen, steten Schritten ging Un-
gezwungenheit und Gleichmut aus.

»Wie alt sind Sie, Norm?«

»Einund-fünfzig«, antwortete er mit zwei Atemstößen.

»He, wenn ich einundfünfzig bin, hab' ich bestimmt nicht mehr
soviel Kraft, um bis an die nächste Ecke zu rennen«, meinte Ali.
»Ich werde jetzt schon langsam müde.«

Sie trabten. Wo es ging, blieb Ali auf dem Rasen, Pat Patterson, an
Asphalt gewöhnt, lief auf dem Straßenpflaster, und Bingham
wechselte jeweils ab. Norman hielt sich ebenfalls an den Rasen.
Auf Gras zu laufen war zwar eine Erleichterung für die Beine,
aber wesentlich anstrengender für die Lunge, und seine Lunge
bedurfte wegen des Magendrucks eher der Schonung als seine
Beine, aber sobald Norman den Rasen verließ, verlor er auch das
Gefühl für Alis mühelosen Laufrhythmus.

Und immer weiter ging es. Jetzt kamen sie durch ein Wäldchen
und hatten nach seiner Schätzung etwas über eine Meile zurückgelegt. Langsam kam ihm der Gedanke, es könne doch im Bereich des Möglichen liegen, daß er die gesamte Strecke durch-
hielt – war sie nicht auf drei Meilen angesetzt worden? –, doch
während er sich noch die heroische Größe eines derartigen Hor-
rors ausmalte, gingen sie eine lange, allmähliche Steigung an, und
irgend etwas an dieser zusätzlichen Belastung sagte ihm, daß er es
ohne totalen Zusammenbruch der Maschine nicht schaffen würde. Sein Herz hatte ihn zum Gefangenen gemacht: Es lag ihm wie
eine Stahlklammer um den Hals; und als sie die lange, allmähliche Steigung hinaufkeuchten, zog sich die Klammer mit jedem

Schritt enger zu. Er keuchte so laut, wie er noch nie im Leben gekeucht hatte, und mußte einsehen, daß für ihn Feierabend war. »Champ«, hechelte er, »ich – muß gleich – aufhören.« Ein Satz, der in drei erstickten Stößen herauskam. »Ich halte – Sie nur – auf.« Er stellte fest, daß das tatsächlich der Fall war – nur, wie konnte sich Ali mit einem so gemächlichen Tempo abfinden, wenn der Kampf schon in vier Tagen stattfinden sollte? »Wünsche noch – guten Lauf«, sagte er wie ein Mann, der, im Wasser schwimmend, dem Gefährten, dem er gerade seinen Platz im Rettungsboot überlassen hat, mit Märtyrergleichmut zuwinkt. »Wir sehen uns – nachher – drüben.«

Und er machte sich allein auf den Rückweg. Als er die Strecke später mit dem Tacho seines Wagens prüfte, stellte er fest, daß er anderthalb Meilen weit mitgelaufen war: eine respektable Leistung für ihn. Und er genoß seinen Spaziergang. Wirklich, er wunderte sich ein bißchen über das langsame Tempo beim Laufen. Es kam ihm unangemessen vor, daß er so lange hatte mithalten können. Wenn Ali fünfzehn Runden hindurch laufen mußte, dann hätte Normans Meinung nach heute nacht etwas mehr Beweglichkeit in seinen Beinen stecken müssen. Gewiß, Ali trug keine Turn-, sondern schwere Trainingsschuhe. Und trotzdem. Die Gemächlichkeit dieses Lauftempos beunruhigte ihn.

Norman auf seinem Rückweg zu begleiten, wäre nicht notwendig, würden wir dabei nicht dem geheimen Motiv auf die Spur kommen, von dem Schriftsteller getrieben werden, die zu ihren Lebzeiten eine gewisse Prominenz erlangen. Als er der Straße durch das Wäldchen folgte, wo es so dunkel war, wie man sich Afrika nur vorstellen kann, genoß er zum erstenmal das Gefühl, in einer afrikanischen Nacht im Freien allein zu sein, und zuweilen, wenn sich der Wald ein wenig lichtete, spürte er auch, was es heißt, unter Afrikas Himmel allein zu sein. Wie klar die Sterne! Wie unendlich die Himmelskuppel! Zugegeben, nach einem Lauftraining sind die Gedanken unvermeidlicherweise banal. Und dennoch, welch eine Fülle von Leben rings um ihn her, die zahllosen Grillen und Heuschrecken im Busch, dieses unaufhörliche, nervöse Vibrieren, das die Erde zu erschüttern schien! Eine entscheidende Frage drängte sich auf: Waren die Insekten ein Teil des Kosmos oder die Termiten des Kosmos? In diesem Augenblick hörte er einen Löwen brüllen. Das war kein geringer Ton, eher ein starker Donner, ein Ton, der eine anschwellende Woge von Zorn durch Himmel und Felder sandte. War das Brüllen eine Meile entfernt oder weniger? Den Wald hatte er inzwischen hinter sich gelassen, bis zu den Lichtern von Nsele aber war es beinahe noch eine Meile, und dazwischen lag ein langes, einsames Stück Straße. Nie würde er diese Lichter erreichen; der Löwe würde ihn vorher einholen! Und sein nächster Gedanke war sofort, daß sich der Löwe, wollte er es, unhörbar an ihn heranschleichen konnte, ja möglicherweise schon unterwegs sein mochte.

Einmal, als er im Hafen von Provincetown mit einem winzigen Sailfish-Boot segelte, hatte er einen Wal überholt. Oder vielmehr, der Wal hatte ihn überholt. Ein fröhlicher Wal, der vor seinem Boot Kapriolen machte und später fast alle anfangs erschrockenen Insassen der Boote, denen er begegnete, entzückte. Er hatte sofort erkannt, daß er nichts machen konnte, wenn es dem Wal gefallen sollte, ihn samt seinem kleinen Boot zu verschlucken. Dennoch war er merkwürdig ruhig gewesen. Ein perfekter Tod! Ein Platz in der amerikanischen Literatur war ihm sicher. Man würde ihn Melville zu Füßen setzen. Melville und Mailer – ah, dieser Gleichklang der beiden »M« und »L«! Und wie begeistert die Kritiker über Mailers jetzt erst entdeckte Vorliebe (siehe Croft auf dem Berg in *Die Nackten und die Toten*) zu Ahabs Moby Dick sein würden!

Ein wenig von diesem belebenden *sangfroid* spürte er auch jetzt wieder in sich. Am Ufer des Kongo von einem Löwen gefressen zu werden – wer würde da nicht einsehen müssen, daß es nur Hemingways ganz persönlicher Löwe gewesen sein konnte, der all die Jahre hindurch auf Ernests Fleisch gewartet hatte, bis endlich angemessener Ersatz eintraf?

In Alis Villa lachten sie, als er ihnen von dem Gebrüll erzählte. Er hatte vergessen, daß es in Nsele einen Zoo gab, in dem vermutlich auch Löwen gehalten wurden. Ali wirkte müde. Er war, wie er schätzte, noch einmal anderthalb Meilen gelaufen, drei Meilen im ganzen also, davon die letzte Strecke ständig bergauf, war gesprintet, hatte schattengeboxt, war rückwärts und dann wieder vorwärts gelaufen und war nun unendlich erschöpft. »Dieses Laufen«, sagte er, »kostet mich mehr Kraft als die Anstrengung im Ring. Es ist schlimmer als die fünfzehnte Runde, und die ist das Schlimmste, was man sich vorstellen kann.«

Wie ein überhitztes Tier lag Ali auf der Treppe der Villa, um sich an den Steinen zu kühlen. Eine Zeitlang sprachen Bingham, Patterson und Ali nur wenig. Es war erst vier, am Horizont aber wurde es schon ein wenig hell: Die Morgendämmerung schien stundenlang am afrikanischen Himmel zu hängen. Wie vorauszusehen war, nahm Ali schließlich selbst das Gespräch wieder auf. Seine Stimme war überraschend heiser: Es klang, als hätte er sich eine Erkältung geholt. Das hatte ihm gerade noch gefehlt – eine Bronchitis bei diesem Kampf! Pat Patterson, wie ein grimmiger Krankenpfleger um ihn besorgt, brachte eine Flasche Orangensaft und schimpfte, weil er auf den Steinstufen lag, aber Ali rührte sich nicht vom Fleck. Das anstrengende Training deprimierte ihn, er sprach von Jurgin Blin, Blue Lewis und Rudi Lubbers. »Kein Mensch hatte je von denen gehört, bis sie gegen mich antraten«, erzählte er. »Aber sie trainierten für den Kampf mit mir und lieferten ihre besten Fights. Sie haben sich gut gehalten, gegen mich«, stellte er beinahe verwundert fest. (Verwunderung war bei ihm das Äußerste; zum Zweifel kam es offenbar nie.) »Nehmt doch mal Bugner – sein größter Fight war der Kampf gegen mich. Natürlich hatte ich für keinen einzigen dieser Kämpfe so hart trainiert wie meine Gegner. Das war gar nicht möglich. Wenn ich für jeden Kampf so trainiert hätte wie für diesen, wäre ich tot. Ich bin froh, daß ich mir für diesen Kampf ein paar Reserven aufgehoben habe.« Er schüttelte ratlos, in hilflosem Selbstmitleid den

Kopf: als wäre eine Freudenquelle, die ihm einst innegewohnt hatte, für immer versiegt. »Ich bekomme für diesen Kampf eine Million dreihunderttausend Dollar, aber eine Million davon würde ich mit Wonne hergeben, wenn ich mir damit meine gegenwärtige Kondition kaufen könnte, ohne so hart trainieren zu müssen.«

Doch von welcher Erschöpfung war seine gegenwärtige Kondition gekennzeichnet! Als melde sich in dieser Stunde vor Sonnenaufgang die Angst vor dem Kampf, begann jetzt wieder das alte Lied, derselbe Vortrag, den er anderthalb Tage zuvor der versammelten Presse gehalten hatte, das Seminar, in dem er jeden einzelnen von Foremans Gegnern aufzählte, alle nannte, die Nullen waren, und erklärte, Foreman sei unfähig, einen Gegner k. o. zu schlagen. Patterson und Bingham nickten mit der langmütigen Resignation von Männern, die für ihn arbeiteten, ihn liebten und diese Phase seiner Vorbereitung auf den Kampf hinnahmen, während Ali seinen Vortrag hielt, wie ein Patient mit anfälligem Herzen eine Nitroglyzerinkapsel nimmt. Und Norman, der seine Mahlzeit immer noch nicht verdaut hatte und dessen Gedärme durch den Schock dieses Langlaufs endgültig verstopft waren, mußte ebenfalls kapitulieren, als er ein unterhaltsames Gesprächsthema suchte, mit dem er Ali ein wenig aufheitern konnte. Also blieb es Ali überlassen, aus seiner Stimmung herauszufinden, und das gelang ihm endlich bei Sonnenaufgang. Als er geduscht und sich angekleidet hatte, führte er einen Zaubertrick nach dem anderen vor, ließ zum Beispiel Tücher aus Stäben quellen, und erklärte am folgenden Tag beim Training, immer noch die Presse belehrend: »Foreman wird mich nie erwischen. Wenn ich George Foreman gegenübertrete, bin und bleibe ich frei wie ein Vogel.« Er hob die Hand und öffnete sie: Ein Vogel flatterte heraus. Zur größten Begeisterung der Presse. Mit seinem Gag hatte Ali ihnen die letzte Zeile für ihren Tagesbericht aus Kinshasa geliefert. Und dann dauerte es nicht mehr lange, bis sie den Urheber entdeckten. Bundini hatte den Vogel zuvor gefangen und ihn Ali aufs Stichwort hin zugeschmuggelt. Bundini, der Unbezahlbare, Bundini, das Improvisationsgenie! Trotzdem, als Norman zum »Inter-Continental« und zu seinem Frühstück zurückfuhr, kontrollierte er Alis Laufstrecke. Bei der chinesischen Pagode hatte er aufgehört. Das waren zweieinhalb Meilen, und nicht drei! Während der ersten anderthalb Meilen war Ali sehr langsam gelaufen. Mit leerem Magen und mit der guten Kondition des Sommers in Maine hätte er wahrscheinlich bis zum Sprint am Ende der Strecke mit Ali Schritt halten können. Für einen Mann, der um den Meistertitel im Schwergewichtsboxen kämpfen wollte, war das kein Lauftraining! Norman begriff nicht, wie Ali gewinnen wollte. Niederlage lag in der Luft, und Ali war anscheinend der einzige, der sich weigerte, sie zu atmen.

8
Elmo in Zaire

Als er am nächsten Tag Foreman beim Tischtennisspiel sah, hatte er jedoch wieder Anlaß, sich zu fragen, warum er denn so pessimistisch sei. Der Weltschwergewichtschampion spielte tagtäglich, ein Phänomen aber war er wahrhaftig nicht. Er hielt den Schläger im Penholdergriff – für seine Spielweise viel zu umständlich, denn er spielte nicht scharf, und der Penholdergriff ist hauptsächlich für Rückhandschläge geeignet. Foreman war bei weitem nicht geübt genug, um gegen Archie Moore mehr als eine standhafte Verteidigung ins Feld zu führen, und das reichte nun mal nicht aus. Moore gewann jede Partie. Der alte, kampfesfreudige Archie Moore, ein Sportler, der jeden Vorteil ausnutzte, hatte seinen Spezialschläger mitgebracht, der so dicht mit Schaumgummi gepolstert war wie der Fond eines Cadillac. Der Effekt, mit dem er seine Bälle losließ, war unnachahmlich. Ein professioneller Großwildjäger sagte einmal, das gefährlichste Tier, dem er in Afrika jemals begegnet sei, war ein angreifender Leopard. Er habe geglaubt, einer optischen Täuschung zu unterliegen, denn die Katze bewegte sich schnell wie ein *Jump Cut*, ein abrupter Schnitt beim Filmen. Genauso war es mit Archies Aufschlag. Davon abgesehen zeigte er nicht viel spielerisches Können, eigentlich nur noch Berge von Schaumgummi, aber er brauchte wohl auch nicht mehr. Sein Aufschlag war unhaltbar geschnibbelt. Er schlug George bei jeder Partie. Foreman war ein guter Verlierer. Stets in eine von seinen zwanzig Latzhosen gekleidet, mit schweißglänzendem Bizeps, trug er bei seinen unermüdlichen, aber erfolglosen Versuchen, Archies Bälle zu erwischen, immerfort ein breites Grinsen zur Schau. Schlug er daneben und versuchte dann den Ball von der Erde aufzuheben, bevor er in den

Swimmingpool rollte, wirkte der Champion wie ein ungeschlachter Bernhardiner, der eine tapsige Pfote auf die flinke Maus setzt und sich verwundert fragt, warum das alles bloß so knifflig ist. Unwillkürlich drängte sich der Gedanke auf, daß Ali besser Tischtennis spielen würde. Wie denn auch nicht, mit seinem trickreichen Tempo von Auge und Hand? Bei jedem Boxer gab es einen bestimmten Körperteil, der besonders im Gedächtnis haftete. Bei Joe Frazier waren es die Beine. Sie waren nicht etwa mit Baumstämmen zu vergleichen, sondern mit verstümmelten Gorillas, die nach vorn stürmten, bergauf stapften und wieder nach vorn stürmten. Foremans Arme glichen den Armen Samsons: Er konnte die Säulen des Tempels einreißen. Und Ali? Der besaß ein Gesicht und zwei Arme, die jeden straften, der diesem Gesicht zu nahe kam. Er besaß flinke Füße. Er würde viel besser Pingpong spielen. Seine Handgelenke würden jedem Trick Archies gewachsen sein. Jeder überraschende Ball würde seine Reflexe beschleunigen. Während Zephyre, Federn und Pingpongbälle für George Foreman stets etwas Fremdes bleiben würden. Gewiß, Georges Stärke lag woanders. Sein großer Trumpf war die Konfrontation. In Foremans Lager herrschte die Ansicht, daß George es sich leisten konnte, von der Öffentlichkeit bei einer Sportart beobachtet zu werden, in der er keineswegs Meister war. Sollte die Welt seinen Mangel an blitzschnellen Reflexen beim Tischtennis ruhig zur Kenntnis nehmen. Das spielte wirklich keine Rolle. Mit dem Kampf stand eine Entscheidung bevor, an der nichts mehr zu ändern war. Kam Ali voller Angst in den Ring, würde der Kampf ein schmählich abruptes Ende nehmen. Bewies Ali Mut – na schön, sagte die Atmosphäre, die Foremans gesamte Umgebung ausstrahlte, dann würde die Begegnung interessanter werden und Ali möglicherweise eine oder zwei Runden für sich buchen können, das heißt, die Reflexe würden dem Draufgängertum einige Punkte abgewinnen; lange aber würde das nicht dauern. Denn Ali besaß nicht genug Stehvermögen, um fünfzehn Runden Spitzengeschwindigkeit durchzuhalten. Nach Ansicht von Foremans Gefolgsleuten beruhten Alis Chancen vor allem auf Schnelligkeit, dann auf mehr Schnelligkeit und schließlich auf seinen verblüffenden Tempospurts. Alle wiederholten sie, was Henry Clark festgestellt hatte: »Eine Runde mit Foreman ist wie zehn Runden mit anderen Boxern.« Jawohl, es würde der Konfrontation mit einem gereizten Löwen im Käfig gleichen – nicht eine, sondern fünfundvierzig Minuten lang.

Gegen Ende seiner Karriere konnte Archie Moore fünfzehn Runden durchstehen, während er kaum Kondition genug für einen Spaziergang von einer Meile besaß. Er hatte die Fähigkeit erworben, auch mörderischen Schlägen durch eine lässige Drehung des Kinns zu entgehen. Warum eine hastige Bewegung von fünfzehn Zentimetern machen, wenn auch zwei Zentimeter genügten? Daher wußte Moore genau, wieviel man noch aus dem ältesten Körper herausholen konnte. Gelassenheit im Ring, absolut *cool*, keine unnötige Bewegung, keine Angst und ein paar Tricks – das war der ultimative Ersatz für Kondition. Der ausreichte, bis wirklich Druck ausgeübt wurde. Das wußte niemand besser als Moore. Ali hatte ihn während der vier Runden ihres gemeinsamen Kampfes beherrscht, Ali hatte ihn unter Druck gesetzt. Jetzt würde Foreman den größten Teil von Alis Kondition verschleißen, seine Widerstandskraft auslaugen, seine Überraschungsangriffe wirkungslos machen. Jetzt würde es Ali sein, der in den Seilen hing, und Foreman würde auf ihn eindreschen wie auf den schweren Sandsack.

»Sadler, Moore und Saddler«, schrieb Archie Moore für *Sports Illustrated*, »entwickeln ganz neue Methoden für den Einsatz der Körperkraft, ganz neue Methoden, den sensiblen Ali zu ködern, einzuschüchtern und zu einer direkten Konfrontation mit Foreman zu zwingen, mit Foreman, der nicht nur TNT in den Boxhandschuhen hat, sondern *Nuklearenergie* ...« Das war der Grund für die Zuversicht in Foremans Lager im »Inter-Continental«: die Überzeugung, er habe Nuklearenergie in seinen Fäusten. Die Szene am Pingpongtisch und am Swimmingpool, die Szene unter jedem Sonnenschirm und vor den Augen aller Sonnenanbeter, die Stimmung in der Halle und im Lift – alles kündete von der gewaltigen, ja übermenschlichen Kraft in Foremans Faust. Er schlug nicht nur hart zu, er schlug so zu, daß er die Willenskraft des Gegners in ihrem innersten Kern traf. Eine Kernspaltung begann. Das Bewußtsein explodierte. Der Kopf wurde wie von einem Blitzschlag gegen das Rückgrat geschmettert, die Beine knickten wie berstende Mauern. Wer konnte je den Film über den Kampf vergessen, bei dem Foreman den Meisterschaftstitel errang, den Film, der Fraziers schwankende Beine zeigte, die hilflos im Ring umherstolperten!

So herrschte im »Inter-Continental« eine Stimmung wohltuenden, romantischen, ja sogar überheblichen Vertrauens auf Foremans Kraft und Gefährlichkeit. Alle Angehörigen seines Camps waren glücklich. Dick Sadler spielte mit kleinen Kindern und flirtete mit den hübschesten Frauen, flirtete mit einer drolligen Routiniertheit, immer mit einem Ausdruck auf dem Gesicht, der herausfordernd zu verstehen gab: »Ihr wißt ja nicht, welch eine Bombe auf euch zukommt!« Als Archie Moore der Frau des amerikanischen Botschafters in Zaire vorgestellt wurde, ergriff er spontan ihre Hand und sagte: »Kommen Sie mit, Mädchen, ich möchte, daß Sie meine Frau kennenlernen.« Und führte sie zu Mrs. Moore. Sandy Saddler, gescheit und boshaft wie der große Willy Pep, Sandy, immer noch so schlank wie damals, als er noch selber boxte, stand, die dicke Hornbrille beinahe zu schwer für den schmalen Schädel, zumeist in einer Ecke herum, bot aller Welt den Anblick eines verbitterten, ausgezehrten Apothekers und erklärte immer wieder: »Ich mache mir um Ali große Sorgen. Ich fürchte, er wird einiges abkriegen.«

Foreman hatte einen Sparringspartner namens Elmo Henderson, ehemals Schwergewichtschampion von Texas und vor geraumer Zeit aus dem Nevada State Hospital für Geisteskranke entlassen. Elmo war groß und hager und glich eigentlich weniger einem Boxer als einem ruhelosen Wanderer im Narrenkleid: Der steife

Schritt eines mittelalterlichen Hofnarren lag in seinem Gang, und wenn er durch die Halle, über den Patio und um den Swimmingpool des »Inter-Continental« stelzte, starrte er mit leeren Augen in die Luft, als suche er nach einem Fluchtpunkt irgendwo zwei Meter über dem Horizont. Dadurch schien die Intensität seiner Präsenz gedämpft, ja sogar mit einem Mantel des Schweigens umgeben zu sein, doch dieser Eindruck täuschte, denn Elmo Henderson redete pausenlos. Es war, als sei Elmo die ungehörte Stimme George Foremans, eine Stimme, die laut und verblödet klang. Elmo hatte ein franko-afrikanisches Wort aufgeschnappt, *oyé* (vom französischen *oyéz* = hört), und zu jeder Tageszeit, wann immer er durch die Halle kam oder einem in Nsele über den Weg lief, war er in dieser niemals endenden inneren Vision gefangen. Die Stimme, die er hörte, kam von weit her, aus einer unerschöpflichen Quelle der Kraft: Elmo vibrierte mit dem Summen eines fernen Dynamos. »*Oyé*«, rief er der Welt mit unglaublich lauter, dröhnender Stimme zu. »*Oyé ... oyé ...* «, jeder Schrei nach einem bestimmten Rhythmus, manchmal mit Pausen von zehn bis fünfzehn Sekunden, stets aber durchdringend wie ein Dinnergong. Oben in den Korridoren, im Lift, draußen auf der Taxianfahrt des »Inter-Continental« und dann wieder am Swimmingpool, am kalten Büffet des Freiluftrestaurants und des Abends stundenlang in der Bar ertönte Hendersons lauter Ruf, manchmal direkt hinter einem, manchmal von der anderen Seite des Raumes her, »*oyé ...*« Dann und wann hielt er inne, als habe ihn das Signal, das er aussandte, nicht erreicht, plötzlich aber, unvermittelt wie das Wiedereinsetzen eines Grillenkonzerts auf der Wiese, klang seine Stimme abermals durch die Gänge. »*Oyé ... Foreman boma yé.*« Sein Ruf, ein Plagiat des »*Ali boma yé*«, war nicht länger ein High-School-Sprechchor, der anfeuernde Parolen intonierte, sondern die Aufforderung zu einem Kreuzzug. Und jedesmal, wenn Elmo sein Geschrei anstimmte, spürte man, wie der Rhythmus von Foremans Blutstrom den Tag durchpulste, die Nacht durchpochte, im selben Takt wie die Gewalttätigkeit, die in der Abgeschlossenheit jeder Geisteskrankenstation lauert. Kindern und Greisen begegnete Elmo, afrikanischen Fürsten und Industriellen, die an Kupfer, Diamanten und Kobalt interessiert waren, und all ihre Impulse nahm seine Stimme auf: Reichtum, Gewalttätigkeit, Zorn und Unschuld lagen in seiner Stimme, und dieser, ihrer geballten Kraft, fügte er noch die Intensität seiner eigenen hinzu, bis der Klang dröhnte wie der Lärm einer Grille, so groß wie ein Elefant. »Oyé ... Foreman boma yé ...« Und Foreman, ob nun in Hendersons Nähe oder hundert Meter von ihm entfernt, schien durch die Kraft von Elmos Stimme in seiner ruhigen Gelassenheit bestärkt, als wäre der Sparringspartner ein Nachtwächter und alles sei in bester Ordnung, gerade weil es nicht in Ordnung ist.

»Oyé ... Foreman boma yé«, rief Henderson bei seiner Runde durchs Hotel, und zuweilen leuchtete seine Miene auf, als habe er eine Formulierung von unglaublich befreiender und prophetischer Wirkung gefunden. Dann fügte er seinem Schlachtruf hinzu: »Drei schafft er nie, Muhammad Ali!« Und streckte dabei drei Finger in die Luft. »Oyé!« schrie Henderson eines Vormittags dicht neben Bill Caplans Ohr, und Foremans Publicity-Manager erwiderte traurig: »Oy weh! Oy weh!« Ein einziges Mal sprach Elmo einen zusammenhängenden Satz: »Wir werden Ali einheizen!« verkündete er der gesamten Hotelhalle. »Wie einem Rolls-Royce, dem wir den Motor hochkitzeln. Oyé ... Foreman boma yé.«

Jawohl, der Wahnsinn in Afrika war fruchtbar, und in diesem Wahnsinn Afrikas nun sollten zwei Boxer je fünf Millionen Dollar bekommen, während tausend Meilen entfernt am Rande der Welthungerkrise Schwarze verhungerten – sollten zwei Boxer je über hunderttausend Dollar pro Minute verdienen, falls der Kampf über die volle Distanz von fünfundvierzig Minuten ging, und sogar noch mehr pro Minute, wenn der Kampf nicht so lange dauerte. In diesem Wahnsinn war es auch nur natürlich, daß einer dieser beiden Boxer Revolutionär und Konservativer war, will sagen, ein Black Muslim, als dessen erklärtes Ziel es letztlich galt, die USA zur Abtretung eines großen Teils der Vereinigten Staaten zu zwingen, in dem dann eine schwarze Nation gegründet werden sollte, und daß dieser wohlhabende konservative Revolutionär (mit zehn Jahren bereits Murmel-Champion) gegen einen Verteidiger des kapitalistischen Systems antrat, dessen Mutter Köchin und Barbier sowie Oberhaupt einer siebenköpfigen Familie gewesen war, bis sie nach einem Zusammenbruch im Nervenkrankenhaus landete. Und der Sohn bekannte sich zu »Trunkenheit, Schuleschwänzen, Vandalismus und Raubüberfällen«, riß hilflosen Frauen die Handtaschen weg und war darin – ich zitiere Leonard Gardner – »ein völliger Versager, denn vom Flehen seiner Opfer um Gottes Hilfe erschüttert, fühlte er sich jedesmal bemüßigt, ihnen die Handtaschen zurückzugeben«. Das war mit vierzehn, fünfzehn und sechzehn Jahren. Den Rest der Story kennen wir. Foreman tritt ins *Job Corps* ein und gewinnt noch vor seinem einundzwanzigsten Geburtstag bei der Olympiade die Goldmedaille im Schwergewichtsboxen. Mit einem Fähnchen in der Hand tanzt er im Ring umher. »Macht mir bloß das amerikanische System nicht schlecht!« sagte er, sich voll zu seiner Flagge bekennend. »Jedem Menschen steht die Möglichkeit offen, sich seiner Vorteile zu bedienen, er muß nur fest dazu entschlossen sein, energisch zupacken, sich kräftig ins Zeug legen und sich von gar nichts unterkriegen lassen. Ich werde meine Fahne überall dort schwenken, wo ich hinkomme.«

Woraufhin Ali sechs Jahre später bei einem Dinner der Boxautoren lostobte: »Ich werde dir deinen christlichen Arsch vollhauen, du fähnchenschwenkender, weißer Scheißkerl!« Die beiden wurden auf offener Szene handgreiflich, Ali zerrte Foreman das Hemd vom Leib, degradierte ihn zum hemdlosen Smokingträger, und Foreman zerriß Ali dafür den Rücken der Jacke. Am nächsten Tag gab es Entschuldigungen, und Ali verkündete, er werde »nie wieder den Glauben eines anderen schmähen«, die psychologischen Folgen waren jedoch ebenso unerheblich wie die des »*Ali boma yé*« und des »*Foreman boma yé*«; es gab mit Sicherheit keine erkennbare Parallele zu jenem Nachmittag im Fernsehen, als Ali Joe Frazier immer wieder erklärte, er sei dumm, bis Frazier tatsächlich auf ihn losging. Das war nur wenige Tage vor ihrem zweiten Kampf, und Alis Beleidigungen waren ihm eine Hilfe zum Sieg, denn Frazier bedrängte Ali während der mittleren Boxrunden und schien ihn zu Beginn der neunten k. o. schlagen zu wollen, ja Ali hatte die achte nur gerade noch durchstehen können. So sicher war Frazier zu Beginn der neunten, daß er schon vor dem Ertönen des Gongs in die Ringmitte eilte – dumm bin ich also, wie? Als dann der Gong schließlich ertönte, hatte der Ringrichter ihn gerade auf seinen Platz zurückgedrängt. Und so bekam Ali genau zu dem Zeitpunkt, da er sie wirklich am dringendsten brauchte, fünfzehn zusätzliche Sekunden Ruhe. Gleich darauf brach dann der Sturm von Fraziers letztem, großem Angriff los – dumm bin ich also, wie? –, vor dem Ende der neunten Runde jedoch löste sich Ali von den Seilen – jawohl, du bist dumm! –, gab dem Kampf eine überraschende Wendung und gewann durch eine sehr knappe Entscheidung. Bei diesem Kampf hatte sich Ali als meisterlicher Psychologe erwiesen, doch nun mußte er seine Kunst gegen die Logik psychopathischen Schuldbewußtseins einsetzen: »Drei schafft er nie, Muhammad Ali«, mußten die Tricks bis in die endlosen Gewölbe eines verwirrten Geistes – »*oyé, oyé*« – vordringen und er bei den zweihundert Fenstern in Houston beginnen, die George Foreman mutwillig zerbrochen hatte, nur weil ihm das Geräusch so gut gefiel. Hallte das Echo splitternder Glasscheiben in seiner Disziplin, in dem Schutzpanzer seiner gelassenen Ruhe nach – ja, eine Beurteilung wäre Wahnsinn –, und würde Ali die zweieinhalb Millionen Kinoplätze in Amerika mobilisieren können, in denen seine Anhänger ihre Jubelrufe auf umgekehrtem Wege die elektronische Route entlangschikken mußten, so wie die Zeit eines Tages vielleicht von der Zukunft in die Vergangenheit laufen mochte? Ali, Großwesir, mußte nunmehr die Nation Zaire mobilisieren, diese junge Nation, so groß wie Alaska, Colorado und Texas zusammen, dieses verrückte Kinshasa mit den 280 000 Eiern, 75 000 Butter- und 115 000 Zuckerstückchen, die verdarben, weil sich die erhofften Tausende von Touristen diesen von Buschtrommeln untermalten »Urwaldzauber« der Schwarzen nicht ansehen wollten, no Sir, kein Tourist bezahlt zweitausend Dollar oder noch mehr für das Risiko, sich in einem Kochtopf schmoren zu lassen, in einem Land, das die Belgier 1961 so überstürzt verließen, daß dem *Time*-Korrespondenten Lee Grimes, einem Mann mit feinem, vertrauenswürdigem Gesicht, ein Unbekannter die Schlüssel zu seinem Haus und zu seinem Wagen in die Hand drückte und ihn aufforderte, beides nach Belieben zu benutzen: die letzten Worte dieses Belgiers, bevor er die Fähre bestieg, die ihn, durch Hyazinthenklumpen pflügend, quer über den Kongo nach Brazzaville brachte, dem sicheren Brazzaville, vorläufig jedenfalls noch sicher. Und Lee Grimes bewohnte das Haus des Belgiers, fuhr den VW des Belgiers, bis der Wagen vierundsechzig Schußlöcher in der Karosserie aufwies und kurzerhand den Geist aufgab, die schwarzen Wachtposten an den Kontrollpunkten der Straßen passierte Grimes unter Schwenken seiner Plastik-Kreditkarten. Zaire! Ein Land, so groß wie Belgien, England, Dänemark, die DDR, Frankreich, Irland, Italien, Österreich, Portugal, Spanien, die Schweiz und die Bundesrepublik zusammen, mit zweihundert Sprachgruppen, zweihundert *Gruppen!*, und einer Bildungsquote von 35 Prozent, manche behaupteten, sogar noch weniger, ein Land, so groß wie die USA östlich des Mississippi, mit einem 2900 Meilen langen Fluß, der in undurchdringlichem Berg- und Dschungelgebiet entspringt und bei Matadi schließlich ins Meer mündet, dem Kungo, genannt Kongo – »Listen to the yell of Leopold's ghost/Burning in Hell for his hand-maimed host« –, dem Kongo, nunmehr Zaire. Vachel Lindsay hätte über die harten Vokale in Za-ir geweint:

Then I saw the Congo, creeping through the black,
Cutting through the jungle with a golden track.
Then along that riverbank
A thousand miles
Tattooed cannibals danced in files;
Then I heard the boom of the blood-lust son
And a thigh-bone beating on a tin-pan gong.
And »BLOOD!« screamed the whistles and the fifes of the warriors,
»BLOOD!« screamed the skull-faced, lean witch-doctors;
»Whirl ye the deadly voo-doo rattle,
Harry the uplands,
Steal all the cattle,
Rattle-rattle, rattle-rattle, Bing!
Boomlay, boomlay, boomlay BOOM!«
A roaring, epic, rag-time tune
From the mouth of the Congo
To the mountains of the Moon.

Jawohl, der Kongo, jetzt Zaire; die Landeswährung: Zaires; das einheimische Benzin: Pétrole Zaire; und sogar die Zigaretten: Fumez Zaires. »Ein Zaire – ein großes Zaire«, das Land, das Boxer, Presse und fünfunddreißig (von den erwarteten fünftausend) Boxkampftouristen besuchen würden, nachdem sie Schutzimpfungen gegen Cholera, Pocken, Typhus, Tetanus, Hepatitis – nehmen Sie Gamma-Globulin – bekommen hatten, ganz zu schweigen von den Injektionen gegen Gelbfieber, den Pillen gegen Malaria und dem Kaopectate gegen den Virus von König Leopolds galoppierendem Dämon, alle Titel wie »Exzellenz« oder »Hochwohlgeboren« abgeschafft, Mobutu lediglich in aller Bescheidenheit bekannt als der Führer, der Häuptling, der Steuermann, der Erlöser, der Vater der Revolution und der Unermüdliche Verteidiger von Eigentum und Volk, Mobutu, geboren als Joseph Désiré, der nun in aller Rechtsgültigkeit Sese Seko Kuku

Ngbendu Wa Za Banga genannt wird –»Allmächtiger Krieger, der durch seine Ausdauer und seinen unbeugsamen Willen zum Sieg von Eroberung zu Eroberung schreitet und eine Spur von Feuer hinter sich herzieht« – einleuchtende Übersetzung:»Der Gockel, der kein Huhn verschont, Wa Za Banga sitzt euch im Nacken«, ja, Mobutu mit seiner privaten Boeing 747 und DC-10, mit Funksprechanlage, mit der er jeden Beamten im Land erreichen kann, und seiner politischen Vergangenheit – 1961 überstellte er Patrice Lumumba in ein Gefängnis von Katanga, wo dieser, wie alle wußten, sofort umgebracht werden würde, und dann errichtete Mobutu dem als Märtyrer gestorbenen Lumumba ein Denkmal, das höchste Denkmal von Kinshasa, jawohl, Le Guide, Le Chef, Le Timonier, Le Rédempteur und Le Père de la Révolution»wird (wo er hinkommt) von Gruppen hüftenschwenkender, füßestampfender Tänzerinnen winkend, wedelnd und unter ständigem Besingen seiner Verdienste begrüßt«, schreibt J. J. Grimond für die *New York Times,* und das Ministerium für Nationale Ausrichtung läßt seinen Artikel nicht nachdrucken.»*Foreman boma yé*«, ruft Elmo Henderson, als er am Freiluftrestaurant vorüberkommt, und Norman lächelt seinem Gast zu, einem überaus intelligenten Amerikaner, der seit Jahren in Kinshasa lebt, mehrere Berufe ausübt und sich erboten hat, ihm dieses unvergleichliche Land zu erklären (das Ali mobilisieren will, kollektives *n'golo* und *nommo,* ganz und gar *kuntu* und *muntu* – in allen Variationen der zweihundert Sprachgruppen plus Lingala), jawohl, in dem er, unser Muhammad Ali, versuchen wird, alle Kraft der Lebenden und der Toten in die Arena seines großen *hantu* zu zwingen, an jenen erschreckenden Schnittpunkt von Raum und Zeit, der sich am Mittwochmorgen um vier Uhr früh im 62 800 Menschen fassenden»Stadion des 20. Mai« manifestieren wird, mit zehn Punkten für den Sieger einer Runde und neun oder weniger für den Verlierer, fünfzehn Runden hindurch, mit zweitausend Ringplätzen zu je 250 Dollar, nicht ausverkauft, nicht einmal annähernd, aber wartet nur auf die Closed-Circuit-Fernsehübertragungen in 425 Kinos in den USA und Kanada, und die Heimfernsehsendungen, *live* oder als Aufzeichnung, nach einhundert Ländern – unsere Promoter: die Regierung von Zaire, Video Techniques, Helmdale Leisure Corporation und Don King Productions – jawohl, so viele. Ja, Norman hört seinem Gast zu und lächelt entschuldigend (oder auch wohl ein bißchen stolz auf Elmos Beschwörung von Gott weiß was für Fraktionen dieser afrikanischen Fakten und Mächte – Elmo rückwärts gelesen ergibt Omle: Oyé Omlé), und diese Atmosphäre des Wahnsinns, die füglich zu jedem Meisterschaftskampf im Schwergewichtsboxen gehört, vibriert nun in der heißen Mittagsluft um die nüchternen Worte seines intelligenten Gastes.

»Sehen Sie, es geht im Grunde gar nicht um die Frage, ob man Mobutu mag oder nicht. Kein Amerikaner ist begeistert von einem Mann, dessen Kopf jeden Abend im nationalen Fernsehen in einer Wolke erscheint, während die Nationalhymne von Zaire erklingt, aber er ist eben nicht der Mensch, dem ein solcher Personenkult peinlich wäre – wenn Sie genau hinsehen, erkennen Sie auf dem Bildschirm den Häuptlingsstab in seiner Hand, der ein ineinander verschlungenes Paar zeigt, Mann und Frau. Das ist ein ganz bewußt gewähltes Symbol. Die Afrikaner legen eine besondere Bedeutung auf den Menschen, kosmisch gesehen – ein Häuptlingsstab mit einem ineinander verschlungenen Paar ist Ausdruck einer kosmischen Ganzheit, wie Yin und Yang. Mobutu versinnbildlicht Männer und Frauen in einem geeinten Zaire, ein gemeinsames Bewußtsein, eine gemeinsame Quelle der Kraft – er hat bereits vierundsechzig Millionen Zaires, weit über einhundert Millionen Dollar, für einen TV-Komplex bereitgestellt, an den jedes Dorf und jeder nur erreichbare, versteckt lebende Stamm angeschlossen werden soll. Und wessen Gesicht auf diesen Bildschirmen erscheinen wird, das können Sie sich sicher vorstellen. Mein Gott, noch bis vor kurzem war Mobutu der einzige offizielle Name, der in den Zeitungen genannt werden durfte. Wurde der Präsident mit einigen Beamten fotografiert, war auf dem Bild ausschließlich sein Gesicht zu erkennen. Vor zwei Wochen traf der erste Botschafter Kubas in Zaire ein. Die Zeitungen erwähnten nicht einmal seinen Namen. Das war natürlich ein Rückfall in die alten Methoden, aber es besteht kein Zweifel: Mobutismus, das ist Mobutu mit allem, was dazugehört, und eines der Dinge, die dazugehören, ist mit Sicherheit die Tatsache, daß unangenehme Nachrichten nicht veröffentlicht werden. Vor ein paar Monaten gab es ein schweres Flugzeugunglück: Eine Maschine der Air Zaire war abgestürzt. Tagelang kein Wort davon in der Presse. Dann meinte Mobutu, der Unfall selbst dürfe zwar nicht beschrieben werden, aber es sei zulässig, die Liste der Beisetzungen zu veröffentlichen – eine indirekte Form der Pressefreiheit, wenn man so will.

Nehmen Sie nur den Landesnamen. Warum sie ausgerechnet den gewählt haben, ist unerfindlich. Zweifellos, weil unserem Steuermann der Klang gefiel. Durchaus möglich, daß er sich auf sein Ohr verläßt. Außerdem ist Z der letzte Buchstabe im Alphabet. Die Letzten sollen die Ersten sein. Also wird verkündet, von nun an werde das Land so heißen. Und dann entdecken sie, daß ›Zaire‹ gar kein afrikanisches Wort ist. Zufällig stammt es aus dem Altportugiesischen. Auf keinen Fall wird er nun aber den Fehler eingestehen und sich damit der Lächerlichkeit preisgeben. Im Gegenteil, dies ist vermutlich der Moment, in dem er beschließt, nicht nur das Land, sondern ebenso die Währung, das Benzin, die Zigaretten und, wer weiß, sogar die Verhütungsmittel müßten den Namen Zaire tragen. Oberster Grundsatz jedes Diktators: Mache die Fehler, die du begehst, zum Gesetz. Genauso ist es mit den Privilegien. Mobutu braucht weder Häuser in der Hälfte aller europäischen Hauptstädte noch eine 747, wenn seine Familie von Brüssel nach London fliegen will; seine schier unglaubliche Prachtentfaltung mag uns völlig falsch erscheinen, für die Afrikaner stellt sich das jedoch anders dar. Er ist der Häuptling ihres Landes, und ein Landesfürst soll Purpur tragen. Prachtentfaltung beweist Lebenskraft. Wären seine Aufwendungen nicht astronomisch, brächten ihm die Untertanen weniger Respekt entgegen. Er ist der Führer der Nation und somit ein modernes Äquivalent von Präsident, Diktator, Monarch, Kaiser, Auserwähltem Gottes und *le roi soleil* in einer Person. Immerhin, man sollte ihm zugestehen, daß er wahrscheinlich glaubt, derartige Holzhammermethoden anwenden zu müssen. Seine Probleme türmen sich himmelhoch. Hier in Kinshasa selbst zum Beispiel: 1959, ein Jahr vor dem Abzug der Belgier, hatte die Stadt 300 000 Einwohner; jetzt wird von anderthalb Millionen gesprochen. Die Arbeitslosigkeit in der Stadt beträgt 48 Prozent, und immer noch strömen die Menschen herbei. Der Grund? Die Arbeitslosigkeit in den ländlichen Gebieten beträgt oft bis zu 80 Prozent. Es herrscht eine fürchterliche Dürre und ein erschreckender Mangel an landwirtschaftlichen Maschinen. Verlassen Sie sich darauf: Kein Beamter in Zaire wird dieses Land als *undeveloped* – unterentwickelt – bezeichnen. Es ist ganz einfach *underequipped* – zu schlecht mit technischen Anlagen versorgt.

Zu dieser Arbeitslosigkeit kommt dann noch das psychologische Unruhemoment, das diese Tausende von Sprachen und Zehntausende von verschiedenen Stämmen innerhalb eines Volkes von zweiundzwanzig Millionen darstellen. Alle alten Traditionsbande zerreißen. Jeder hat sich von Land und Familie gelöst. Mobutu wird zum einzigen Ersatz für Tradition, wird letzte Verkörperung des Großen Häuptlings. Darum wird er am Abend des Boxkampfes auch nicht ins Stadion kommen, sondern ihn sich zu Hause im Closed-Circuit-TV ansehen. Nicht nur, weil er der Welt nicht zeigen will, wie groß sein Polizeischutz sein müßte, sondern weil er sich neben Ali und Foreman nicht dem neugierigen Auge einer Fernsehkamera aussetzen will. Gott stellt sich nicht neben seine Söhne, wenn diese größer sind als er.

Aber das ist nur ein kleines Beispiel seines unfehlbaren Instinkts dafür, wie er sich seinem Volk präsentieren muß – alles in allem ist er darin fast genial. Einerseits gibt er sich allgegenwärtig, die aufdringlichste Ego-Darstellung, die man sich ausmalen kann; andererseits ist er übervorsichtig. Er deklariert diesen Kampf sowie das Stadion selbst als Geschenke an sein Volk, wird aber selber nicht erscheinen. Er zeigt sich zwar jeden Abend im Fernsehen, gibt aber niemals ein persönliches Interview. Er setzt seinen Stolz darein, alle Details unter Kontrolle zu haben. Beispielsweise werden Sie von jedem, den Sie fragen, zu hören bekommen, daß die Armee die Grundlage seiner Macht darstellt, und das trifft zu. Einer der Gründe dafür ist, daß für Soldaten der Bierpreis niedrig gehalten wird – ein Detail, doch mit Details nimmt er es stets peinlich genau. Er weiß, wo jeder einzelne Offizier stationiert ist; und sorgt dafür, daß kein wichtiger Offizier jemals ein Kommando über Truppen seines eigenen Stammes erhält. Bei den Soldaten versteht der eine die Sprache des anderen nicht; sie müssen sich auf Lingala verständigen. Damit stellt Mobutu zweierlei sicher: daß seine Machtbasis nicht von Stammesfehden geschwächt wird und daß seine Soldaten nach und nach ihren heimischen Dialekt vergessen und die Nationalsprache beherrschen. Ähnlich macht er es mit den hohen Regierungsbeamten. Einem wichtigen Mann, der in Kinshasa zu Hause ist, überträgt er den Posten des Gouverneurs von Lubumbashi – das verhindert Staatsstreich-Ideen. Selbstverständlich zahlt er dafür einen hohen Preis. Die Unfähigkeit im Land ist nicht zu beschreiben. Erst war sie einfach unerträglich, jetzt ist sie erschreckend geworden. Andererseits haben sie darin viel von den Belgiern geerbt. Die Bürokratie war und ist ein Idiotenverein, der jedem Spitzentechniker, der ins Land geholt wird, Knüppel zwischen die Beine wirft. Und nun, da die Weißen fort sind, will niemand mehr einen Befehl befolgen. Außerdem – bedenken Sie doch, was für eine Sorte Weiße das war, die da aus Belgien herunterkam: unfähig, in der Heimat auf einen grünen Zweig zu kommen, und das ließen sie dann an den Schwarzen aus. Nein, Hauptziel der mittleren Kader der Bürokratie ist es schon immer gewesen, sich als Hemmschuh zu betätigen. Und jedes noch so kleine Amt bildet quasi einen Stamm.

Wenn ich ein hübsches Pöstchen habe und vielleicht eine Hilfskraft brauche, nehme ich mir einen Stammesbruder. Um so jede Illoyalität von vornherein auszuschließen. Ich will verhindern, daß mir der Neue den Platz wegnimmt, und die Wahrscheinlichkeit, daß er das tut, ist bei einem Verwandten geringer. Andererseits ist mein Familienangehöriger aber dumm, deswegen übertrage ich ihm keine Vollmachten, denn sonst würde er mich in Schwierigkeiten bringen. Also bleibt eben alles liegen, bis ich mich selber darum kümmern kann. Ein Idiotenverein. Während es ganz oben sogar Talent, echtes Talent, wirkliche Intelligenz gibt. Hervorragend ausgebildete Schwarze, frisch aus Europa, mit guten Gehältern, schönen Häusern, europäischen Ehefrauen – ein Statussymbol, bei den Spitzenfunktionären, die weiße Ehefrau –, und die sind treue Anhänger Mobutus. Für sie ist dies ein gutes Land. Und sie könnten sogar etwas zustande bringen – wenn sie ausschließlich miteinander zu tun hätten. Sobald ein Projekt jedoch an die mittleren Verwaltungsregionen weitergegeben werden muß, gibt es wieder nur Idiotie, Stagnation, Chaos. ›Pas de problème‹, bekommt man zu hören, wenn man fragt, ob dies oder jenes arrangiert werden könne. Mit diesen Worten bestätigen sie Ihnen, daß Ihr Anliegen hoffnungslos ist. Da es keine Lösung dafür gibt, gibt es eben auch kein Problem. ›Pas de problème.‹

Und dennoch schafft es Mobutu tatsächlich, das Land irgendwie funktionsfähig zu machen. Mit einer Verschwendung zwar, von der man sich keine Vorstellung macht, und mit einem offiziellen Raubbau an den Naturschätzen, den niemand auch nur annähernd taxieren kann – aber das Land etabliert sich allmählich. Überall wird von *Black Power* gesprochen – hier wird sie praktiziert. Denn irgendwo mitten in diesem Chaos existiert vielleicht doch eine Idee: die Ehe zwischen moderner Technologie und den Elementen afrikanischer Tradition. Und das nicht, weil Mobutu unbedingt ein kluger und einsichtiger Mann wäre – wer könnte das zu beurteilen wagen, da er doch niemanden an sich heranläßt –, aber vielleicht, weil in diesem Zaire das instinktive Gefühl

vorherrscht, daß die Technologie ohne Verbindung mit den Wurzeln der afrikanischen Kultur niemals funktionieren wird.«
»Trotzdem, es ist ein Horror«, sagte der intelligente Amerikaner, Conrads Schlußwort zitierend. »Heute abend werden Sie ja beim Wiegen zuschauen. Sehen Sie sich das Stadion gut an. Es ist Mobutus Geschenk an sein Volk, errichtet mit der Arbeitskraft und den Steuergeldern dieses Volkes. Eine wahrhaft erstaunliche Anlage, an der während der letzten Monate die besten Arbeiter von Zaire geschuftet haben. Mobutu verfügt über ein paar Kader ausgebildeter Facharbeiter, die er von einem Krisenpunkt beim Aufbau der Wirtschaft seines Landes zum nächsten schickt. Daher wissen wir, wo er sie während der vergangenen Monate eingesetzt hat. Was für ein Stadion! Beachten Sie bitte die Konstruktion. Das ist nicht einfach nur ein Bauwerk, das Menschen aufnehmen kann, das ist eines, in dem sie außerdem noch bearbeitet und, falls notwendig, aus dem Weg geräumt werden können. Voriges Jahr im Frühling stieg die Kriminalitätsquote so stark an, daß sich Diebe als Polizisten tarnten und die Ehefrauen von Amerikanern vergewaltigt wurden. Ein Alptraum für Mobutu, die Vorstellung, Ausländer könnten zum Boxkampf anreisen und hier dann in Massen ausgeraubt werden! Also treibt seine Polizei eiligst dreihundert der übelsten Verbrecher zusammen, die sie finden kann, und sperrt sie in die Räume unter dem Stadion ein. Dann wurden fünfzig von diesen dreihundert erschossen. Direkt in dem Betonkeller unter dem Stadion. Einige möglicherweise sogar in den Umkleideräumen der Boxer. Der Witz an dieser Hinrichtung war, daß sie so vollkommen wahllos geschah. Niemand stellte eine Liste auf. Niemand sagte: ›Erschießt diese fünfzig hier.‹ Nein, es wurden einfach fünfzig herausgegriffen. Man *wollte* wahllos vorgehen. Weil das die Angst in den Verbrecherkreisen steigerte. In einer derart unberechenbaren Situation helfen selbst gute Beziehungen zur Polizei nichts mehr. Und aus einem ganz ähnlichen Grund wurden die übrigen zweihundertfünfzig wieder entlassen. Damit sie ihren Freunden von dem

Massaker berichten konnten. Die Kriminalitätsquote ist im Augenblick zurückgegangen. Mobutismus. Bürgermeister, Tycoon und Tyrann zugleich. Er gibt Millionen aus, um küstennahe Öllager im Meer auszubeuten, obwohl Zaires Atlantikküste nur dreiundzwanzig Meilen lang ist, aber er wird sein Ziel erreichen – zu jedermanns Überraschung wird er sein Ziel erreichen und Öl genug für die Bedürfnisse seines Landes fördern. Dann wird er zum Telefon greifen, sich nach einer Erhöhung der Taxigebühren in einer Stadt achthundert Meilen östlich von Kinshasa erkundigen und erklären, eine Fahrpreisanhebung sei ausgeschlossen. Kühn, kleinlich und souverän – eine typisch afrikanische Denkweise. Afrika besitzt die Form einer Pistole, sagen die Leute hier, und Zaire ist der Abzug. Viel Spaß im Stadion!«

Das Wiegen zweier Boxer liefert gewöhnlich Aufschlüsse über den eventuellen Ausgang ihres Kampfes, aber nur, wenn es – wie üblich – am Morgen des Kampfes selber stattfindet und so erkennen läßt, wie die Kontrahenten geschlafen haben. An diesem Abend hatten wir jedoch erst Samstag, und bis zum Kampf waren es noch über zweiundsiebzig Stunden. Das Wiegen würde also eher eine Sache der Publicity, ein elektronischer Probelauf für *Wide World of Sports* sein; und würde trotz der Tausende von Zairois, die freien Zutritt zum Stadion erhalten hatten, überwältigend langweilig werden.
Eigentlich hatte die Presse erwartet, daß die Menge Ali zujubeln würde, aber es gab nur gedämpfte Begeisterung – eine kurze Runde Applaus –, und die Foreman entgegengebrachten Ovationen waren, obzwar geringer, immerhin aber noch vergleichbar, sagen wir, ungefähr halb so heftig. Alles in allem aber wirkte das Publikum gleichgültig. Und bei dem Gedränge im Ring, in den sich hundert oder mehr Menschen gezwängt hatten, waren die Boxer kaum zu sehen. Einige der Zuschauer auf den Rängen hatten bereits sehr lange gewartet; außerdem ist es für einen Schwergewichtler auch nicht gerade aufregend, sich so auf die Waage zu

stellen. Die größte Unruhe löste an diesem Abend ein Irrtum aus. Alis Gewicht wurde mit 206 Pfund angegeben. *So* leicht war er seit Jahren nicht mehr gewesen: Dann wurde die Ansage auf 216 Pfund korrigiert. Ein Fehler bei der Umrechnung der Kilos. Pfiffe von seiten der Presse. Er war vier bis acht Pfund schwerer, als er vorausgesagt hatte – schlechte Aussichten für sein Tänzel- und Laufvermögen. Er war sogar beinahe so schwer wie Foreman, bei dem die Waage 220 Pfund anzeigte und der vollkonzentriert mitten im Ring stand. Er hörte nichts, was er nicht hören wollte.

Ali wirkte wieder verdrossen. Er war mit einem Spazierstock aus Elfenbein in den Ring gestiegen und schien sich für diesen Stock mehr zu interessieren als für seine Umgebung. Er betastete den Stock mit ruhigen Fingern – Ali hatte eine besondere Art, mit neuen Dingen umzugehen, irgend etwas in seinen Fingern drückte Achtung vor ihnen aus. Die Reaktion der Zuschauer jedoch konnte ihn kaum aufmuntern. Er dirigierte einen Sprechchor: *»Ali boma yé!«* Aber das Echo war nicht überwältigend.

Zwischendurch wurde Musik übertragen. Eine beunruhigend fröhliche Musik, aufreizend wie karibische Rhythmen – Musik für die Hüften, Charakter nicht erforderlich, nur ein locker bewegliches Rückgrat. Diese Musik ließ nichts von der Schlagkraft der Fäuste hören, ja, eine merkwürdige Enttäuschung das Wiegen, der Ring war zu niedrig. Genau wie sie ihn in Nsele zu hoch gebaut hatten, war er hier wiederum zu niedrig. Die um den Ring stehenden Fotografen würden den Reportern an den Pressetischen die Sicht nehmen.

Nein, es war kein fröhliches Stadion. Der intelligente amerikanische Informant hatte recht gehabt. Schon der Eingang wirkte deprimierend. Es war kein Bauwerk, in das die Menschen hineingehen, sondern eines, aus dem sie nicht wieder herauskonnten, falls die Polizei sie drinnen behalten wollte. Die Durchlaßquote an den Ausgängen erinnerte an ein Bierfaß mit einem Babyschnuller als Hahn. Von der Straße aus führten Torbögen, kaum breiter als normale Türen, zu Drehkreuzen, die den Besucher in enge Korridore entließen, bis er durch weitere enge Korridore die Sitzreihen erreichte. An einem unterirdischen Gang, der im Oval um das Stadion führte, lagen Räume aus eintönig grau gestrichenen Betonquadern. Stahlgitter und Hohlziegel. Ein Gefängnis. Die Stimmung, in die ihn das Wiegen versetzt hatte, beherrschte Norman auch noch, als er sich zu einer Gruppe in der Bar im obersten Stockwerk des »Inter-Continental« gesellte. Hier feierte Don King das *Weigh-in.* Für ihn war es ein Meilenstein gewesen, und so formulierte er es auch. »Nachdem ich Ali und Foreman heute im Ring gesehen habe, kann ich endlich daran glauben, daß dieser Kampf tatsächlich stattfinden wird«, erklärte er glücklich. Kings Augen besaßen magische Kraft. Erst wenn man ihn persönlich kennenlernte, bekam man einen Eindruck davon, wie er es hatte schaffen können, diese beiden Boxer zusammenzubringen, denn im Grunde verfügte er über viel zu geringe finanzielle Reserven, um ein Ereignis dieser Größenordnung bewältigen zu können. Aber King besaß auch die Fähigkeit, all seine echte Liebe (die, an seiner nicht unbeträchtlichen schwarzen Präsenz gemessen, keineswegs gering sein konnte) und all seine falsche Liebe zu nehmen und sie beide zusammen durch seine sanften Augen auszustrahlen. Niemals hätte Mailer geglaubt, daß es hier draußen, direkt vor Ort, so etwas wie den Begriff »sanft« geben konnte, nie aber hatte er auch in ein Paar Augen geblickt, das eine so tiefe Liebe ausstrahlte. »Sie sind ein Genie im Einklang mit dem höheren Bewußtsein«, lautete Kings erstes Kompliment beim gegenseitigen Kennenlernen, »aber ebenso auch ein instinktiver Exponent der unermüdlichen Suche nach dem Aufstrebenden in dem gefährlichen, erdumspannenden Potential unterdrückter, ausgebeuteter Menschen.« Norman hatte einst einen rumänischen Arzt gekannt, der die gleiche Freude an bombastischer Rhetorik und schmalzigem Pathos hatte. Don King war eine Kreuzung zwischen einem Negerschwergewichtler von der Größe Ernie Terrells und eben jenem jüdisch-rumänischen Arzt, nein, King hätte sogar der *B'nai B'rith* angehören können. Er brachte es nicht fertig, »ekstatisch« zu sagen, ohne »lustvoll« hinzuzufügen. Ereignisse waren niemals »freudig«, wenn sie »überaus freudig« sein konnten. Nach einer Weile merkte Mailer, daß die Beschreibung seiner Person, die King so großzügig gegeben hatte, im Grunde Einblick in Kings Vorstellung von sich selbst gewährte: »Ein Genie im Gleichklang mit dem höheren Bewußtsein« et cetera. Sagen wir, es wäre schwer zu beweisen, daß King kein Genie war. Als ehemaliger Nachtklubbesitzer und Beherrscher der illegalen Lotterie von Cleveland, mit vier Jahren Gefängnis wegen Totschlags bei einer Straßenschlägerei hinter sich, war er an Ali und Foreman mit dem Odium eines Boxmanagers herangetreten, dessen beste Boxer, Earnie Shavers und Jeff Merritt, beide soeben in der ersten Runde k. o. geschlagen worden waren. Trotzdem erbot er sich, den Kampf Ali–Foreman zu organisieren. Jeder Boxer sollte fünf Millionen Dollar bekommen. Und seine Augen, in denen die Liebe stand, müssen die Summe glaubwürdig gemacht haben, denn sie strahlten zweifellos die kühle Frische der Limonade, die Phantasien des Pernod und das gelbe Gold von Maiskörnern aus – irgendwie halfen ihm diese Augen über alle Hindernisse hinweg –, und er überzeugte Herbert Muhammad, daß er diesen Kampf organisieren konnte. »Ich erinnerte ihn an den Ausspruch seines Vaters Elijah Muhammad, daß jedem qualifizierten Schwarzen von seinen schwarzen Mitbrüdern eine Chance gewährt werden sollte.« Gewiß, die Zyniker wiesen sofort darauf hin, daß Herbert Muhammad kaum etwas verlieren konnte – King war im Handumdrehen an einen Vertrag gebunden, nach dem er monatlich einhunderttausend Dollar zu zahlen hatte, bis ein Kreditbrief über zehn Millionen Dollar für die beiden Boxer auf der Bank lag, und King brachte es zu jedermanns Überraschung fertig, lange genug durchzuhalten, um dieses Geld durch John Daly von der Helmdale Leisure Corp. und die Risnailia, eine Schweizer Firma, aufzubringen, deren Herz, wie es hieß, Sese Seko Kuku Ngbendu Wa Za Banga, unserem Mobutu, gehörte. Welch eine Geschäftstüchtigkeit! Quantität geht über in Qualität, hat Engels einmal gesagt, und ein Geschäftemacher dieses Ausmaßes ist ein Financier. King konnte reden! Er war ein hochgewachsener Mann, den die grauen Haare, die fast senkrecht in die Höhe standen, noch um zehn Zentimeter größer machten – King war ein Schwarzer, dessen Afro-Frisur durch einen unaufhörlich fallenden Lift ständig scheinbar aufwärts gerissen wurde. Und herab kamen seine Worte. King trug Brillanten und plissierte Hemden, *dashikis* mit Goldgehängen, puderblaue Smokings und andere Anzüge in Lippenstiftrot, um die Taille hatte er sich den Kummerbund eines Sultans geschlungen, und in das Tuch, das er trug, waren die Perlen des Orients gewebt. Er konnte reden! Er war der *kuntu* des Dialogs, und keine verbale Situation war ihm fremd. Einmal, als einer seiner weniger bekannten Boxer andeutete, daß ein Vertrag nicht ganz zufriedenstellend sei und King sich lieber vorsehen solle, beugte sich Don vor – wie gern er diese Story erzählte! – und erklärte: »Wir wollen uns hier doch nichts vormachen. Du kannst jetzt rausgehen, telefonieren und mich in einer halben Stunde umlegen lassen. Ich aber kann, sobald du draußen bist, den Telefonhörer nehmen, und dann bist du in fünf Minuten erledigt.« Das war kurz und bündig, doch King konnte auch viel ausführlicher sein. »Der Kampf«, sagte er, »wird Millionen von Fans anlocken, denn Ali ist Russe, Ali ist Orientale, Ali ist Araber, Ali ist Jude, Ali ist alles, was sich der menschliche Verstand vorstellen kann. Seine Wirkung erstreckt sich auf alle Teile der Welt. Manche hassen ihn, andere lieben ihn, auf jeden Fall aber weckt er Gefühle, und das ist überhaupt das Wichtigste: Ali motiviert sogar die Toten.« Jawohl, sogar die Toten, die vor Durst starben und am Altar auf ihr Bier warteten. »Die Toten zittern in ihren Gräbern«, hatte King, Leonard Gardners Bericht zufolge, an jenem Abend in Caracas gesagt, als Foreman Norton ausschaltete und damit das letzte Hindernis für den Kampf Ali–Foreman beseitigt war. An jenem Abend war King glücklich gewesen; an diesem Abend war er ebenfalls glücklich, weil das Wiegen über die Bühne gegangen war und der Fernsehsatellit den ersten Test erfolgreich bestanden hatte. Er war ein Mann, der offensichtlich viel von zeremoniellen Förmlichkeiten hielt und dem jenes Stadion, das sich seinem Gast als so bedrohlich dargestellt hatte, die Tränen in die Augen trieb, als er davon sprach. »Heute war ein Wendepunkt«, sagte er. »Heute hat sich die lange Liste unserer Probleme mit diesem Kampf in eine Liste unserer hart erkämpften Erfolge verwandelt. Heute hatte ich eine Vision, die mich beglückt, denn sie zeigte mir den Kampf als eine Begegnung, die in der gnadenlosen Kraft ihrer Härte und Wildheit ohnegleichen sein wird. Daher weckt sie in mir das Gefühl, ein Werkzeug ewiger Mächte zu sein.«

Hatte man sich einmal an das ständige Auf und Ab seiner Rhetorik gewöhnt, füllte sie einem die Ohren, wie das Roß eines Kosaken mit seinem Galopp die Steppe erzittern läßt. Dennoch wurde es nach einer Weile deutlich, daß King seine Zunge nur an Rhetorik wetzte, wenn ihm keine geistreichere Antwort einfiel. (Wie Shaw einst Samuel Goldwyn erklärte, er schreibe nur Poesie, wenn seine Inspiration für Prosa nicht ausreiche.) Genauso schaltete King auf einen anderen Gang um, sobald er zwischen sich und seinem Gesprächspartner auch nur die Andeutung einer Distanz spürte; redete er jedoch drauflos – ah ja, dann wurde aus King ein anderer Mensch.

Er sprach gern über seine vier Jahre im Gefängnis und sein fünfmaliges, erfolgloses Auftreten vor einem *Parole Board*, einer Kommission für bedingte Haftentlassungen. »Sehen Sie, meine Vergangenheit wimmelt von solchen Menschen. Ich mußte meine Jahre absitzen, mußte lernen, ganz neue Wege einzuschlagen und in einem Raum voll gewalttätiger Männer nachzudenken. Das war nicht leicht. Allein der Weg zur Pinkelbude war die Hölle. Manchmal wachte man mitten in der Nacht auf und mußte pinkeln. Welch eine Szene in den Pissoirs! Sträflinge, die den Wärtern einen bliesen. Wärter, die dasselbe mit den Sträflingen taten. Ein Mann, der den anderen in den Arsch fickte. Verdammt, *man*, da muß man aufpassen, daß man nicht durchdreht.«

Am Nebentisch beugte sich Hunter Thompson zu John Vinocur hinüber und sagte: »Schlechter Genet.«

»Also beschloß ich, mich zu bilden«, fuhr King fort.

»Ich legte mir eine Liste an. Holte mir meine Bildung im Gefängnis. Las Freud. Der hat mich beinahe verrückt gemacht. Brust, Penis, Anus. Harter Tobak. Dann Masters und Johnson, dann Kinsey und … «, er zögerte, »*Knee's itch*, von dem habe ich viel gelesen.«

»Wer?«

»*Knee's itch. Nigh zith.*«

»Nietzsche?«

»Yeah.« Aber er wand sich ob seines Fehlers vor Verlegenheit. »Yeah, Cerebrum und Cerebellum, die muß man gebrauchen, das habe ich von ihm gelernt.«

»Was haben Sie denn sonst noch gelesen?«

»Kant. *Kritik der reinen Vernunft.* Das hat mir geholfen, nicht durchzudrehen. Und Sartre – faszinierend! – und diesen Kerl, der das Buch über Hitler geschrieben hat, Shirer, den habe ich auch gelesen. Und Marx, Karl Marx habe ich gelesen, ein eiskalter Hund, dieser Marx. Von dem habe ich viel gelernt. Hitler und Marx – an die muß ich denken, wenn ich so manches von dem sehe, was sie hier machen, ihr wißt schon, das ganze Land eine Familie. Schwergewicht auf der Jugend.«

Am Nebentisch sagte Hunter Thompson, der sein Glas inzwischen geleert hatte: »Ganz schlechter Genet.«

Aber King hörte es nicht. Warum sollte sich King auch aufregen? Wahrscheinlich hatte er Genet gelesen. Die Erschöpfung und die Freude der tausend Gefahren des erfolgreichen Organisierens dieses Kampfes lasteten wohltuend auf seinem Rücken.

9
Champion der Paladine

Hunter Thompson war groß und besaß den sportlichen Körperbau eines College-Halfbacks. Er sah so aus, obwohl er inzwischen fast kahl und bereits über dreißig war. Selbst wenn er körperliche Qualen litt, hatte man nicht den Eindruck, daß er stärkere Schmerzen verspürte, als sich auf seiner hohen Stirn abzeichneten, auf der gewöhnlich ein leichter Film stummen Schweißes lag. Er transpirierte. Das war anscheinend der einzige Preis, den er für den ständigen Konsum von Muntermachern und Beruhigungspillen zu zahlen hatte, von denen er mehr schluckte als irgendein anderer guter lebender Schriftsteller. Er konnte vermutlich mehr Bier vertragen als jeder andere, mit Ausnahme von vielleicht etwa hundert Zeitgenossen. Er mußte eine einmalige Konstitution besitzen. Jetzt aber war er so nervös, daß er schon zu quietschen anfing, wenn man mit dem Finger nur in die Nähe seines Magens kam. Er war ein Nervenbündel, das im labilen Gleichgewicht auf einem anderen Nervenbündel balancierte, das wiederum auf Rollschuhen stand. Als Berichterstatter für den *Rolling Stone* nach Zaire gekommen, haßte er die jubelnde Begeisterung all jener, die sich glücklich schätzen, zum Kampf hier sein zu dürfen. Er haßte diesen Auftrag. Nach einem einzigen Blick auf Kinshasa hatte Hunter sofort versucht, eine Maschine nach Brazzaville zu chartern.

Natürlich hatte er keine bekommen. Die nationale Katastrophe von Zaire sprach nicht mit der städtischen Katastrophe von Brazzaville. Drei Tage vor dem Kampf trug Hunter immer noch eine Miene zur Schau, als hätte er die Story bereits von Brazzaville aus geschrieben. Er befand sich in einem hochgradigen Schockzustand. Er wirkte wie ein Halfback, den der Gegner am

Hals gepackt hat und der nun auf Zehenspitzen geht. In der Bar im obersten Stock des »Inter-Continental« sagte er: »Schlechter Genet« mit dem von Herzen kommenden »Aahhh« eines Protagonisten, der in Kopf, Kehle und Gurgel unartikulierbare Kollisionsgeräusche hört, wenn Bier und Schaum aufeinandertreffen.

Wenn Mailer an Don King dachte, dann im Zusammenhang mit Thompsons Bemerkung: »Schlechter Genet.« Kein Thema schien für jene ironische Abwertung, wie Hunter sie systematischem Wahnsinn angedeihen lassen konnte, jemals so prädestiniert gewesen zu sein. Trotzdem war sich jeder gute Schriftsteller klar darüber, daß Satire hier zuviel Schaden anrichten konnte. Es war, als beträte man ein Goldfeld und müsse feststellen, daß das, was da so glänzte, nicht Gold, sondern etwas Eßbares war, halb Pferdemist, halb gelbes Manna. Wäre King ein Weißer gewesen – ja, welch einen herrlichen Job hätte man daraus machen können: ein Geschäftemacher mit einer ausgesprochenen Begabung fürs Vulgäre! Sah man aber, daß er ein Schwarzer war, präsentierte er sich als Genie mit einer Begabung fürs Geschäfte machen, als eine Verkörperung jener elementaren Philosophie, die erst jetzt, Jahrhunderte zu spät, aus der Savanne und dem Regenwald gekommen ist. Die technologische Welt hatte, in der Verwirrung einer Rationalität gefangen, die den Zug aus den Gleisen springen ließ, die schwarze Kultur wahrscheinlich bitter nötig. »Ali motiviert sogar die Toten«, sagte King und sprach damit von angeborenen menschlichen Kräften. Manche Menschen besitzen mehr davon als andere. Ali hat sie. Er motiviert die Toten. Eine ungewöhnliche, aber nicht irreale Fähigkeit.

Man konnte Don King natürlich, ohne daß es ihm bewußt war, mit *Ogotemmêli* in ein und denselben philosophischen Topf stecken. Jeder Mensch, sagt unser Dogon-Weiser, wird mit zwei Seelen geboren: einer männlichen und einer weiblichen; in jedem Körper wohnen zwei verschiedene Persönlichkeiten. Die weibliche Seele eines Mannes sitzt in der Vorhaut; der ganz persönliche Mann einer Frau wohnt in der Klitoris. Aber zur »Sexualpolitik« zurück. Don King spürte, als er Freud las, wie sein Unterbewußtsein auf einige Begriffe einer verlorenen Kultur reagierte, von der er nicht wußte, daß er sie besaß. »Brust, Penis, Anus. Harter Tobak. Eine Einheit.« Schwarze Motivation war nicht gleich weißer Motivation. Was absurd war für die Weißen, war weißes Fleisch für die Schwarzen. In Afrika, nahm Norman sich vor, wollte er mit zwei Augen beobachten statt nur mit einem. Logischerweise mußte er zunächst einmal sich selbst beobachten. An jenem Abend nach der Trinkerei mit King stand Norman auf dem Balkon vor seinem Zimmer. Vielleicht gehörte es zum eigentlichen Entwurf, vielleicht aber waren auch die Preise für Geländer gestiegen, während das »Inter-Continental« im Bau war, jedenfalls wiesen alle Zimmer eine architektonische Eigenart auf: Die Balkons besaßen kein Geländer. Gut, nennen wir es nicht Balkon, sondern Leiste. Man konnte sie ohne weiteres betreten, indem man die großen Fenstertüren des Zimmers öffnete. Die Leiste lief über die ganze Länge des Zimmers, ungefähr vier Meter weit, und war vom Fenster bis zum Rand etwa einen Meter breit. Von ihrem ungeschützten Rand aus konnte man sieben Stockwerke tief hinabblicken.

Zu jeder Seite dieser Leiste gab es eine Betontrennwand, die genauso weit vorsprang wie die Leiste; sie war ebenfalls einen Meter breit und ging vom Boden bis zur Decke. Vielleicht sollte sie eventuelle Einbrecher daran hindern, über die Leiste von einem Fenster zum anderen zu gelangen.

Selbstverständlich brauchte man nicht lange, um herauszufinden, daß diese Trennwand höchstens ein symbolisches Hindernis darstellte. Man konnte mühelos um sie herum auf die anstoßende Leiste treten. Man mußte sich dabei zwar etwas hinauslehnen, und vorübergehend würde es nichts weiter zum Festhalten geben als die beiden Seiten der Trennwand. Diese Seiten waren jedoch, von einer Handfläche zur anderen gerechnet, fünfzehn Zentimeter voneinander entfernt, das heißt, die Wand war fünfzehn Zentimeter dick. Wenn man sich so festhielt, konnte man natürlich rückwärts fallen, den Halt verlieren und abstürzen. Aber das war nicht wahrscheinlich. Man mußte sich schon sehr weit zurücklehnen, bis die Hände (fest, dessen können wir sicher sein, an die Seiten der Trennwand gepreßt) nicht mehr zupacken konnten. Körperliche Anstrengung war nicht erforderlich. Immerhin aber mochte das Herumschwingen um die Wand bis auf den nachbarlichen Balkon Schwindelgefühle auslösen. Eine idiotische Art, den Tod zu finden! Was war schlimmer als Selbstmord durch Unfall? Ein Nachhall von Hemingways Ende sandte sein erschauerndes Echo herüber. Einmal war Norman im Atelier eines Mannes, der im Jahr zuvor gestorben war, eine Leiter hinaufgestiegen. Unter lächerlichem Herzklopfen war er auf dieser Stehleiter von der vorletzten Sprosse auf die oberste geklettert. Dort, auf der obersten Sprosse, begann sein Körper, zitternd wie eine Stimmgabel, vor- und zurückzuschwingen. Er war in einem Stromkreis gefangen, der mit ihm selber nichts zu tun hatte. Er hatte den Mast bis in eine Wolke magischer Kräfte hinein erklettert. Mit bebenden Gliedern war er wieder herabgekommen. Er hatte Grund zur Furcht. Einmal, ein wenig früher in jener selben Lebensperiode, hatte er sich, als Berichterstatter für den zweiten Ali-Liston-Kampf, der für Boston vorgesehen war, tagelang elend gefühlt, bis er sich endlich gezwungen hatte, eine Brüstung entlangzubalancieren. Diese Brüstung war dreißig Zentimeter breit gewesen und hatte daher keinen außergewöhnlichen Gleichgewichtssinn erfordert. Immerhin aber waren es fünfzehn Schritte entlang dem Dachrand eines hohen, alten Gebäudes in Beacon Hill gewesen. Tagelang hatte ihn die Notwendigkeit dieses Unternehmens krank gemacht. Schließlich hatte er es gewagt. Eine Stunde darauf hatte Ali einen Muskelriß in der Leistengegend bekommen. Der Kampf wurde monatelang verschoben. Woher sollte man je mit absoluter Sicherheit wissen, ob der Spaziergang auf dem Dach etwas mit Alis Muskelriß zu tun hatte oder nicht? Ein Gedanke, der einen Magier hartnäckig verfolgen konnte. Und jetzt, in diesen letzten paar Tagen, hatte er unter ähnlichen Versuchungen gelitten. Eine Schwergewichtsweltmeisterschaft war ein Strudel; kein Wunder, wenn man in ihn hineingezogen wurde. Seit Jahren aber war er solchen Bravourstücken aus dem Weg gegangen. Sie lagen zu weit außerhalb der Fähigkeit, tagtäglich in einem vernünftigen Gleichgewicht zwischen dem eigenen Mut und der Angst zu leben; diese privaten Kapriolen waren unangemessen. Er wußte, daß er um die Trennwand herumturnen konnte. Aber was, wenn er dabei wieder von diesem unwillkürlichen Zittern befallen wurde, das ihn an jenem Sommertag zehn Jahre zuvor gepackt hatte? So ließ er also die Möglichkeit, um die Wand herum auf den Nebenbalkon zu klettern, eine Möglichkeit bleiben, die er ganz einfach nicht ergreifen würde. Infolge dieses Gedankenganges hatte er jedoch das Gefühl, Ali im Stich gelassen zu haben. Er wußte, daß Muhammad größere Chancen hatte, wenn er die Gelegenheit ergriff. Und war gleichzeitig wütend über seine Eitelkeit. Ali hatte seine armselige Magie nicht nötig. »Ali motiviert sogar die Toten.« In Anbetracht Foremans jedoch würde Ali jegliche Hilfe brauchen, die man ihm zuteil werden lassen konnte.

An diesem Samstagabend, lange nach dem *Weigh-in*, nicht stockbetrunken, aber angenehm blau, mit klarem Kopf und Gliedern, die so tadellos funktionierten, wie man tadellos autofahren kann, wenn man den Kanal voll hat, kam er in sein Hotelzimmer zurück, öffnete schnurstracks das Fenster, trat auf den Balkon hinaus – es war vier Uhr nachts –, legte die Hände an die Seitenflächen der Trennwand, schwang sich auf den Nachbarbalkon hinüber, nickte, schwang sich auf den eigenen Balkon zurück, tat das gleiche auf der anderen Seite seines Balkons, nickte wieder, kam zurück, trat ins Zimmer, stieg ins Bett und hatte vor dem Einschlafen gerade noch Zeit, laut zu sagen: »Es war ja so gottverdammt einfach!«

Natürlich hatte er das alles in völliger Freiheit von Furcht getan. In jener Freiheit, die vom Trinken kommt. Nach der Logik magischer Gleichungen war es vorstellbar, daß er die Vorzeichen umgekehrt hatte; denn betrunken zu sein, mag durchaus bedeuten, alle Vorzeichen umzukehren. Man arbeitete vielleicht auf das Gegenteil dessen hin, was man erreichen wollte. Daher hatte er am nächsten Morgen nicht die geringste Ahnung, ob er den Muslims oder den Foremans Trost und Hilfe gebracht hatte; beinahe war es ihm egal. Als sehr bescheidenes Teilchen in dieser bevorstehenden Kollision muß er von Kräften gepackt worden sein, die ihm zwar vertraut vorkommen mochten, die er aber kaum verstehen konnte. Eine Schwergewichtsweltmeisterschaft ist so elektrisch aufgeladen wie ein Magnetfeld. Daher hegte er nicht den geringsten Zweifel an seinem gesunden Menschenverstand und hatte das Gefühl, von magischen Wellen berührt zu werden, die er niemals sehen würde.

Unten im Hotel fand an diesem Sonntagvormittag ein Turnier zwischen Bundini und Elmo statt. »*Oyé … Foreman boma yé*« hatte die Halle viel zu lange beherrscht. Bundini war für seinen Boß in die Schranken getreten. Zahllose Neugierige hatten sich um Bundini und Elmo versammelt, die einen Meter voneinander entfernt standen, denn es war zweifellos nicht klug, einander allzu nahe zu kommen. Beide redeten ohne Pause. Es war kein Wortwirbel, sondern ein Wortgefecht – ihre Stimmen klirrten wie Waffen. »Dein Boxer ist jämmerlich, der arme Tropf, meiner wird ihn verprügeln, der hat's im Kopf«, schrie Bundini. Und nachdem er seiner Meinung derart in Reimen Luft gemacht hatte, fügte er sofort hinzu: »Gott wird dafür sorgen, daß er sich wie ein Wurm am Boden windet, und wenn er dann jammert, kannst du ihn ja mit Kohlblättern füttern, du Dummkopf!«

Elmo streckte gleichmütig drei Finger hoch und hielt sie Bundini vor die Nase. Als wolle er drei unheilbringende Öffnungen aufspießen: zwei Nasenlöcher und ein Großmaul. »Drei schafft er nie«, erklärte Elmo dabei feierlich, »Muhammad Ali.«

Aus dem Kreis um die beiden Männer arbeitete praktisch jeder für Foreman. Alle lachten. »*Foreman boma yé, Foreman boma yé*«, wiederholte Henderson als Antwort auf alles, was Bundini sagte, mit einer jeweils etwas größeren Lautstärke als die Stimme, die auf ihn einschrie. Bundinis Stimme wurde heiser, seine Artikulation undeutlich. Er stand eindeutig unter Druck. Hinter Henderson, ungefähr zwei Meter entfernt, den Kopf tief in ein Buch vergraben, stand Foreman. Neben ihm stand Daggo, der riesige Polizeihund aus des Champions eigener Zucht. Ringsum standen Sparringspartner und Mitglieder seines Gefolges. Jedesmal, wenn Bundini etwas sagte, schrien sie ihn nieder. »Blödsinn!« riefen sie zum Beispiel. Und Henderson formulierte wieder einmal: »Drei schafft er nie.« Bald konnte sich Bundini keine Pause mehr leisten. »Drei schafft er nie, Muhammad Ali. *Oyé*«, dröhnte Elmo, »*oyé!*«

»Das soll ein Schrei sein?« brüllte Bundini ihm ins Gesicht, »*oyé?*« Mit Augen, die ihm aus dem Kopf quollen. Seine Augen sahen aus, als presse ein Druck von innen sie aus den Höhlen. »Plop« mußten sie gleich zu Boden fallen.

»Foreman schlägt Ali. Muhammad ist tot«, sagte Elmo.

»Niemals wird er Ali schlagen! Ali kann tanzen. Ali kann sich bewegen. Er ist ein Genie, er ist ein Gott, dein Mann ist nichts weiter als ein Boxer. Foreman wird die Matte suchen. Er wird sich winden«, sagte Bundini, dessen Stimme schwächer wurde, »*Ali boma yé!*« Schrille Pfiffe.

»Drei schafft er nie«, skandierte Elmo feierlich.

»Ach, halt die Klappe!« schrie Bundini. Er peitschte das letzte aus seinen Stimmbändern heraus. »In meiner Ecke sitzt ein Mann, der zum Kampf bereit ist. Ich bin bereit, mit ihm zu gehen. Und was hast du? Dein Mann hat einen Hund zum Spielen und einen Irren zum Begleiter.«

Jetzt blickte Foreman zum erstenmal auf, und sein Hund hob ebenfalls den Kopf. Entschlossen steckte Foreman die Nase wieder ins Buch. Doch eine Warnung ging von ihm aus. Kurz, aber unmißverständlich. »Macht euch ruhig euren Spaß«, lautete die stumme Warnung. »Aber laßt euren Arsch von meinem Kopfkissen.«

Zu viele Menschen, die für Foreman arbeiteten, waren dort. In Elmo Hendersons Stimme lag Unermüdlichkeit. Bundini, immer noch mit weit vorquellenden Augen, machte sich auf in Richtung Lift. Als hoffe er, feindliches Territorium verlassen zu können. Elmo ließ sich jedoch nicht abschütteln, die Sparringspartner ließen sich nicht abschütteln, alle blieben sie ihm auf den Fersen, als er durch die elektrisch geladene Halle ging. Ungefähr zehn große Schwarze drängten sich mit Bundini in die Liftkabine. Das Klirren der Gitter sperrte seine Stimme ein. Bilder von Verstümmelungen drängten sich auf – wer hatte da nicht die Vision von Bundinis zerfetztem Körper vor Augen?

Am selben Abend jedoch saß Bundini im Freiluftrestaurant beim Dinner mit seiner Frau Shere, einer Weißen aus Texas mit roten Haaren, grünen Augen, einer frechen Stupsnase und einem kräftigen Südstaatenakzent. Shere (»Sherry« oder »Chérie« ausgesprochen) sah so amerikanisch aus wie der sommersprossige Junge auf den Pappschachteln für Frühstücksflocken. Bundini nannte sie stets »Mutter«. Sie rief ihn bei seinem Vornamen Drew, von Drew »Bundini« Brown.

Mailer war verwirrt. Die Zeit, da er Bundini häufiger gesehen hatte, lag Jahre zurück, und damals war Bundini mit einer Jüdin verheiratet gewesen. Sein Sohn hatte, wie er voll Stolz überall herumerzählte, eine Bar-Mitzvah-Feier gehabt. Drew Brown jr., ein großer, gutaussehender junger Schwarzer mit krausem Judenhaar, pflegte Bundinis jüdische Freunde mit einem »Shalom« zu begrüßen. Zu seinen schwarzen Freunden sagte er nur: »Verdufte, *motherfucker.*«

Einmal, vor ungefähr zehn Jahren, als sie zum Ali-Patterson-Kampf in Las Vegas waren, hatten Mailer und Bundini zusammen getrunken. Zu jener Zeit war Bundini wegen irgendeiner nicht näher definierten Untat von Ali gefeuert worden. Eindeutig hegte er noch starke Gefühle für Ali, wenn man jedoch von seinem Herrn zurückgestoßen worden ist, verlangt die Logik der Geschäftemacher, daß man von nun an gegen ihn arbeitet. Darum suchte Bundini Kontakt zu Patterson. Schließlich kannte er jede einzelne von Alis Schwächen. Patterson jedoch ließ Bundini nicht an sich heran. Patterson traute ihm nicht. Daher mußte sich Bundini damit zufriedengeben, mit George Plimptons Hilfe einen recht ordentlichen Artikel für *Life* zu schreiben, in dem er Patterson Ratschläge für die günstigste Taktik gegen Ali erteilte. Da in der zweiten Runde jedoch Floyds Rücken streikte und er unter beträchtlichen Schmerzen durch eine beschädigte Bandscheibe und einen Muskelkrampf kämpfen mußte, ein mutiges, aber höchst klägliches Unterfangen, mußte Bundinis Tip – daß Patterson auf Ali losgehen sollte wie bei einer Straßenschlägerei, haargenau das, was Frazier sechs Jahre später tat – rein akademisch bleiben. Aber Bundini hatte in jenem Jahr überhaupt kein Glück; es gab keinen, dem er nicht Geld schuldete.

Dafür war Bundini jedoch nie liebenswerter als damals. Seine Augen konnten ebensoviel Liebe ausstrahlen wie die von Don King, und seine Stimme wurde so heiser und kraftvoll wie das Keimen der Gedanken. Bundini konnte weder lesen noch schreiben – behauptete er –, aber er konnte reden. Selten formulierte er einen Satz, der nicht eine Metapher enthielt. Anläßlich des Ali-Foreman-Kampfes verkündete er der Presse:»Gott hat es so eingerichtet. Dies ist die Abrechnung. Der König kam auf den Thron, indem er ein Ungeheuer umbrachte, nun wird der König seinen Thron wiedererobern, indem er ein noch größeres Ungeheuer umbringt. Dies ist die Abrechnung.« Und über das Training sagte er:»Du mußt zusehen, daß du einen Ständer kriegst, und den mußt du dann behalten. Paß auf, daß du den Ständer nicht verlierst, und paß auf, daß du nicht kommst.« Über George Plimpton, der ihm während seiner Verbannung aus Alis Lager Geld geliehen hatte, sagte Bundini:»George werde ich immer die

Treue halten, denn er hat sich um mich gekümmert, als mir die Lippen aufgeschlagen waren.«

Norman und Bundini hätten Freunde werden können. Der Schriftsteller bewunderte den Stil, mit dem Bundini Krisen durchstand. Zu einem Zeitpunkt, da die Geldeintreiber der Syndikate ihm alle Knochen im Leib zerbrechen wollten, setzte Bundini seine letzten vierhundert Dollar auf acht Würfelrunden und ging mit traurigem, weisem Lächeln davon. Wie es viele Geschäftemacher sind, war auch er sehr sentimental. Er konnte weinen wie ein Kind – und weinte sogar jedesmal, wenn Ali besonders schön boxte, weinte über die Güte Gottes, die soviel athletische Pracht hervorgebracht hatte –, und seine Augen leuchteten vor Liebe bei jeder Bemerkung, die seine eigene Kunst der Metapher in die Schranken forderte. Dann strahlte sein großes, rundes Gesicht die schlichte Glückseligkeit von Aunt Jemima aus, und seine laute, heisere Stimme wurde gefühlvoll vor Staunen über ein derartiges Wunder an Weisheit. Das war seine erste Hälfte; auf seine zweite Seele war er aber nicht minder stolz. Wenn Bundini nur aus Gefühl zu bestehen schien, konnte er Eiseskälte beweisen; wenn er Klasse zeigte, konnte er trotzdem ganz ohne Klasse sein; für einen Freund würde er sein Leben einsetzen, und das konnte man ihm auch glauben, aber trotzdem würde er, wie es ein Kritiker einmal formulierte, »einem Toten die Dimes von den Augen nehmen« und statt dessen Nickels drauflegen«. Kein Wunder, daß seine Figur außergewöhnlich war: über zwei Meter groß, mit einem Kopf wie eine enorme Kegelkugel, schmalen Schultern, kleinem Fußballbauch, dessen Hauptgewicht auf dem Zwerchfell zu lasten schien, und spindeldürren Beinen. Es war der Körper eines Raumfahrers, der in einer Kapsel aufgewachsen ist. Und doch hatte er als Jugendlicher an den Navy-Ausscheidungen teilgenommen, und selbst jetzt würde es niemand wagen, Bundini wegen einer Nichtigkeit zu reizen (bis auf Ali, der ihn nach Lust und Laune abkanzelte, als habe er es mit einem unartigen Kind zu tun). Bundini war so unauffällig wie ein Mund voller Goldzähne und so schön wie tiefschwarzer Samt; er nannte seine junge Frau »Mutter«, war aber seinerzeit etwa so väterlich gewesen wie jeder andere Spieler auch: Eine Illustriertenstory berichtete einst von seinem Wunsch, ein »gefragter Zuhälter« zu werden. Aber schließlich verkaufte er auch Interviews über sich selbst, die alles preisgaben, während er seine Metaphern kostenlos verteilte; er konnte kein Wort richtig schreiben und versuchte ein Dutzend Drehbücher an den Mann zu bringen – seine eigenen, wie er behauptete. Erinnern wir uns an »Schwirren wie ein Schmetterling, zustechen wie eine Biene«. Bundini war die Fleisch gewordene Definition der Theorie, daß jeder Mensch mit zwei Seelen geboren, daß jeder Körper von zwei verschiedenen Persönlichkeiten bewohnt wird. Hätten nicht schon die Afrikaner diese Philosophie gehabt, man hätte sie erfinden müssen. Welch ein Konflikt von *nommo* und *n'golo*! Soviel Verstand, soviel Schwanz. Zusammen kommen die beiden nie. Nach einer Weile waren Norman und er keine Freunde mehr. Ihr Streit hatte so ernste Formen angenommen, daß sie jahrelang kein Wort wechselten. Aber das große Boxspiel schüttelte eingefleischte Vorurteile durcheinander wie Kastagnetten. Da er und Bundini sich immer wieder bei Boxkämpfen trafen und da Bundini ihm, ob er es wollte oder nicht, immer wieder kleine Hilfen gab, begannen sie schließlich doch wieder ein bißchen miteinander zu sprechen, auch wenn sie dabei mehr als nur ein bißchen auf der Hut waren. Jahrelang sprachen sie nur ein bißchen miteinander.

Bei diesem Kampf nun schuf Bundini eine neue Situation. Eines Nachmittags, als Norman nach einem Besuch bei Ali am Ufer des Zaire entlangschlenderte, hörte er plötzlich, wie jemand von einer benachbarten Villa seinen Namen rief.

»He, No'min – kommen Sie doch mal her!«

Die Stimme klang keineswegs freundlich, aber er war neugierig und wollte wissen, wer ihn rief. Etwas zu spät merkte er, daß es sich um Bundini handelte, der, von schwarzen Freunden umgeben, im Vestibül der Villa stand. Er hatte getrunken. Offen gesagt, er war betrunken. Das war bei Bundini leicht zu erkennen, denn das Weiße seiner Augen wurde dottergelb und war von einem Netz roter Äderchen durchzogen. Sein Atem roch nach Whiskyfässern.

»Heute«, sagte er zu Norman, »habe ich die Bedeutung meines Namens auf afrikanisch erfahren. Ich bin gesegnet. Womit sind Sie gesegnet?«

»Mit Ihrer Gegenwart.«

»Sie reden, als wäre ich noch immer ein Nigger. Nigger, das war gestern, *man*. Ich bin mit meiner Herkunft gesegnet. Ich bin eins mit meiner Wurzel. Womit sind Sie gesegnet?« fragte er abermals. Bundini war auf dem besten Weg zur Sippenschelte. »Zeigen Sie mir, womit Sie gesegnet sind«, forderte er. »Na los, zeigen Sie mal!« Kein Zweifel möglich – Sippenschelte. Die anderen Schwarzen grinsten vor Freude.

»Ich bin damit gesegnet, daß ich mir anhören darf, wie Sie Ihre Zunge rotieren lassen.« Keine sehr brillante Antwort.

Bundini sammelte immer mehr Punkte.

»Meine schwarze Zunge ist dunkel vor Elend und Staunen. Auf meiner schwarzen Zunge funkeln die Juwelen der Unterdrükkung, *motherfucker*.«

»Reden Sie von Ihrer schwarzen Bar-Mitzvah-Zunge?«

Kein Lächeln bei den Zuhörern. Bundini behandelte ihn wie einen Fremden. »Heute habe ich meinen schwarzen Namen erfahren«, erklärte er. »Heute habe ich gelernt, was Bundini bedeutet.«

»Und was bedeutet es denn nun?« Die Antwort war schwach. Bei Sippenschelte gab es keine Unterhandlungen, bei Sippenschelte gab es nur Frontalangriff.

»Bundini bedeutet, daß ich ins Blut meines Volkes zurückgekehrt bin. Ich bin der Gipfel. Ich bin die Spitze. Mein schwarzes Herz ist schön. Bundini! ›Etwas wie dunkel‹, haben sie mir gesagt, bedeutet Bundini. ›Etwas wie dunkel‹«, sagte Bundini, die Übersetzung genießerisch wiederholend.

»›Nicht ganz dunkel‹ bedeutet es also.« Endlich begannen die Schwarzen in Bundinis Begleitung ein wenig zu lachen.
»Sie sind ja nur neidisch, weil Sie keinen Namen auf afrikanisch haben, *motherfucker*«, antwortete Bundini. »Nicht einen Tropfen haben Sie vom schwarzen Saft. Die Keime in Ihrem Bauch sind weiß. Ihr Blut ist gefangen, *motherfucker*. Wenn Sie scheißen, jammern Sie, daß Sie Angst vor dem Dschungel haben. Sie haben Angst vor dem Dschungel, *motherfucker*!«
»Ich wollte, meine Mutter wäre jetzt hier«, gelang es Norman schließlich zu sagen. »Die würde Ihnen eine Tracht Prügel verabreichen.«
Vielleicht lag in seiner Stimme eine Andeutung von Alis Ton, vielleicht hatte es aber auch jetzt einfach lange genug gedauert, auf jeden Fall brachen alle in Lachen aus, und Bundini schlug ihm auf die Hand, als sei er zum Ehrenschwarzen erkoren. Als eine Folge der freundschaftlichen Gefühle, die diese Geste ausdrückte, spürte Norman, wie unversehens ein großer Teil seiner Unversöhnlichkeit Bundini gegenüber dahinzuschmelzen begann. Später erst fiel es ihm auf, daß Bundini, wenn er trotz seiner Trunkenheit mitten am Nachmittag immer noch schlau genug war, um die Wiederaufnahme ihrer Beziehungen per Sippenschelte zu erreichen, sicherlich auch schlau genug war, ihm den Sieg praktisch aufzudrängen.
Als er an jenem Abend also an dem Tisch vorüberkam, an dem Bundini mit Shere saß, konnte er seine Einladung zum Drink schlecht ausschlagen. Kurz darauf akzeptierte er sogar die Einladung zum Dinner und fragte sich, was Bundini wohl im Schilde führe, denn dieser war ständig zu anderen Tischen unterwegs, um seine geschäftlichen Interessen zu verfolgen, die zahlreich, vielseitig, in der Entwicklung begriffen und geheimnisvoll waren. Shere machte Konversation mit Norman, plauderte über den Elfenbeinmarkt, Wohnungen in New York, ihre Kinder und diese Wochen, in denen sie sie so sehr vermißte, und dann sprachen sie schließlich über die Tatsache, daß es draußen in Nsele

keine weißen Frauen gab, was auch der Grund für ihren Wunsch gewesen war, ins »Inter-Continental« zu ziehen. »Es wurde so schlimm, daß ich nicht mal einen Badeanzug anziehen konnte, ohne fast einen Aufstand auszulösen.« Gewiß, sie hatte die Figur dafür, doch irgend etwas Kraftvolles, Entschlossenes in ihren Zügen ließ es nicht zu, daß sie ein derartiges Aufsehen genoß. »In Nsele saß ich immer nur in meinem Zimmer. Drew arbeitete mit Ali, also ahnte er überhaupt nichts davon, aber ich drehte doch allmählich durch. Hier ist es viel besser.«

Endlich kehrte Drew zurück. Seiner Frau gegenüber gab er sich abwechselnd schroff und kleinlaut. Er war beunruhigt, erkundigte sich nach Alis Stimmung, und dann sprachen sie eine Zeitlang über nichts anderes, weil Norman den Nachmittag mit Ali in Nsele verbracht hatte. Es war ein merkwürdiger Sonntag gewesen. Ali hatte die Stimme verloren. Ob es nun die Erkältung war, die in der Nacht, als sie zusammen liefen, im Anmarsch gewesen zu sein schien, oder einfach Laryngitis vom zu vielen Sprechen – auf jeden Fall brachte Ali nicht mehr zustande als ein heiseres Flüstern: ein erschreckendes Vorzeichen für den Kampf, wenn man seine Stimme als Maßstab für seine Kraft nehmen wollte. Aber er wirkte ganz zufrieden. Als es dämmerte, machte er einen Spaziergang am Flußufer und war sofort von Hunderten von Zairois umringt – Männern, Frauen und Kindern. Er küßte Babies und ließ sich fotografieren – mit zahllosen schwarzen, strahlenden Hausfrauen in afrikanischem Sonntagsstaat, mit schüchternen, heranwachsenden Mädchen und mit kleinen Jungen, die mit einem der Bedeutung dieses historischen Ereignisses entsprechenden *machismo* in die Kamera starrten. Und immer wieder küßte Ali Babies, bedächtig, langsam, mit Genuß, als könne er aus dem Kontakt mit der Haut erraten, welche Kinder gesund heranwachsen würden. Er würde ein Politiker sein, der mit Vergnügen Babies küßte.

Zu Hause in der Villa, in Gesellschaft von Freunden und Verwandten, begann er unaufhörlich mit dieser angestrengten, geschwächten Stimme zu reden.»Sprich nicht soviel!« ermahnte ihn Pat Patterson.

»Schon deine Stimme.«

Ali zuckte die Achseln.»Ich muß reden«, erwiderte er.»Wenn ich nicht reden könnte, würde ich eingehen. Aber ich werde aufpassen, daß ich nicht allzuviel sage.«

Er begann, TV-Kassetten von Foremans Kämpfen zu betrachten. Es war eine seltsame halbe Stunde des frühen Abends. Mrs. Clay war ebenfalls da, eine rundliche, sehr gutaussehende Frau mit heller Haut, ja fast eine Südstaaten-Lady, sie wirkte wie eine matronenhafte Version von Julie Eisenhower, oder vielmehr, sagen wir, man könnte sich vorstellen, daß Julie Eisenhower so aussehen wird, wenn sie so alt ist wie Alis Mutter. Als Ali jetzt dem Frazier-Foreman-Kampf zusah, saß seine Mutter in der gegenüberliegenden Ecke des Wohnzimmers und leistete ihm beim Fernsehen Gesellschaft. Wieder einmal erschien George in seiner roten Sporthose und schlug Frazier zusammen, wieder einmal erschütterten seine Dampfhammerhiebe Fraziers Gehirn. Wieder einmal kam das Bild von Fraziers Gesicht, wie er sich in der ersten Runde aufrappelte und aussah wie ein Mann, über dem gerade eine Mauer zusammengebrochen ist. Er steht wieder auf den Füßen, aber der Horizont schwankt immer noch erschreckend.

Als Frazier zum drittenmal zu Boden ging und Foreman in seiner roten Hose zurücktrat, sagte Mrs. Clay:»Der da, der in der roten Hose, das wird diesmal Ali sein.«

Ali betrachtete die Filme in einer seltsam gehobenen Stimmung – als habe er da etwas entdeckt, was er zwei Abende später mit Sicherheit verwenden konnte. Als nächstes wurde der Kampf gegen José Roman in Tokio gezeigt, ein Fight, in dem Roman insgesamt sechsmal losschlug, ehe Foreman einen einzigen Hieb austeilte. Keiner von Romans Schlägen erreichte sein Ziel. Dann beantwortete Foreman drei Schläge Romans mit einer Serie von vierundzwanzig. Und von den seinen trafen über die Hälfte. Er durchbrach die Deckung von Romans Armen und bearbeitete seinen Körper. Roman, auf den Brettern liegend, hatte den Glanz sterbender Tiere in den Augen. Dann kam eine Kassette vom Kampf Foreman–Norton. Alles in allem studierte Ali drei Foreman-Kämpfe, insgesamt fünf Runden mit zwölf Niederschlägen. Er wirkte zufrieden. Er hatte etwas entdeckt. Etwas, das er verwenden konnte. Wer konnte ahnen, was das war? Jedesmal, wenn Foreman einen Gegner k. o. schlug, las man auf seinem Gesicht Frustration. Foreman sah aus, als habe er den Wunsch, sie umzubringen, immer noch nicht aufgegeben.

Nachdem Bundini sich nun Normans Bericht angehört hatte, nickte er gemessen und sagte quer über den Tisch hinweg: »Jesus kennt keine Furcht.«
»Sie meinen, Allah kennt keine Furcht.«
»Ich nenne Allah Jesus. Es kommt alles von Gott. Egal, wie man IHN nennt. Mein Mann ist hier zusammen mit Jesus, Allah, Jehova. Er hat alles.«
Langsam wurde der Grund für Bundinis Einladung zum Dinner deutlich. Er wollte, daß Norman sich seine Drehbücher ansah und ihn beriet.
»Aber ich dachte, Sie könnten gar nicht lesen und schreiben?«
»Kann ich auch nicht. Aber reden kann ich. Andere Leute haben meine Worte aufgeschrieben. Ich will, daß Sie auch einige von meinen Worten aufschreiben.«
»Warum lernen Sie nicht selbst schreiben, Drew? Das werden Sie doch sicher schaffen. Es wird langsam Zeit.«
Bundini machte ein ernstes, tieftrauriges Gesicht. »Weil ich Angst davor habe«, erklärte er. »Was ich gelernt habe, das habe ich gelernt, ohne lesen und schreiben zu können. Mit meiner Kraft ist es wie mit Samsons Haaren. Meine Delila ist Lesen und Schreiben. Ich will meine magische Kraft nicht verlieren, die Kraft, die Gott mir gegeben hat. Ich muß für meinen Jungen kämpfen«, sagte er. »Ali ist hier, um zu kämpfen. Und ich muß

an seiner Seite sein.« Dann gab er mir einen schönen Vertrauensbeweis. »Ich werde jetzt meine Klinge wetzen. Und heute abend werde ich damit Foremans Leuten den Nerv kitzeln.«

»Und wie wollen Sie das anstellen?«

»Oh, ich werde zu ihnen hingehen und ein bißchen Geld auf Ali setzen. Aber ich werde für meine Wette nicht drei zu eins verlangen. Ich werde zweitausend Dollar gegen ihre dreitausend setzen. Das muß sie beunruhigen. Sie werden sich fragen, woher ich eine so große Zuversicht nehme. Und das geht dann direkt an George Foreman weiter.«

»Haben Sie denn zweitausend Dollar – echt?«

»Wehe, wenn sie nicht echt sind!« Sie lachten.

Und so kehrte Bundini am Sonntagabend in dieselbe Hotelhalle zurück, in der er am Sonntagvormittag überschrien worden war, um abermals zum Turnier anzutreten. Elmo war nirgendwo zu sehen. Bundini hatte zweifellos einen Zeitpunkt gewählt, zu dem Elmo nicht in der Nähe war.

Nachdem er einige von Foremans Leuten, darunter Sparringspartner Stan Ward, um sich versammelt hatte, begann Bundini mit seinem Spottgesang. »Ich setze nicht drei zu eins gegen euch, das habe ich gar nicht nötig. Ihr müßt drei zu eins auf meinen Mann setzen.«

»Okay, dann setzen wir drei zu eins gegen dich. Nimmst du an?« fragte Stan Ward.

»Würd ich ja tun. Wenn Gott hier wäre, würde ich das ganz bestimmt tun. Aber ER ist nicht hier. ER verbündet sich nicht mit Lakaien, die für George Foreman arbeiten, den großen Mann, den Weißen Mann. Ich nehme eure Wette nicht an, weil ich Leuten, die für den Weißen Mann arbeiten, keine so große Chance gebe.«

»Warum willst du dann aber gegen uns nicht drei zu eins, sondern drei zu zwei setzen?« erkundigte sich ein Mißtrauischer.

»Weil ihr alle Arschlöcher seid. Jeder, der für den Weißen Mann arbeitet, ist ein Arschloch. Ein Arschloch braucht eine kleine

Chance. Ich gewähre euch diese Chance. Geht nur los, in die Kasinos, und versucht eine Wette anzubringen. Da müßt ihr drei hinlegen, wenn ihr eine anbringen wollt. Und dafür habt ihr viel zuviel Schiß. Weil ihr den Weißen Mann da oben kennt. Ihr kennt seine Schwächen. Ihr wißt, daß er verlieren wird.«

»Foreman wird nicht verlieren«, erklärte Stan Ward.

»Okay, dann kannst du ja gegen mich wetten«, meinte Bundini.

»Wieviel wettest du?«

»Die zweitausend, die ich hier in der Hand habe«, sagte Bundini, eine Banknotenrolle hervorziehend. »Und jetzt, Nigger, zeig mir, wo deine dreitausend sind.«

»Aus dem Ärmel schütteln kann ich sie nicht«, antwortete Ward.

»Aber morgen früh hab' ich sie bestimmt. Wir treffen uns hier morgen vormittag um elf.«

»Yeah, wenn der Weiße Mann dir sagt, daß du pinkeln darfst, dann darfst du pissen«, sagte Bundini.

»Er ist nicht der Weiße Mann.«

»Ach, ist er nicht? Da steht er, bei der Olympiade, der große, dikke Idiot, und tanzt mit einer winzigen amerikanischen Flagge in seiner dicken Faust herum. Er weiß nicht, was er mit seiner Faust anfangen soll. Mein Mann weiß es. Mein Mann hebt die Faust, wenn er gewinnt. *Power to the People!* Das ist mein Mann. Millionen folgen ihm. Und wer folgt eurem? Kein Mensch folgt ihm«, erklärte Bundini. »Deswegen hält er sich einen *Hund.*« Foremans Leute brüllten vor Lachen, weil sie wußten, daß Foreman ja doch gewinnen würde, daß aber der Geist der Verwegenheit nichtsdestoweniger am Leben war. Ein schwerer, untersetzter Neger mit einem Stock für sein krankes Bein und einer dicken Hornbrille für seine kranken Augen stieß ein hohes, schrilles Lachen aus, so hoch wie ein aufschießender Wasserstrahl, und streckte ihm die offene Handfläche hin.

Bundini schlug ein, hielt ihm nun seinerseits die offene Handfläche hin, und diesmal schlug der andere ein. Freude. Wären Worte Schlägen gleich, wäre Bundini der Champion der Paladine. Lang lebe *nommo*, der Geist der Worte.

N'GOLO

10
Hexenmeister

Am Dienstagabend, der Nacht des Kampfes (der in Kinshasa ja erst am Mittwochmorgen um vier Uhr früh stattfinden würde), saßen so an die zweihundert Journalisten schwitzend im Pressehauptquartier im hinteren Teil des Hotels »Memling«. Ein nüchterner Raum mit schmutzigem Fußboden, schmutzigen, beigefarben gestrichenen Wänden und Reihen von Aluminiumstühlen mit blaß orangefarbenen Plastiksitzen. John Vinocur, der Mann von der AP, meinte sofort, es sehe hier aus wie im Arbeitsamt des Staates New York. Die herrschende Hitze wurde durch den feuchten Luftzug einer unzureichenden Klimaanlage nur noch verschlimmert.

Als die Reporter im Pressezimmer versammelt waren, ließ man sie anderthalb Stunden warten. Von sieben Uhr abends bis um halb neun hockten zweihundert Mitglieder der Presse dicht an dicht in einem Raum, der nach den Feuerschutzgesetzen höchstens für achtzig Personen Platz gehabt hätte, und so drängten sich die Reporter im fahlen Licht der Leuchtstoffröhren wie eine sich rasch vermehrende Kultur in einer Petrischale. Wer kennt die tödlichen Dolchstiche der Bakterien? Die Medienvertreter schimpften empört über Mobutus mangelnden Sinn für Public Relations, aber niemand wagte sich zu entfernen. Denn Tshimpumpu, der Pressereferent, hatte verkündet, daß er zur versammelten Presse zu sprechen wünsche. Aus Erfahrung wußte man, daß diese Ansprache wichtige Informationen für den Einlaß ins Stadion enthalten konnte, Mitteilungen über eine geheime Tür etwa, die nicht auf der Eintrittskarte verzeichnet stand, aber durchaus wesentlich werden konnte. Außerdem war es ein Risiko, seine Karte nicht abzuholen, denn dann mußte man unter

Umständen die ganze Nacht mit Tshimpumpus Helfern herum-
streiten, weil diese nicht in der Lage waren, eine selbständige Entscheidung zu treffen. Also durfte man unter keinen Umständen
jetzt die Verteilung der Tickets verpassen.

Als jedoch die erste halbe Stunde verstrich, und dann die zweite,
wurde der Aufenthalt in dem überfüllten Raum unerträglich.
Nach einer Weile kam man zu der Erkenntnis, daß es im Leben
wichtigere Dinge gibt als Eintrittskarten zu einem Boxkampf.
Unter anderem den Selbsterhaltungstrieb. Eine Stunde im Pressezimmer des »Memling« unter diesen Umständen war ein Freu-
denfest für die Krebszellen. Manchmal erfuhr die Langeweile
durch die ihr innewohnende Gefahr zukünftiger Krankheiten
eine Eskalation.

Also zogen Mailer und George Plimpton los, um irgendwo ein
Bier zu trinken, und konnten sich, als sie in dem auf der anderen
Parkseite hinter dem »Memling« liegenden Café einen Tisch er-
gattert hatten, soweit entspannen, daß sie über die Absichten
nachzudenken begannen, die hinter dieser merkwürdigen Art
der Platzverteilung stecken mochten. Nichts wäre einfacher gewesen, als einen Beamten in ein Zimmer zu setzen, der dann jedem Reporter, der kam und seine Ausweise vorzeigte, ein Ticket
aushändigte – eine rationelle und völlig normale Methode, wie
man sie bei besser organisierten Boxkämpfen anwandte. Daher
machte man sich unwillkürlich Gedanken über das Motiv: Handelte es sich um bürokratisches Vergnügen am böswilligen Stiften
von Verwirrung auf breitester Basis, oder versuchte Tshimpumpu
Franz Kafkas Werke zu inszenieren? Obwohl die erste die wahr-
scheinlichere Erklärung war, erwies sich die zweite schließlich als
die treffendere. Denn Tshimpumpu erschien überhaupt nicht.
Statt dessen fiel Murray Goodman die undankbare Aufgabe zu,
sich der Presse zu stellen, jenem Publicity Director, der die amerikanischen und englischen Partner der Finanzierungsgesell-
schaften Helmdale, Video Techniques, Don King Production
usw. vertrat.

Plimpton und Mailer konnten nach ihrer Flucht natürlich nicht wissen, wie klug sie daran getan hatten, sich zu verdrücken, aber sie mußten es gespürt haben, denn sie genossen das Bier – Primus – und die kühle afrikanische Luft. Dann begannen sie über Plimptons Suche nach einem Zauberer zu sprechen. Am Tag zuvor hatte Plimpton nämlich gemeint, es wäre doch interessant, einmal einen Zauberer aufzusuchen und von ihm das Äquivalent eines Kaninchenfußes zu erwerben, das der Zauberer vorher besprochen hatte. »Alle reichen Schwarzen Kinshasas lassen sich von ihrem speziellen Medizinmann helfen«, erklärte Plimpton. »Und es heißt, daß das sehr teuer ist. Machen Sie mit?«

»Wir würden es natürlich für Ali tun, nicht wahr?« erkundigte sich Norman vorsichtig.

»Aber gewiß, das war meine Absicht«, antwortete George. Seine Miene wurde jedoch ein klein wenig verkniffen, zeigte jenen typischen Yankee-Ausdruck, jene kaum merkliche Anspannung der Züge, die dann auftritt, wenn man im Begriff ist, eine Kerze mit den Fingern zu löschen. Norman glaubte zu wissen, warum. Gedruckt würde die Story geschmacklos wirken. Wenn Ali verlor, würden sie recht dumm dastehen, und wenn er gewann, wie eitle Angeber. Außerdem fragte sich Plimpton vermutlich, wie George Plimpton in diesem Bericht von Norman Mailer davonkommen würde.

»Wenn ich es mir recht überlege«, sagte George daher mit seiner schönen Stimme, die so sehr an die unterdrückte Freude an lustigen Streichen und fröhlichen Eskapaden erinnerte, die man in Cary Grants Stimme zu hören gewohnt war, »wenn ich es mir recht überlege, sollten wir den *féticheur* vielleicht doch lieber bitten, einen Zauber für einen guten Kampf zu machen.«

»Das klingt vernünftig«, gab Mailer ein wenig zögernd zu.

»Ist es auch«, erwiderte George.

Nun jedoch, in dem Café, berichtete er, daß er keinen Erfolg gehabt habe. Der *féticheur* hatte zuviel Geld verlangt. »Was seinen Preis in die Höhe getrieben hat«, mutmaßte Plimpton, »war wohl seine Bestürzung über die Bitte, nicht etwa einen der beiden Boxer mit einem Fluch zu belegen, sondern beiden Unterstützung zu geben. Wahrscheinlich hätte das seine Kräfte zu sehr strapaziert.«

Später in derselben Nacht, als sie, aufgrund ihrer Ticketnummern, in einer Pressereihe nebeneinandersaßen, gab Mailer Plimpton nach der so ungeheuer aufregenden ersten Runde einen Rippenstoß. »Wenn wir einen guten Kampf gekauft hätten«, sagte er, »würden wir das Verdienst daran jetzt uns zuschreiben.«

Das war später. Jetzt, im Biergarten, waren sie inzwischen dabei, sich gegenseitig mit Informationen auszuhelfen. Das war eine altgeübte Praxis bei Journalisten. Um möglichst mit den Kollegen gleichziehen zu können, waren sie bereit, einen großen Teil ihres eigenen Materials abzugeben. Wenn zwei Reporter denselben Ablieferungstermin hatten, kam es zwar vor, daß einmal kein Austausch stattfand (es sei denn, dem einen drohte der Verlust seines Jobs, aber selbst dann!), Zeitschriftenjournalisten jedoch hatten mehr Zeit und daher die Möglichkeit, ein und dieselbe Story in den verschiedensten Fassungen zu liefern. Häufig gaben sie so gut wie alles über einen erfolgreichen Fischzug preis, weil sie ja wußten, daß sie den entsprechenden Gegenwert dafür erhielten. Niemand war in dieser Hinsicht gewissenhafter als George Plimpton, und man konnte sich darauf verlassen, daß er den mündlichen Bericht über ein Ereignis im allerbesten Stil gab, so daß er geradezu ein literarisches Werk produzierte – während er sprach, erstand die Story vor den Augen des Zuhörers. Man erlebte sie beinahe aus erster Hand. Und wenn er keine Story als Gegengeschenk hatte, kam er zum Ausgleich des Kontos vielleicht mit einer Idee, wie zum Beispiel auch heute abend, als er vorschlug, daß sie gemeinsam nach Nsele hinausfahren und Ali kurz vor dem Kampf noch besuchen sollten – ein Ausflug, der es ihnen dennoch gestattete, in den letzten dreißig Minuten, bevor Ali seinen Bademantel anlegte, um in den Ring hinauszugehen, bei ihm im Umkleideraum zu sein.

Andererseits mußte man Georges Gefälligkeiten ebenso gewissenhaft erwidern. Die Aufrechnung erfolgte zwar nicht stündlich, aber mit Sicherheit Tag um Tag. Also gab sich Mailer, der sich, als sie ihr Bier tranken, in Plimptons Schuld fühlte, alle Mühe, diesen mit einem ausführlichen Bericht über Foremans Pressekonferenz in Nsele am Tag zuvor zu versorgen. Er gestand, Foreman überraschend gut leiden zu können.

Gewiß, wenn man behauptete, Foreman gut leiden zu können, kam man *nolens volens* wieder auf Ogotemmêlis Theorie von den zwei Seelen in einem Körper zurück, denn im Ring, wo er wie ein Scharfrichter wütete, konnte man Foreman einfach nicht mögen. In seiner offenkundigen Begierde, den Gegner restlos zu vernichten, in seinem unwilligen Widerstreben, von dem Besiegten abzulassen, sobald der Kampf abgebrochen wurde (so daß auch der energischste Ringrichter einen relativ ungefährlichen Augenblick abwartete, bis er auf Foreman zutrat und ihn vom Gegner wegholte), mochte er zwar Respekt gebieten, würde wegen seiner Gewohnheit, auf den schon gefällten Gegner noch einzudreschen, jedoch niemals die Sympathien der Menge gewinnen. Auch würde niemals jemand Foremans Roundhouse-Schwinger gegen Fraziers Hinterkopf vergessen, den er landete, als Joe völlig benommen davonwankte. (Das muß der übelste Schlag aller Schwergewichtsweltmeisterschaften gewesen sein, seit Ingemar Johansson einen seiner schweren Hämmer auf Floyd Pattersons Nacken gesetzt hatte.) Nein, in der Hitze eines Kampfes war Foreman alles andere als sympathisch.

Bei den Pressekonferenzen hingegen entwickelte er beträchtlichen Charme. Er gab sie selten, aber er gab sie gekonnt, und am Montagnachmittag, nach seinem letzten Training, empfing er die Presse in seinem Umkleideraum und war so gut wie nie zuvor. Vielleicht war es das Training, das ihn in eine so positive Stimmung versetzte. Es hatte lediglich aus ein paar leichten Runden mit Elmo Henderson bestanden, die aber so lautlos und behutsam verliefen, daß man fast meinte, Marcel Marceau im Ring zu sehen. Und wie zu Ehren der Intelligenz, die bei seinem Training zum Einsatz gekommen war, konzentrierte Foreman sich an diesem letzten Nachmittag auf das zentrale Thema seiner Arbeit: Ali vom Ring abzuschneiden, ihn an die Seile zu treiben, ihn in die Ecke zu zwingen, ihn zu vernichten. Elmo spielte die Rolle Muhammad Alis, drei schafft er nie, ein langer, dürrer, todgeweihter Clown, tragisch die Maske, die er diesem Ali in der Stunde seiner Not verlieh, bedrückend die Reminiszenz an den langen Weg, den Muhammad bis hierher zurückgelegt hatte, Trauer über den Abgrund seiner Vernichtung, ja Elmo lieferte eine zutiefst berührende Imitation Alis, deutete an, wie dieser versuchen würde, alle möglichen Finten und Tricks anzuwenden, während er Foreman umtänzelte, doch George, immer schneller, immer glücklicher, würde der Ballettmeister sein. Drei schöne Runden. Die beiden Männer sparrten, ohne harte Schläge auszutauschen, nur mit behutsamem Antippen der Handschuhe und kleinen Schwingern, verließen sich aufeinander, um nicht mehr zu zeigen als eine Andeutung dessen, wozu sie fähig waren, und Foreman war mit Elmo zufrieden. Beide Männer boxten in jener Stille, die in den Häusern für Geisteskranke herrscht, Hendersons lautlose Bewegung ebenso erfüllt von seiner Präsenz wie das plötzliche Losdröhnen des »Oyé«, das er zu anderen Stunden hinausschrie, und Foreman, in sein Schweigen vertieft, vibriert in diesem Schweigen. Nie hatte er so sehr wie ein Boxer gewirkt.

Hinterher, im Umkleideraum, besserte sich seine Stimmung gewaltig – vielleicht eine Reaktion auf das Ende des disziplinierten Lebens. Er hatte sein Training hinter sich. Jetzt brauchte er nur noch an den Kampf morgen zu denken. Kein Boxer hatte am Tag vor dem Kampf je so entspannt und zuversichtlich gewirkt wie er. Während er in dem kleinen, kahlen Umkleideraum auf einem Massagetisch saß, schienen ihn die fünfundzwanzig bis dreißig Reporter, die sich um ihn geschart hatten, nicht im geringsten zu stören.

»Fürchten Sie, daß Ali möglicherweise schneller sein wird als Sie?« erkundigte sich einer von ihnen.

»Das hängt davon ab, was Sie als schnell bezeichnen«, antwortete Foreman. »Ich renne nicht, weil ich das nicht nötig habe. Weil ich schnell genug zuschlagen kann.« Das Lachen, das seine Antwort auslöste, schien ihn noch weiter zu entspannen, und so zeigte er sich auch der nächsten Frage gegenüber geduldig, der Frage, die er schon so oft gehört hatte: Was er denn davon halte, um vier Uhr nachts boxen zu müssen.

Diesmal lautete seine Antwort anders. »In meiner Jugend, als ich in Houston aufwuchs, habe ich mich oft um drei oder vier Uhr früh geschlagen.«

»Hatten Sie da harte Gegner?«

»Allerdings!« Er lachte. »Damals war ich keineswegs unbesiegt.« Er schüttelte den Kopf. »Ich habe einen weiten Weg zurückgelegt, seit jener Zeit, als ich noch an der Ecke der Lyons Avenue stand und mit jedem, der daherkam, Streit anfing. Ich verdrosch sie und nahm ihnen die Zigaretten weg. Von dort war es ein weiter Weg bis nach Kinshasa, Afrika«, er korrigierte sich, »Zaire, und zu einem Kampf für fünf Millionen.«

»Glauben Sie, daß es ein schöner Kampf wird?«

Er überlegte, als müsse er seine Meinung über Ali erst einmal auf den jüngsten Stand bringen. »Ich glaube, daß es ein redlicher Kampf sein wird«, erwiderte er endlich mit sehr viel Würde in seiner weichen Stimme.

»George, Sie wirken sehr entspannt«, stellte einer der Reporter fest.

Jetzt wurde er tatsächlich fröhlich. Die Bewunderung der Männer, die ihn ausfragten, ging ihm offenbar unter die Haut. In seiner Gelassenheit konnte man ihn fast für sensibel halten. »Ihr wirkt eben entspannend auf mich.«

»Wieso?«

»Weil ihr mich liebt«, sagte er.

Die nächste Frage verriet jene Härte und jene unnachahmliche Zielsicherheit, die britischen Reportern vorbehalten ist. »Ali liebt Sie natürlich nicht«, meldete sich eine englische Stimme. »Was

155

halten Sie von seiner Bemerkung, er werde Ihnen direkt vor dem Kampf etwas sagen, das Sie in der Seele treffen wird?«

Foreman zuckte gleichmütig die Achseln. »Wahrscheinlich wird er es mir sagen müssen.«

»Reden Sie gern während des Kampfes?«

»Ich habe im Ring selten Gelegenheit zum Reden. Ehe ich meinen Gegner richtig kennenlerne, ist der Kampf immer schon beendet«, antwortete er.

Das war das Interview, kurz, originell, ohne harte Schläge, voll Selbstvertrauen. Es endete einige Minuten danach mit einem Gespräch über Träume. Wie bereits (von George Plimpton) berichtet, erinnerte sich Foreman an einen ziemlich komplizierten Traum, in dem er einem Hund das Eislaufen beibrachte. Diesen Traum hatte er vor einem Monat gehabt, und nun bat ein Reporter ihn um einen neuen. Foreman gab zu, daß er gelegentlich davon träume, Berge von Eiscreme zu essen, und daß er dann mit Bauchschmerzen aufwache. Man mußte sich fragen, ob das etwa mit einer gewissen Angst vor den Reichtümern dieser Welt zusammenhing. Hinsichtlich seiner Einkünfte war George eigentlich stets ein bescheidener Champion gewesen. Am Abend, als er Norton besiegte, war er sogar so bescheiden gewesen, daß er einen Freund beauftragte, ein paar Mädchen zu einer Party in seiner Hotelsuite einzuladen, zog sich dann aber schon bald ins Nebenzimmer zurück, um dort ganz allein zu schlafen. So war es berichtet worden.

Das Gespräch über seine Träume schien Dick Sadler zu irritieren. Nach fast vierzig Jahren als Boxmanager wußte er, daß es nicht gut war, im Traum Eiscreme zu essen und dann mit Bauchschmerzen aufzuwachen. Deshalb beendete er das Interview. »George«, sagte er, »ich hatte ja gar keine Ahnung, wie groß du bist, bis sie dich jetzt nach deinen Träumen gefragt haben.«

Niemals war die Zuversicht in Foremans Lager so groß gewesen wie an jenem Montagabend. Jim Brown, der einige TV-Kommentare übernehmen sollte, war eingetroffen – Jim Brown, die zählebigste Legende des Profi-Football – und sah genauso aus wie das, was er einst gewesen war: ein professioneller Gladiator. An diesem Abend, dreißig Stunden vor dem Kampf, war Jim Brown felsenfest von Foremans Chancen überzeugt, vertrat seinen Standpunkt wie ein Mann und unter Abwesenheit jeglichen Charmes. Hart, unerbittlich und humorlos beschrieb er den bevorstehenden Kampf – halt, nein, Berichtigung: mit einem harten, finsteren Humor. »Wenn Ali diesen Kampf gewinnt«, flüsterte er jemandem ins Ohr, »dann war es Schiebung.«

Für einen Parteigänger Alis war Browns Gegenwart eine Belastung. Doch er besaß, wie alle Helden, eine ungeheure Anziehungskraft, so daß man seinen Worten trotzdem gebannt lauschte. Und seine dunkle, stahlharte Präsenz strahlte eine geballte, konzentrierte Kraft aus, jene unwiderstehliche Kraft der eigenen Erfahrung: Was Jim Brown wußte, das wußte er. Niemand außer ihm war in der Lage gewesen, diese Erfahrung auf dieselbe Art zu erwerben wie er, daher fühlte man sich verpflichtet, ihm zuzuhören, seine Auslegungen abzuwägen und zu versuchen, sie mit der Vermutung abzutun, Jim Brown befinde sich möglicherweise in den Klauen der Eifersucht. Ohne Ali wäre Jim der bedeutendste schwarze Sportler Amerikas gewesen.

Aber auch andere Stimmen hörte man an jenem Abend in der Halle des »Inter-Continental«, so etwa Marcellus Clay, Muhammads Vater – nach seinen Gesichtszügen zu urteilen, hätte er ebensogut Jim Browns Vater sein können, denn er sah aus, als habe er Indianerblut in den Adern, und den Alkohol schluckte er wie Feuerwasser. Eine Eigenschaft jedoch teilte der Sohn mit seinem Vater – darin würde sie niemand schlagen –, Clay senior, immer bereit, mit allen zu trinken, zu fluchen und zu wetten, jedermann zuzuzwinkern – vorzugsweise aber natürlich den Mädchen –, war bei der gesamten Presse beliebt, obwohl er schwierig zu verstehen war, denn er sprach in einem schnellen Louisville-Stakkato voll halb verschluckter Silben und komplizierter Redewendungen, so tief steckte er noch in der Südstaatenkultur der schwarzen Schildermaler, Barbiere, Schuhputzer und Köche. Trotzdem liebte die Presse alles, was sie von diesem ironischen, gedehnten, hüpfenden, näselnden, munteren, rollenden, holpernden, gewitzten, durch und durch whiskygepfefferten Jargon aufschnappen konnte. »In Louisville gibt es mehr hübsche Mädchen als hier.« Clay senior, der lange vor Cassius Clay existierte, war der klassische Vater eines Faustkämpfers: Wenn der Sohn nicht kämpfen kann, der Alte kann es ganz bestimmt!

Am anderen Ende der Halle unterhielt sich Mrs. Clay, von der Muhammad sein gutes Aussehen hat, mit Dick Sadler, beide in eine überaus angeregte Konversation vertieft, doch wer konnte wissen, wovon sie sprachen? Man mußte all seine guten Manieren zusammennehmen, um die typische Journalistenneugier zu bezähmen und Mrs. Clay und Dick Sadler nicht zu belauschen.

Joe Frazier tauschte im Lift mit Big Black Erfahrungen über die Probleme beim Kauf eines Jacketts mit gutem Schultersitz aus. Frazier ist hundertprozentig für Foreman. Möglicherweise wird Joe Frazier Muhammad Ali niemals verzeihen, daß dieser ihn einmal als dumm bezeichnet hat.

John Daly: In der Halle Daly, der Don King für die Finanzierung des Kampfes die erste große Summe von zwei Millionen Dollar im Auftrag der Helmdale Leisure Corporation gebracht hatte. Daly ist ein junger Mann mit einem gescheiten, fröhlichen Londoner Gesicht, klein, robust und gutaussehend, fröhlich wie ein zufriedener Jockey oder ein erfolgreicher Fußballspieler. Sein Vater ist jetzt auch im »Inter-Continental«, Tom Daly, ein britischer Boxveteran, mit ungefähr dreihundert Kämpfen auf dem Buckel, ein kleiner, intelligenter Mann mit einer Nase, die zu hundert verschiedenen Winkeln zusammengehämmert worden ist, sowie zwei leicht beschädigten Ohren, aber nicht dem geringsten Dachschaden, ein prächtiger Gentleman, dieser Tom Daly, der mit Respekt von Muhammad Ali spricht, obwohl er dabei ständig den Kopf schüttelt. »Macht alles verkehrt und kommt damit durch!« Tom Daly besitzt in London eine Boxschule, spricht über Boxer wie von Handwerkern und Arbeitern, und beklagt die traurige Tatsache, daß alle seine jungen Hoffnungen Ali nachzuahmen versuchen. »Und das ist ganz einfach unmöglich«, ereifert er sich, »die haben nicht die geringste Grundlage.«

Bundini: Er berichtet den Anwesenden: »Heute bin ich im Schwarzen Haus gewesen. Heute habe ich den Mann kennengelernt und ihn auf die Wange geküßt. Ihr habt das Weiße Haus, ich aber bin im Schwarzen Haus gewesen.«

Beim Dinner: Nach all dem Frohsinn in der Halle kommt Clarence Jones, ein gescheiter, tüchtiger schwarzer Anwalt aus New York, mit der erschreckenden Nachricht, daß Leroy Jackson, Foremans Anwalt, gegenwärtig in London sei und versuche, eine Sonderprämie von 500 000 Dollar für den Kampf herauszuholen. Foreman werde nicht in den Ring steigen, bis er diesen Bonus bekommt. Anscheinend ist ein großer Teil seiner fünf Millionen bereits festgelegt, und er hat das Gefühl, daß für ihn selber nichts übrigbleibt. Falls Foreman nicht im Ring erscheint, wird sich der Boxsport nicht so schnell davon erholen.

»Glauben Sie, daß er das Geld bekommt?«

»Wenn er ihm auch nur einen Dollar gibt, werde ich nie mehr mit John Daly sprechen«, sagt Clarence Jones ganz verstört. »Foreman ist Champ. Der darf so etwas einfach nicht tun.«

Jetzt, am folgenden Abend, mit den Eintrittskarten in der Tasche, unterhalten sich Plimpton und Mailer immer noch über dieses unglaubliche und häßliche Timing von Foremans Forderung. Das Gespräch füllt einen großen Teil der weiten Fahrt nach Nsele aus, jener vierzig Meilen, die sich nach so häufigem Hin- und Herfahren so endlos hinziehen. Die Lichter des Stadions brennen schon, als sie daran vorbeikommen; der Abend des großen Kampfes ist da. Sie rätseln über Foremans merkwürdig gute Laune bei der Pressekonferenz am Nachmittag zuvor. Entsprang sie etwa dem Gedanken an einen Coup von einer halben Million Dollar? Plimpton erwähnt, daß Daly sich offenbar mit der Sache befaßt. »Ich vermute, er redet mit ihm von Verträgen für spätere

Kämpfe. Foreman muß bald in den Ring steigen, und dann ist es zu spät für ihn. Daly soll darin Meister sein.« Aber wie seltsam, daß sich ein Boxer am Abend des großen Kampfes einer derartigen Nervenbelastung aussetzt! Was kann es George Foreman nützen, wenn alle nur überlegen, ob seine Forderung ein Bluff ist, der, während er sich für den Ring fertigmacht, jede Minute aufgedeckt werden kann? Es ist nicht nur ein übles, es ist darüber hinaus ein törichtes Manöver, und man macht sich unwillkürlich Gedanken über das Ausmaß von Foremans Selbstsicherheit. Warum sollte ein Mann, der erwartet, nach diesem Kampf Champion zu sein, einen so lächerlich geringen Vorteil erstreben? Ja, wirklich, in Foreman müssen zwei Seelen wohnen, und die eine pflegt sich bei Pressekonferenzen unsichtbar zu machen. Auf der langen, einsamen vierspurigen Straße fahren sie durch die Nacht – durch eine für Zaire geschichtsträchtige Nacht – nach Nsele hinaus, aber die Straße gleicht in ihrer Verlassenheit dem Gefühl der Leere, das sie empfinden, wenn sie an den Ausgang des Kampfes denken.

11
Eine Busfahrt

Bevor sie losfuhren, machten sie noch einmal in Kin's Casino
halt, wo jeder von ihnen ein bißchen beim Black Jack verlor. So
hatte es Norman auch gewollt. Er fühlte sich leer – die Stunde im
Pressezimmer des »Memling« war nicht gut für das *n'golo* gewesen. Der Spielverlust war daher eine Bestätigung seiner Ansich-
ten über die Relation von Lebenskraft und Glücksspiel. Da er das
Gefühl hatte, eine Pechsträhne zu haben, wollte er diese lieber im
Casino loswerden, als sie auf Alis Haupt herabzubeschwören. In
den letzten Tagen hatte er sich versucht gefühlt, den Spaziergang
um die Trennwand seines Balkons zu wiederholen, diesmal allerdings in nüchternem Zustand. Zwar hatte er dieser Versuchung
eisern widerstanden, aber er kannte den Preis dafür: Das Gefühl
der Kraft in ihm würde abnehmen. Ja, sogar ein bißchen be-
schämt war er, daß er zwar auf Alis Seite stand, aber nicht einmal
bereit war, ein so kleines persönliches Wagnis auf sich zu nehmen.
Muhammad schlief noch, als sie eintrafen, das heißt, zumindest
empfing er keine Besucher. Also begaben sie sich zu Angelo Dundee und saßen in dessen Villa eine Zeitlang in der ruhigen, ge-
langweilten Stimmung von Männern herum, die sich zwangen,
ihrer Nervenanspannung nicht zu früh nachzugeben. Dundee
war ein perfekter Gastgeber für derartige Gefühle. Er lebte seit
sechs Wochen im *kuntu* der Langeweile. Für Angelo, den klugen
Mann aus Miami, waren die Ufer des Zaire wohl nicht das Richtige. »Ich habe mich so sehr gelangweilt«, sagte er einmal zu Bud
Collins vom *Boston Globe*, »daß ich den Eidechsen Liegestütz bei-
bringen wollte.« Dundee, der als einer der gescheitesten Männer
im Boxgeschäft galt, hatte eine ganze Anzahl von Champions ge-

managt; man denke an Carmen Basilio, Willie Pastrano, Jimmy Ellis, Luis Rodriguez und Ralph Dupas sowie eine beträchtliche Menge von anderen Fightern und Bestreitern von Hauptkämpfen im Fernsehen wie Mike De John und Florentino Fernandez. Trotzdem war Dundee nicht Alis Manager, sondern eher ein besserer Trainer. Seine Verbindung mit Ali bestand zwar schon lange und war, was das Berufliche betraf, recht eng, konnte jedoch kaum als autoritativ bezeichnet werden. Ali hörte sich an, was er zu sagen hatte, war aber immer ziemlich kritisch. Sein Training bestimmte Ali seit Jahren selbst. Für Dundee war die Zusammenarbeit mit Ali lukrativ, aber sicher nicht befriedigend. Er war es gewöhnt, das Kommando über einen Boxer auszuüben. Mit einem guten Fighter zusammenzuarbeiten und das Äußerste aus ihm herauszuholen, lag wesentlich mehr auf seiner Linie. So hatte er Jimmy Ellis zum Beispiel gezeigt, wie er beim Kampf gegen Jerry Quarry zurückweichen sollte. »Die Leute werden das nicht mögen«, hatte er Ellis am Abend zuvor gewarnt. »Sie werden dich auspfeifen. Aber du wirst den Kampf gewinnen.« Auf diese Weise hatte Dundee so manchen Kampf gewonnen und unzählige gerettet. Für einen Kampf war er sogar berühmt. Das war jener legendäre Moment, als Dundee Cassius Clay zu Beginn der fünften Runde des ersten Meisterschaftskampfes mit Liston in den Ring zurückschickte. Clay war zu jenem Zeitpunkt praktisch blind. Wie man später rekonstruierte, war das Ätzmittel, das eine Platzwunde über Listons Auge schließen sollte, auf Clays Handschuhe geraten und wurde ihm während der Pause zufällig in die Augen geschmiert. Da er überhaupt nichts sehen konnte, zögerte Cassius verständlicherweise, zur fünften Runde anzutreten und sein Sehvermögen erst mit Hilfe von Listons Prügel wiederzufinden. Dundee jedoch hatte höhere Ziele im Sinn. In dem Ruf stehend, gewisse Verbindungen zu haben – welcher italienische Manager aus Miami würde wohl nicht in diesem Ruf stehen? –, war er überzeugt, daß es Geschrei geben würde, wenn Cassius Clay sich weigerte, trotz seines Punktevorsprungs zu dieser Runde anzutreten, und ein doppelt so großes Geschrei, wenn die Öffentlichkeit erfuhr, daß Dundee ihm kurz zuvor das Gesicht gewaschen hatte und der Boxer nichts mehr sehen konnte. Daher schob Angelo ihn beim Ertönen des Gongs kurzerhand mit Gewalt in den Ring. Ein Wunder geschah. Cassius überstand die Runde. Und gewann in der folgenden die Weltmeisterschaft. Zum erstenmal hatte sich seine Fähigkeit zur Regeneration manifestiert. Welch ein Rückschlag wäre es für seine Karriere gewesen, wenn Dundee ihm gestattet hätte, in der Ecke sitzen zu bleiben! Seither war Angelo bei ihm geblieben.

Nun saß Dundee in einem Sessel und hatte den Fernseher eingeschaltet, aber es gab nichts weiter als ein drei Monate altes Interview mit Ali. Dundee sah es mit soviel Interesse, als hätte er einen leeren Bildschirm vor sich. Er war klein, mit dunklem Haar, olivfarbener Haut und silbergefaßter Brille – eine unauffällige Erscheinung. Er wirkte wie ein italienischer Geschäftsmann; man dachte unwillkürlich an sizilianische Konzentrizität: Er selbst im innersten Kreis, die Familie im zweiten, Freunde und Geschäftspartner im dritten.

Neben ihm saß Ferdie Pacheco, Alis Arzt, ein freundlich wirkender Mann mit fleischigem Gesicht und New-Orleans-Akzent. Mit Alis Kondition war er eigentlich nie zufrieden. Obwohl ein ausgesprochener Pessimist, machte er es sich zum Prinzip, vor Reportern als Optimist aufzutreten, war aber, wie man wußte, zum letzten Mal vor jenem Kampf zuversichtlich gewesen, bei dem Jimmy Ellis gegen Joe Frazier antrat, um den Schwergewichtstitel zwischen der World Boxing Association und der New York State Boxing Commission auszutragen. Frazier galt als 4:1-Favorit, Pacheco war jedoch überzeugt, daß Ellis gar nicht verlieren *könne*. Frazier schlug Ellis in fünf Runden k. o. Und seither ließ Pacheco seinem angeborenen Pessimismus freien Lauf. Jetzt saß er ebenfalls vor dem Fernseher. Der Bildschirm wirkte wie ein Mandala der Monotonie. Bei ihnen saß ein kleiner, alter Schwarzer, möglicherweise ein ehemaliger Trainer, mit unförmigen, von Arthritis geschwollenen Fingerknöcheln. Die Haut über diesen Knöcheln war außerordentlich schuppig, und er zupfte ständig an seinem Handrücken herum. Die Stimmung war deprimiert. Man hätte meinen können, der Kampf habe bereits stattgefunden, Ali habe verloren, und sie alle seien voll enttäuschter Hoffnungen in diese Villa zurückgekehrt. Sie machten einen ganz und gar nicht glücklichen Eindruck.

»Wo ist Bundini?« erkundigte sich Norman.

»Der große Star«, antwortete Angelo, »wird seinen Auftritt im Umkleideraum inszenieren. Wir anderen fahren mit dem Bus.« Unmöglich zu sagen, ob es sich um eine alte Fehde handelte, oder ob Dundees Ärger örtlich bedingt war. Schließlich kann Bundini im »Inter-Continental« wohnen, während Angelo an die phallische Massen-Erektion Mobutus gebunden ist.

Als pflichtgetreue Reporter fragten sie Angelo, wie Ali seinen Tag verbracht habe, und hörten erstaunt, daß er am Nachmittag um halb vier einen Trainingslauf bis zur Pagode absolviert hatte. War das Rastlosigkeit? Anschließend hatte er gegessen, geschlafen und eine Zeitlang Eintrittskarten signiert, die an Freunde und Gäste verteilt werden sollten. Später hatte er sich einen Film angesehen: Joseph Cotton in Baron Blood, einem Horrorfilm.

»Hat er ihm gefallen?«

»Er hat ja gesagt. Ich hatte den Eindruck.«

Wie hatte Dundee selbst seinen Tag verbracht?

»Ich habe den Ring in Ordnung gebracht. Er war in einem schrecklichen Zustand. Sie hatten nicht genug Kolophonium, außerdem mußten wir die Eckpfeiler befestigen. Bob Goodman und ich mußten sogar Ausgleichsscheiben unter die Matte legen, damit sich das Segeltuch straffer spannte.«

Derartige Einzelheiten waren leicht zu interpretieren. Ein straff gespanntes Segeltuch würde Ali die Beinarbeit erleichtern. Von Angelo Dundee wußte man, daß er auch den kleinsten Vorteil nutzte. Ob ihm diese Einstellung angeboren war, oder ob er sie erworben hatte – auf jeden Fall war er überzeugt, daß kein Vorteil zu gering sei, um von ihm genutzt zu werden. Einem neuen Reporter hatte er sogar einen Geldbetrag zum offiziellen Wechselkurs von fünfzig Zaires für einhundert Dollar eingetauscht, während man auf dem schwarzen Markt achtzig Zaires dafür bekam. Eine derartige Einstellung war wie geschaffen für Details wie Ringpfosten und Kolophonium.

Um zwei Uhr nachts kam die Nachricht, daß Ali abfahrbereit sei. Plimpton und Mailer erhoben sich mit den anderen und gingen zum Bus hinaus. Eine kleine Karawane wurde zusammengestellt. Ungefähr fünf Personenwagen sowie zwei Busse sollten im Konvoi zum Stadion fahren. Ali, in dunklem Hemd und dunkler Hose, stakste über den Rasen und musterte erst ein Fahrzeug, dann das andere. Er überlegte, welches er für den Weg benutzen sollte. Er bestieg kurz einen Bus, sprang wieder hinaus, ging zu einem schwarzen Citroën, in dem er mit seinem Bruder Rachman Platz nahm. Er wirkte beruhigend lebendig, endlich bereit für diesen Kampf. Seine sorgfältige Musterung der Fahrzeuge kam Norman keineswegs seltsam vor, denn er hatte schon lange das Gefühl, daß manche Fahrzeuge mehr Glück bringen als andere. Was denn sagt die Bantu-Philosophie, wenn nicht genau das? Glück ist das höchste *kuntu*.

Der Konvoi setzte sich in Bewegung und legte etwa eine halbe Meile zurück. Dann hielt er an. Von Wagen zu Wagen wurde weitergegeben: Ali hat seinen Bademantel vergessen. Also wartete die Wagenkolonne am Ausgang des Pressegeländes von Nsele, bis der Mantel geholt worden war, um dann endgültig aufzubrechen. Mailer und Plimpton fuhren mit Angelo Dundee sowie zehn bis zwölf anderen im großen Bus. Wenige nur saßen zusammen. Wieder machte sich die für Alis Camp typische Einsamkeit bemerkbar. Viele seiner Leute waren weiß oder hellbraun. Das war die ewige Ironie seiner Karriere. Im Gegensatz zu Foremans Camp, wo Dick Sadler schwarz war, Sandy Saddler schwarz war, Henry Clark schwarz war, Elmo Henderson schwarz war, wo die Atmosphäre in ihrem ganzen Ausmaß schwarz war, mußte in

Alis Camp Bundini der Schwärzeste sein, und der war konvertierter Jude und saß schließlich nicht einmal mit im Bus, so daß in diesem Wagen zwischen den Mitgliedern von Alis Gefolge ein leerer Raum entstand – wie konnte es denn auch anders sein? Alis Freunde und Assistenten waren Speichen, Ali die Nabe. Entfernte man die Nabe, hatte man eine Felge mit losen Speichen.

Es herrschte Angst vor dem kommenden Kampf. Die Stimmung bei uns im Bus glich einem Waldweg an einem nassen Wintertag. Nur eine einzige schien fröhlich zu sein, Tante Coretta, Alis Köchin, die er aus Deer Lake nach Nsele mitgebracht hatte. Sie war eine füllige Frau und hätte die Schwester von Alis Mutter sein können, denn sie sah ihr irgendwie ähnlich, tatsächlich aber war sie die Schwester seines Vaters. Sie hatte sich heute abend besonders schön herausgeputzt, war überaus stolz darauf und ging auffallend behutsam mit ihrem Haar um, das gestreckt und gewellt und von einem Künstler bearbeitet worden war, der das Pendant eines erstklassigen Pastetenkochs gewesen sein mußte, ja Objekt und Künstler hatten mit Sicherheit gemeinsam an Tante Corettas Haartracht gewirkt, und sie besaß genau jenes Gefühl für den Wert ihrer körperlichen Präsenz, das man bei fülligen, hart arbeitenden Negerinnen unweigerlich findet, wenn sie aufgeputzt unterwegs zu einem besonderen Ereignis sind. Sie hatte hart genug gearbeitet, um sich ausgiebig zu amüsieren, wenn sich einmal die Gelegenheit bot, so einfach mußte ihr Leben zuweilen gewesen sein, und sie freute sich auf den Kampf. Sie war sehr zuversichtlich.

Belinda, Alis Frau, saß weiter vorn in unserem Bus. Im Muslim-Gewand, mit einem Rock bis auf die Knöchel und einem schneeweißen Turban, wirkte sie statuenhaft – jawohl, genau das. Über einsachtzig groß, ebenso schön proportioniert wie ihr Mann, besaß sie die klassischen Züge einer griechischen Statue. Und wären diese gemeißelten Züge nicht um eine Winzigkeit feiner gewesen als die ihres Mannes, hätte sie dem Aussehen nach seine Schwester oder vielmehr sein weibliches Gegenstück sein können. Diese beiden würden nicht vierzig Jahre lang zusammenleben müssen, um einander ähnlich zu werden. Außerdem besaß sie den schwarzen Karategürtel. Und war Fremden gegenüber scheu. In Gegenwart Weißer trug sie die steife Haltung der Black Muslims zur Schau. Während der Fahrt sagte sie nur ein einziges Mal etwas an die Adresse aller Businsassen.»In Las Vegas«, sagte sie, »gibt es einen ASW-Psychiater, der behauptet, daß Foreman gewinnen wird. Der wird sich wundern, heute abend.« Eine Pause folgte, während der ihr die ungewisse Stille im Bus aufgefallen sein mag, denn sie fügte leise hinzu:»Hoffentlich.« Ja, so war die Stimmung im Wagen: Obwohl zutiefst deprimiert, lasse ich die Hoffnung nicht fahren.

Nun war Belinda gerade erst nach Zaire zurückgekehrt. Sie war sechs Wochen zuvor mit Ali zusammen hergekommen, nach der Terminverschiebung jedoch nach Amerika zurückgeflogen. Falls sich Ali mit einem Trainingsproblem herumschlug, brauchte man nicht lange danach zu suchen. Seit Joe Namath eine Nacht mit einem Mädchen verbracht und dann am folgenden Nachmittag in der *Superbowl* die *Baltimore Colts* besiegt hatte, um anschließend der ganzen Welt seine Methode anzuempfehlen, waren die Trainingsprinzipien der Sportler in ihren Grundfesten erschüttert. Die Auswirkungen von Namaths Heldentat auf die Welt des Sports glichen dem Schock, den Henry Luces *American Century* erfuhr, als die Russen den Sputnik auf seine Bahn schickten. Jeder Sportler stand vor der uralten Frage: Konnte die Beschleunigung der besten Reflexe, wie sie der Sex offenbar auslöste, ein Ausgleich für den Verlust an Draufgängertum sein, den er möglicherweise zur Folge hatte? Zu Beginn seiner Karriere verhielt sich Ali während des Trainings so asketisch, daß Listons Leute vor dem ersten Kampf gegen Sonny anzudeuten versuchten, er habe niemals eine Frau gehabt.

Das mag sich geändert haben. Vor dem ersten Kampf gegen Frazier konnte es Ali an jedem einzelnen Tag kaum abwarten, bis sein Training beendet war; wie man hörte, ersetzte er Fiesta oder

Royal Crown Cola beim Essen durch Champagner. Vor der ersten Begegnung mit Norton ging er die ganze Nacht hindurch nicht zu Bett. Zweifellos verließ er sich darauf, daß er den ganzen Tag schlafen konnte. Am nächsten Abend im Ring, mit gebrochenem Kiefer und Reflexen, die ihre Synapsen verfehlten, schaffte er es dennoch, unter Aufbietung aller Kräfte und trotz seiner Benommenheit zu tänzeln. Er sah fürchterlich aus, alterte stark an jenem Abend, in Anbetracht seines Zustandes jedoch könnte man mit Fug behaupten, daß es Alis größter Kampf war. Tage später, mit verdrahtetem Kiefer, Orangensaft per Strohhalm trinkend, muß er sich entschlossen haben, seine Gewohnheiten zu ändern. Seither machte ihm das Training weniger Spaß. Aber er hatte trotzdem an seinen ganz eigenen Methoden festgehalten. Belinda war gerade erst zurückgekommen.

Wochen zuvor, als er vor Freunden in Kinshasa prahlte, wie er Foreman zusammenschlagen würde, hatte Ali behauptet: »Der wird sich auf den Hintern setzen.«

Und Belinda hatte leise gesagt: »Du solltest selbst lieber lernen, wie man sich auf den Hintern setzt.«

»Was hast du gesagt?« fragte Ali.

»Ich habe gesagt, du solltest selbst lieber lernen, wie man sich auf den Hintern setzt.«

»Ach«, antwortete Ali, »und ich dachte schon, du hättest gesagt, wie man auf die Liebe einer Frau setzt.«

Vom rotierenden Blaulicht eines Polizeifahrzeugs geleitet, setzte der Konvoi seinen Weg fort, jetzt aber in einem entnervend langsamen Tempo. Bisher gewöhnt, die verlassene Highway-Strecke zwischen Nsele und dem Flughafen mit einer Geschwindigkeit von achtzig Meilen pro Stunde zurückzulegen, schlichen sie nun höchstens im halben Tempo dahin. Die stille Landschaft bot im Dunkeln kaum Ablenkung. Gelegentlich kamen sie an ein paar Schwarzen vorbei, die beim Anblick der Wagenkolonne in Jubel ausbrechen wollten, aber das Tempo war ebenso langsam wie die Stimmung im Bus bedrückt.

Selbst als sie den Flughafen hinter sich ließen und den Stadtrand von Kinshasa erreichten, waren noch nicht viele Menschen zu sehen. Es war gegen drei Uhr morgens. Alle, die für den Kampf aufgestanden waren, saßen längst im Stadion. Also blieb ihm Zeit genug, das eigene Verhältnis zu diesem Kampf zu überprüfen, Zeit genug, über die Absonderlichkeit dieser leidenschaftlichen Begeisterung für das Boxen nachzudenken, die ihn monatelang und länger der eigenen Arbeit entriß. Auch nach seiner Loyalität für Ali fragte er sich. Alis Sieg würde zugleich ein Triumph des Islams sein. Nun war Norman zwar kaum als Zionist zu bezeichnen und außerdem niemals in Israel gewesen, aber er hatte Kairo besucht, und der Zusammenstoß dieses neuen, unermeßlichen Reichtums mit krasser Armut, blühender Unfähigkeit, hektischem Verkehr und auf Schwären humpelnden Krüppeln hatte Sympathien für Israel in ihm geweckt. Länder, so gargantuesk, so faszinierend und so ungeheuerlich wie Ägypten durften keinen Anspruch darauf erheben, einer ringsum eingekreisten hebräischen Idee mitten in der Wüste Bedingungen aufzuzwingen. Nur weil er von der Politik des Nahen Ostens wenig verstand, konnte seine Einstellung derart unkompliziert sein. Und kollidierte mit seiner Loyalität für Ali. Selbstverständlich befand er sich nicht allein in dieser absurden Lage. Es war auffallend, wie viele jüdische Journalisten in Nsele Zuneigung für Ali hegten, es war eine regelrechte Welle der Zuneigung, als wäre er letztlich doch einer von ihnen, Jude nämlich in dem Sinne, daß er seine eigene Schöpfung war. Nur wenige Dinge können bei Juden tiefere Liebe erwecken als das Genie, das seinesgleichen sucht.

Dies erklärte wahrscheinlich vieles. Mit Sicherheit erklärte es, warum er Foreman mochte und trotzdem nicht in seiner Loyalität schwankend wurde. Es war, als würden mit einem Sieg Muhammad Alis sämtliche Widersprüche beseitigt sein. Denn dieser Sieg wäre ein Triumph für alles, was nicht in den Computer paßt: für Wagemut, Erfindungsgabe, ja sogar für Kunst. Wenn es je einem Boxer gelingen konnte, zu demonstrieren, daß das Boxen eine Kunst des zwanzigsten Jahrhunderts ist, dann konnte nur Ali dieser Boxer sein. Das wäre sicherlich ein Triumph der Regenerationskräfte eines Künstlers. Und was könnte von größerer Bedeutung für Norman sein? Er war sich klar darüber, daß er Ali mit einem Teil seines Bewußtseins hassen würde, wenn dieser würdelos oder ohne allzu große Gegenwehr unterlag, genau wie er mit einem Teil seines Wesens Hemingway die Ambivalenz seines Selbstmordes nicht vergeben konnte – wenn es doch wenigstens einen Abschiedsbrief gegeben hätte! Das Fehlen eines Abschiedsbriefes hinterließ in allen, die den Mann und sein Werk liebten, eine Leere.

Dennoch hatte er sich seinerseits geweigert, in nüchternem Zustand auf jenen Balkon ohne Geländer hinauszutreten und um die Trennwand herumzuklettern. Allerdings war er seiner absurden Beziehung zur Magie inzwischen ein wenig müde geworden. Weil er nie wußte, welchen Kräften er eigentlich half. Zu viele Boxer, deren Parteigänger er im Laufe der Jahre gewesen war, hatten ihre Kämpfe verloren, und zwar in wenig schönen Begegnungen. Patterson zum Beispiel hatte beide Kämpfe gegen Liston verloren, Sonny beide Kämpfe gegen Ali. Norman war sogar zu der Überzeugung gelangt, daß er, falls er mit seinen magischen Kräften einer von Hunderten oder Tausenden am Ring war, stets das Gegenteil seiner Absicht bewirkte. Oder völlig wirkungslos blieb. Oder einfach erschreckend schwach. An jenem Abend, als José Torres bei der Halbschwergewichtsmeisterschaft Willie Pastrano schlug, hatte er nicht gewagt, ihn anzufeuern, weil er befürchtete, damit auf seinen Freund José Unheil herabzubeschwören. Nach dem Kampf dann liebte er Torres um so mehr, weil es diesem gelungen war, trotz eines Freundes, der soviel Pech brachte wie Norman Mailer, den Sieg zu erringen. Eine derartige Vorstellung von sich zu haben, ist entsetzlich für einen Menschen. Es ist eine umgekehrte Eitelkeit, die tödlicher wirkt als die Eitelkeit selbst. Unglücksbringer. Er bezweifelte sogar, daß er das Recht gehabt hatte, mit Ali zu laufen. Daher würde Muhammads Sieg in dieser

Nacht für ihn ein Zeichen der Erlösung sein, ein Beweis dafür, daß er befreit war von dem Fluch, anderen Menschen Unglück zu bringen.

Sie waren am Stadion angelangt. Es war, als träfe ein Matador mit Gefolge ein. Die Menge draußen jubelte, Polizisten bahnten ihnen einen Weg zu den schmalen Einlaßtoren. In weniger als einer Minute waren die Männer, die im Konvoi mitgefahren waren, in Alis Umkleideraum verschwunden. Nachdem sich Muhammad von Belinda verabschiedet und ihr noch einen Kuß gegeben hatte, begann er sich für den Kampf fertigzumachen.

12
Der Umkleideraum

Es war ein trostloser Umkleideraum. Die Toiletten in der Moskauer U-Bahn mochten so aussehen. Groß, mit runden, weiß gekachelten Säulen – sogar die Tapeten waren weiß. Wie ein Operationssaal. In dieser Leichenhalle mußten alle Seufzer verhauchen. Weiße Fliesen, wohin man sah. Was für ein Raum für die Vorbereitung auf den Kampf! Und die Männer in diesem Raum waren um keine Spur heiterer als ihre Umgebung. Dundee, Pacheco, Plimpton, Mailer, Walter Youngblood, Pat Patterson, Howard Bingham, Alis Bruder Rachman, sein Manager, Herbert Muhammad, sein Geschäftsführer, Gene Kilroy, Bundini, ein kleiner, dicker Türke namens Hassan und Roy Williams, sein Sparringspartner – allesamt waren sie da, und keiner von ihnen wußte etwas zu sagen. »Was ist denn hier los?« fragte Ali, als er hereinkam. »Warum seid ihr so verschreckt? Was habt ihr denn?« Er begann, sich aus seinen Kleidern zu schälen, und tänzelte dann, nur noch mit seinem Suspensorium bekleidet, schattenboxend durch den Raum.

Roy Williams saß, fertig für seinen Semifinalkampf mit Henry Clark, auf dem Massagetisch. Durch einen Organisationsfehler war er mit dem Konvoi im Stadion eingetroffen, zu spät für einen Semifinalkampf von zehn Runden. Er sollte nun erst nach dem Hauptkampf antreten – kein leichtes Warten für einen Boxer.

»Angst, Roy?« fragte Ali, an ihm vorbeitänzelnd.

»Keine Spur«, antwortete Williams mit seiner vollen, ruhigen Stimme. Er war nicht nur der dunkelhäutigste Mann im Raum, sondern auch der gelassenste.

»Wir werden tanzen!« schrie Ali, während er herumwirbelte und jeden Beinahezusammenstoß mit den Säulen in seinem Rücken genoß. Wie ein Kind nahm er auch jene Objekte wahr, die sich hinter ihm befanden, als ginge sein Tastsinn weit über die Haut hinaus. »Jawohl«, rief er laut, »wir werden ihm einheizen!« Und stach mehrere kurze Gerade in die Luft.

Er war, mit Ausnahme von Roy Williams, der einzige, der optimistisch wirkte. »Ich glaube, ich habe mehr Angst als Sie«, sagte Norman, als Ali endlich zur Ruhe kam.

»Kein Grund zur Aufregung«, meinte der Boxer. »Bloß wieder ein weiterer Tag im dramatischen Leben des Muhammad Ali. Für mich ist das nicht anstrengender als ein Training.« Und an Plimptons Adresse fügte er hinzu: »Ich fürchte mich vor Horrorfilmen und Gewittern. Jets machen mich nervös. Aber vor Dingen, die man mit etwas Geschicklichkeit unter Kontrolle halten kann, braucht man keine Angst zu haben. Darum ist Allah der einzige, den ich fürchte. Allah ist der einzige, gegen dessen Willen man nichts ausrichten kann. Er ist der einzige, niemand kommt ihm gleich.« Alis Stimme klang zunehmend kraftvoll und ehrfürchtig. Und als müsse er sich davor hüten, zuviel Energie in eine Predigt zu investieren, fuhr er, leiser geworden, fort: »Es gibt keinen Grund zur Angst. Elijah Muhammad hat soviel durchgemacht, daß diese Nacht dagegen ein Kinderspiel ist. Ich selbst habe auf eine bescheidenere Art und Weise ebenfalls viel durchgemacht. Mein erster Kampf gegen Liston war schlimmer als alles, was George Foreman jemals durchstehen mußte und was ich selbst jemals wieder durchzustehen hatte. Bis auf die Morddrohungen, die ich nach dem Tod von Malcolm X erhielt. Ernst gemeinte Morddrohungen. Nein, ich habe keine Angst vor diesem Kampf.« Und als sei die Minute in der Ecke vorüber, tänzelte er wieder auf und davon, um abermals schattenzuboxen und ein paar Freunde mit jenen schnellen »Lanzenstößen« zu necken, die, wie immer, um Zentimeter vor deren Nase stoppten. Als er an Hassan, dem kleinen, dicken Türken, vorbeikam, zwickte er ihn mit seinem langen Daumen und seinem langen Zeigefinger ins Hinterteil.

Trotz all seiner Bemühungen jedoch wurde die Stimmung im Umkleideraum nicht besser. Es war fast wie im Krankenhaus, wenn die Verwandten in einer Ecke sitzen und auf den Ausgang der Operation warten. Ali hörte mit dem Herumtänzeln auf, holte den Mantel heraus, den er auf dem Weg in den Ring tragen wollte, und zog ihn an. Es war ein langer, weißer Seidenmantel mit einem komplizierten, schwarzen Muster, und sein erster Kommentar lautete:»Das ist ein echt afrikanischer Mantel!« Seine Worte galten Bundini, der ihn mit dem vorwurfsvollen Blick eines Kindes ansah, dem man die seit einer Woche versprochene Belohnung vorenthält.

»Na schön«, sagte Ali schließlich, »dann laß mal deinen Mantel sehen.«

Nun entfaltete Bundini den Mantel, den er selbst für Ali gekauft hatte. Er war ebenfalls weiß, aber mit grünen, roten und schwarzen Paspelierungen an den Säumen, den Nationalfarben des Gastlandes. Auf der Brust war eine grün-rot-schwarze Landkarte von Zaire eingestickt. Bundini selbst trug eine weiße Jacke aus dem gleichen Material und mit den gleichen Verzierungen. Ali probierte Bundinis Mantel an, sah in den Spiegel, zog ihn aus, reichte ihn zurück. Dann zog er den ersten Mantel wieder an. »Der hier ist schöner«, stellte er fest. »Er ist wirklich hübscher als der von dir. Sieh mich doch mal im Spiegel an, Drew – er ist wirklich viel besser.« Er hatte recht. Bundinis Mantel wirkte ein bißchen schäbig.

Aber Bundini schaute nicht in den Spiegel, sondern richtete den Blick auf Ali. Böse funkelte er ihn an. Eine ganze Minute lang durchbohrten sie einander mit den Blicken. *Hör mal*, schien Bundini sagen zu wollen, *zweifle niemals an der Weisheit meiner Entscheidungen. Ich habe dir einen Mantel besorgt, der zu meiner Jakke paßt. Deine Kraft ist mit meiner Kraft eng verknüpft. Wenn du mich schwächst, schwächst du dich selbst. Also trag die Farben, die ich für dich ausgesucht habe.* Etwas von dieser Kraft mußte in seinen Augen gestanden haben. Und auch wohl eine unausgesprochene Drohung, denn Ali versetzte ihm urplötzlich eine Ohrfeige, die so scharf knallte wie ein Gewehrschuß. »Tu so etwas nicht noch mal!« herrschte er Bundini an. »Und jetzt sieh hin, wie ich im Spiegel aussehe!« Bundini weigerte sich jedoch. Ali ohrfeigte ihn abermals.

Die zweite Ohrfeige wirkte wie ein Ritual, so daß man sich zu fragen begann, ob es sich nicht um eine gut eingespielte Zeremonie handelte, ja vielleicht sogar um einen Exorzismus. Schwer zu sagen. Bundini war offenbar so wütend, daß er kein Wort herausbrachte, doch seine Miene sagte deutlich: *Du kannst mich totschlagen, aber ich werde nicht in den Spiegel sehen. Der Mantel, den du so schön findest, ist nicht der richtige.* Ali ließ ihn einfach stehen.

Jetzt war es Zeit, die Shorts zu wählen. Er probierte mehrere an. Ein paar waren ganz weiß, ohne jede Verzierung, rein silberweiß wie die Priesterroben des Islam. »Nimm die hier, Ali!« rief sein Bruder Rachman. »Nimm die weiße, die ist schön, Ali – nimm sie!« Nach einigem Überlegen vor dem Spiegel entschied Ali sich dann doch für weiße Shorts mit einem senkrechten schwarzen Streifen (und die Fotos vom Kampf bewiesen später, daß der schwarze Streifen jede Körperbewegung von der Taille abwärts bis zu den Beinen akzentuierte).

Jetzt setzte sich Ali auf einen Massagetisch in der Mitte des Raumes, zog seine hohen, weißen Boxstiefel an und hielt nacheinander beide Füße empor, damit Dundee die Sohlen mit einem Messer aufrauhen konnte. Irgend jemand reichte dem Fighter einen Kamm, den Y-förmigen Kamm mit stählernen Zinken, den die Schwarzen für ihre Afro-Frisur benutzen, und er kämmte sich, während unten seine Schuhsohlen bearbeitet wurden, voller Genuß die Haare. Auf einen Wink hin brachte ihm jemand eine Zeitschrift, ein Zaire-Magazin auf französisch, in dem die komplette Liste von Foremans und Alis Kämpfen aufgeführt war. Er las Plimpton und Mailer die Namen vor und verglich wieder einmal die Anzahl der Nullen, gegen die Foreman angetreten war, mit der Anzahl der Könner, mit denen er es aufgenommen hatte. Es war, als müsse er sich noch einmal die Höhepunkte seines Lebens vor Augen führen. Zum erstenmal in all diesen Monaten schien er der Öffentlichkeit Einblick in seine Angstträume gewähren zu wollen. Und er begann zu plappern, als wäre er allein im Zimmer und redete im Schlaf. »Schwirren wie ein Schmetterling, zustechen wie eine Biene, was man nicht sieht, das trifft man nicht *(Float like a butterfly, sting like a bee, you can't hit what you can't see)*«, wiederholte er mehrmals, als seien die Worte längst verhallt, und dann murmelte er leise: »Ich war ganz oben und ich war ganz unten, ich war überall.« Er schüttelte den Kopf. »Es muß sehr dunkel sein, wenn man k. o. geschlagen wird«, sagte er, als sehe er das Mitternachtsmonster vor sich. »Aber mich hat noch nie jemand k. o. geschlagen«, ergänzte er. »Niedergeschlagen hat man mich, aber k. o. war ich noch nie.« Wie ein Träumender, der erwacht und weiß, daß der Traum nur ein Netz ist, zwischen ihm und dem Tod ausgespannt, rief er plötzlich: »Das ist merkwürdig … gestoppt zu werden.« Abermals schüttelte er den Kopf. »Yeah«, sagte er, »das ist ein scheußliches Gefühl, wenn man darauf wartet, daß man von der Nacht erstickt wird.« Dabei sah er die beiden Journalisten mit den leeren Augen eines Patienten an, der in den Qualen seines Zustandes Wahrheiten entdeckt hat, die der Arzt niemals begreifen wird.

Dann hatte er diese Konfrontation mit seinen Gefühlen, die sich wie Nebel auf sein Bewußtsein gelegt hatten, anscheinend beendet, denn er benutzte wieder einmal einen Ausdruck, der ihm nicht mehr über die Lippen gekommen war, seit er damit jedem hohen Beamten von Zaire großen Kummer bereitet hatte. »Ja«, sagte er an die Adresse aller Anwesenden, »dann woll'n wir uns mal für den großen Rummel im Dschungel zurechtmachen.« Und nun wandte er sich nacheinander an die verschiedenen Leute im Umkleideraum.

»He, Bundini!« rief er laut. »Werden wir tanzen?« Aber Bundini antwortete nicht. Die Atmosphäre war noch immer bedrückt.

»Hört mich denn niemand?« schrie Ali. »Werden wir tanzen?«
»Wir werden tanzen und weitertanzen«, antwortete Gene Kilroy
ein wenig kläglich.
»Wir werden tanzen«, wiederholte Ali. »Wir werden ta-a-anzen!«
Dundee kam, um ihm die Bandagen anzulegen. Doc Broadus,
der Kontrolleur aus Foremans Umkleideraum, trat herzu, um den
Vorgang zu überwachen. Er war ein kleiner, gedrungener Schwarzer von ungefähr sechzig Jahren, der Foreman vor Jahren im *Job
Corps* entdeckt und der George seit damals während des größten
Teils seiner Karriere begleitet hatte. Broadus war im »Inter-Con-
tinental« für seine prophetischen Träume bekannt. Im Schlaf hatte er sowohl für den Kampf gegen Frazier als auch für den gegen
Norton die Runde vorausgesagt, in denen die beiden k. o. geschlagen würden. Dieses Mal hatte er geträumt, daß George Ali
in zwei Runden besiegen werde, doch dieses Mal schrieb er seiner
Voraussage nicht unbedingte Zuverlässigkeit zu. Irgend etwas an
dem Traum hatte nicht ganz gestimmt.
Ali nahm sich soviel Zeit für ein Gespräch mit ihm, als wäre Doc
Broadus der wichtigste Mann im Umkleideraum – schließlich
war er der einzige, der Foreman Alis Verfassung jetzt, unmittelbar vor dem Kampf, in allen Einzelheiten schildern konnte. Ali
sah ihn durchdringend an, und Broadus scharrte unruhig mit
den Füßen. Er war in Alis Gegenwart unsicher. Vielleicht hatte er
dessen Karriere zu viele Jahre hindurch bewundert, um ihm jetzt
unbefangen gegenübertreten zu können.
»Sagen Sie Ihrem Mann«, riet Ali ihm im Vertrauen, »daß er sich
auf einen höllischen Tanz gefaßt machen soll.«
Wiederum scharrte Broadus voll Unbehagen mit den Füßen.
In diesem Moment kam Ferdie Pacheco in den Umkleideraum
gestürzt. Er war ziemlich erregt. »Die lassen mich nicht zu Foreman rein«, beschwerte er sich bei Doc Broadus. »Was ist denn da
los? Was soll das heißen?« fragte er in einem Ton, der Angst und
heftige Bestürzung verriet. »Wir haben heute einen Boxkampf,
wir haben doch nicht den dritten Weltkrieg!« Die feindselige At-

mosphäre im anderen Umkleideraum schien ihn völlig durcheinandergebracht zu haben. Broadus erhob sich rasch und ging zusammen mit ihm hinaus.

Jetzt wandte Ali sich an Bundini. »He, Bundini, werden wir tanzen?« fragte er. Bundini antwortete nicht.

»Ich habe dich gefragt, ob wir tanzen werden.« Stille.

»Drew, sprichst du nicht mehr mit mir?« fragte Ali mit überlauter Stimme, als könne er damit Bundini am besten aus seiner Depression herausholen. »Werden wir tanzen, Bundini?« fragte er abermals und fügte mit drollig-sanfter Stimme hinzu: »Du weißt, daß ich ohne Bundini nicht tanzen kann.«

»Du hast meinen Mantel abgelehnt«, sagte Bundini mit seiner heisersten, sentimentalsten Stimme.

»O Mann«, antwortete Ali, »ich bin der Champ. Du mußt mir schon gestatten, einige Entscheidungen selbst zu treffen. Du mußt mir das Recht zugestehen, meinen Mantel selbst auszusuchen, wie könnte ich sonst je wieder Champ werden? Willst du mir vorschreiben, was ich essen soll? Willst du mir vorschreiben, wie ich mich bewegen soll? Ich bin deprimiert, Bundini. Und habe noch nie erlebt, daß *du* mich nicht aufgeheitert hast.«

Bundini kämpfte mit sich, doch schon spielte ein Lächeln um seine Lippen.

»Werden wir tanzen, Bundini?« fragte Ali.

»Die ganze Nacht«, antwortete Bundini.

»Jawohl, wir werden tanzen«, wiederholte Ali. Broadus kam wieder, nachdem es ihm gelungen war, Pacheco Zutritt zu Foremans Umkleideraum zu verschaffen, und Ali setzte sich wieder für ihn in Szene.

»Was werden wir tun?« fragte er Bundini, Dundee und Kilroy zusammen. »Wir werden tanzen«, antwortete Gene Kilroy mit einem lieben, traurigen Lächeln, »die ganze Nacht werden wir tanzen.«

»Jawohl, wir werden ta-a-anzen«, schrie Ali und wandte sich dann an Doc Broadus. »Sagen Sie ihm, daß er sich bereithalten soll.«

»Gar nichts werde ich ihm sagen«, brummte Broadus.

»Sagen Sie ihm, es wäre besser für ihn, wenn er tanzen könnte.«

»Er tanzt nicht«, erwiderte Broadus, und es klang wie eine Warnung: Mein Mann hat wichtigere Dinge zu tun.

»Was tut er nicht?« fragte ihn Ali.

»Er tanzt nicht«, antwortete Broadus.

»George Foremans Mann sagt«, rief Ali laut, »George kann nicht tanzen. George wird nicht zum Tanzen kommen!«

»Fünf Minuten«, verkündete jemand, und Youngblood reichte dem Fighter eine Flasche Orangensaft. Ali trank einen Schluck, der ungefähr einem halben Glas entsprach, und musterte Broadus mit belustigtem Blick. »Sagen Sie ihm, er soll mich in den Bauch schlagen«, sagte er.

13
Rechte Gerade

Und genau das würde George tun. George würde ihn mit Sicherheit in den Bauch schlagen. Welch eine Schlacht würde sich da entwickeln! Die fünf Minuten, die kurz zuvor ausgerufen worden waren, verflogen im Nu. An den Umkleideraum schloß sich ein kleines Bad an, in das sich Ali nunmehr mit Herbert Muhammad zurückzog, seinem Manager und Elijah Muhammads Sohn, einem rundgesichtigen, gütig wirkenden Mann, dessen Züge keinerlei Ausdruck zeigten – Herbert Muhammad sah aus, als werde niemand auf den ersten Blick erkennen, wo er eine Angriffsfläche bot. Jetzt war er in ein weißes Priestergewand gekleidet, das ihm von den Schultern bis zu den Füßen reichte, ein Kostüm, das seiner augenblicklichen Funktion als Moslem-Prediger entsprach, denn die beiden hatten sich in den Nebenraum begeben, um dort zu beten, und man hörte ihre Stimmen, wie sie Koranverse rezitierten – dieses Arabisch konnte nur aus dem Koran stammen. Im Umkleideraum, in dem Alis Fehlen fast greifbar zu spüren war, sah ein jeder den anderen an, aber niemand wußte etwas zu sagen. Ferdie Pacheco brachte eine Nachricht aus Foremans Umkleideraum. »Alles okay«, berichtete er, »auf geht's.« Eine Minute darauf kamen Ali und Elijah Muhammads Sohn wieder aus dem Bad. Während Ali schattenboxte, fuhr sein Manager fort zu beten. »Wie sieht es denn bei Foreman aus?« erkundigte sich jemand bei Pacheco, dieser zuckte jedoch die Achseln. »Foreman schweigt«, antwortete er. »Sie haben ihn unter Handtüchern begraben.« Jetzt kam vom Stadion draußen die Aufforderung: »Ali in den Ring, Ali in den Ring.«
Feierlich reichte Bundini Ali den weißen, afrikanischen Mantel, den der Boxer selbst ausgewählt hatte. Und dann machten sich

alle im Umkleideraum Versammelten auf den Weg, ein langer Zug von zwanzig Männern, die sich durch eine vor der Tür postierte Gruppe von Soldaten drängten und dann, von einer ganzen Kompanie Soldaten begleitet, durch die grauen Hohlziegelkorridore mit ihren längst verhallten Echos von Gewehrschüssen und Tod eilten. Sie traten ins Freie, in den surrealistischen Glanz und die grüne Atmosphäre des Stadion-Rasens unter den Tiefstrahlern, und bei Alis Erscheinen stieg ein ungeheurer Jubelschrei auf, aber schließlich hatten die Zuschauer schon eine ereignislose Stunde lang gewartet, in der es kein Semifinale zu sehen gab, sondern nichts als einen leeren Ring, und davor mehrere Stunden lang, in denen es nur Tänzer zu sehen gab, und noch mehr Tänzer, und noch mehr Stammestänzer, endlose Minuten lang von Mitternacht bis vier. Drei Monate hatte das Volk von Zaire auf dieses große Ereignis gewartet, und nun waren sie da, an die sechzigtausend, im großen Oval des Stadions, unendlich weit entfernt vom Ring, der in der Mitte des Fußballfeldes errichtet worden war. Sie *mußten* enttäuscht sein. Als Zuschauer bei diesem Kampf befanden sie sich in der Situation von Leuten, die in einer riesigen Mietskaserne hocken und durchs Fenster über eine zwölfspurige Schnellstraße hinweg andere Leute in einer anderen Mietskaserne beobachten. Der Kampf würde unter einem großen, auf Stützen ruhenden Wellblechdach stattfinden, das den Ring und die zweitausendfünfhundert Ringplätze vor dem tropischen Wolkenbruch schützen sollte, der in dieser schon soweit in der Regenzeit liegenden Nacht jeden Augenblick losgehen konnte. Die schweren Regenfälle waren schon seit mehr als zwei Wochen überfällig. Leichten Regen hatte es fast jeden Nachmittag gegeben, und am Himmel hingen dunkle, unheilschwangere Wolken. In Amerika hätten sie ein kurzes Sommergewitter angekündigt, die Wolken Afrikas jedoch waren ebenso geduldig wie seine Menschen, und ein schwarzer, aufgewühlter Himmel konnte tagelang über dem Land lasten, bis endlich der erste Tropfen fiel.

Irgend etwas von dieser Drohung kurz bevorstehenden Regens lag in der Luft. Die ersten Nachtstunden waren drückend gewesen, und für diese frühe Morgenzeit war es bereits sehr heiß, ungefähr dreißig Grad Celsius. Dennoch jagte der Gedanke an den bevorstehenden Kampf Norman eiskalte Schauer über den Rücken. Er saß neben Plimpton in der zweiten Reihe vom Ring, ein Platz, der es wohl wert gewesen war, Tausende von Meilen weit zu reisen (auch wenn sich die Zahl, rechnete man beide Hin- und Rückflüge, auf vierundzwanzigtausend Meilen belief). Vor ihnen saß eine Reihe von Reportern der Pressedienste und Fotografen, die sich auf die Ringkante stützten; im Ring selbst testete Ali mit den Stiefelsohlen die Rutschfestigkeit des Kolophoniums und zeigte der Menge kurze Proben seines *shuffle*, tänzelte immer wieder einmal davon, um mit einem Kaleidoskop von zwölf Schlägen die Luft zu teilen, das höchstens zwei Sekunden dauerte – einundzwanzig, zweiundzwanzig, und schon war das Dutzend Schläge geschlagen. Jubel aus der Menge über diesen Faustwirbel. Er war allein im Ring, der Herausforderer in Erwartung des Champions, der Fürst, der auf den Prätendenten wartet, und schien, im Gegensatz zu anderen Boxern, die sich von den langen Minuten des Wartens auf den Titelverteidiger zermürben lassen, an der Tatsache, den Ring für sich allein zu haben, königliches Vergnügen zu finden. Er wirkte furchtlos, fast glücklich, als sei die Prüfung jener zweitausend Nächte des Schlafens ohne seinen Titel, der ihm genommen worden war, ohne daß er jemals einen Kampf verloren hatte – ein Schlag für einen Meisterboxer, gleichbedeutend zweifellos mit der Frustration, die entstehen würde, hätte man *In einem anderen Land* geschrieben und könnte es nicht veröffentlichen –, als sei diese Prüfung sieben biblischen Probejahren gleichzusetzen, die er überstanden hatte, ohne einen wesentlichen Teil seiner Ehre, seiner Begabung und seines Strebens nach Größe zu verlieren, und in diesem Augenblick ging ein Leuchten von ihm aus. Sein Körper glänzte wie die Flanken eines Vollbluts. Er war bereit zum Kampf mit dem stärksten, bösartigsten Boxer, den es seit vielen

Jahren in der Schwergewichtsklasse gab, der vielleicht sogar der Übelste unter den Großen war. Und während der Fürst allein im Ring stand und darauf wartete, daß der Champion erschien, seinen Gedanken nachhing, wie immer diese aussehen mochten, und sein persönliches Zwiegespräch mit Allah führte, wie immer das aussehen mochte, während er also dort oben stand, seinen Shuffle übte und schattenboxte, ging der Lordsiegelbewahrer Angelo Dundee aus Miami systematisch von einem Ringpfosten zum anderen und lockerte ebenso systematisch und vor den Augen aller Zuschauer auf den Ringplätzen und im Stadion jede einzelne der vier Spannschrauben an den Pfosten, die die Spannung der vier Seile regulierten. Er tat das mit einem Brems- oder Haltewerkzeug und einem Schraubenschlüssel, die er in Nsele in seine kleine Tragtasche gepackt und im Bus mitgenommen haben mußte, um sie vom Umkleideraum bis an den Ring mitzubringen. Und als die Seile für seinen Geschmack locker genug waren, so locker, daß sich sein Fighter rückwärts hineinlegen konnte, verließ er den Ring und kehrte in die Ecke zurück. Niemand hatte ihm besondere Aufmerksamkeit geschenkt.

Foreman war noch immer in seinem Umkleideraum. Später erfuhr Plimpton von seinem alten Freund Archie Moore ein wirklich interessantes Detail. »Unmittelbar vor dem Abmarsch zum Ring reichten sich Foreman und sein Box-Trust – Dick Sadler, Sandy Saddler und Archie Moore – zu einem Gebetsritual die Hände, wie sie es (vor jedem Kampf) praktiziert hatten, seit Foreman in Jamaica Champion wurde«, schrieb Plimpton. »Jetzt, in Zaire, hielten sie sich wieder an den Händen, und Archie Moore ertappte sich, den Kopf gesenkt, bei dem Gedanken, daß er für Muhammad Alis Sicherheit beten müsse. Er sagte folgendes: ›Ich betete, und zwar in aller Aufrichtigkeit, daß George Ali nicht *umbringen* möge. Ich hatte wirklich das Gefühl, daß eine solche Möglichkeit bestand.‹« Damit war er nicht allein.

Foreman betrat den Ring. Er trug rote Samtshorts mit weißen Streifen und blauem Bund. Er hatte sich in die amerikanischen

Nationalfarben gekleidet, und seine Boxstiefel waren weiß. Er wirkte feierlich, beinahe ein bißchen schüchtern, wie ein großer Junge, der, so Archie,»seine eigene Kraft nicht kennt«. Auf die roten Samtshorts waren in Weiß die beiden Buchstaben GF genäht – *Great Fighter.* Zack Clayton, der Ringrichter, schwarz und von seinen Fachkollegen sehr geschätzt, wartete schon. George hatte noch Zeit, in seine Ecke zu gehen, die Füße auszuschütteln, sich mit seinem Trust zu beraten und seine Schuhsohlen mit Kolophonium einzureiben, dann kamen die Gegner in der Ringmitte zusammen, um ihre Instruktionen entgegenzunehmen. Das war der Augenblick, in dem jeder von ihnen dem anderen Angst zu machen versuchte. Liston war das bei all seinen Gegnern gelungen, bis er auf den 22-jährigen Ali traf, der, damals noch Cassius Clay, den Blick mit der ganzen Überlegenheit seiner zu einer großen Zukunft bestimmten Courage erwiderte. Foreman wiederum hatte diese Taktik zuerst bei Joe Frazier und später bei Ken Norton angewandt. Ein durchdringender Blick, bleiern wie der Tod, bedrückend wie das sich langsam schließende Tor der eigenen Gruft. Zu Foreman sagte Ali jetzt (wie das Publikum später erfuhr):»Du hast seit deiner Jugend immer wieder von mir gehört. Du bist mir gefolgt, seit du ein kleiner Junge warst. Jetzt mußt du dich mir stellen – mir, deinem Meister!« – Worte, die die Presse seinerzeit nicht hören konnte, aber man sah, daß Ali den Mund bewegte, sein Kopf war nur dreißig Zentimeter von Foremans Kopf entfernt, seine Augen fixierten den anderen. Foreman blinzelte, Foreman wirkte verblüfft, als habe ihn Ali doch wohl ein bißchen tiefer getroffen als erwartet. Dann jedoch berührte er Alis Handschuh mit einer Geste, als wolle er sagen:»Diese Runde geht an dich. Aber jetzt werden *wir* anfangen.« Die Boxer kehrten in ihre Ecken zurück. Ali preßte die Ellbogen an den Körper, schloß die Augen und sprach ein Gebet, Foreman kehrte ihm den Rücken. In den dreißig Sekunden vor Beginn des Kampfes packte er die Seile in seiner Ecke und beugte sich so tief hinüber, daß er Ali sein mächtiges, breites Hinterteil präsentierte. In dieser Stellung verharrte er so lange, daß sie die Bedeutung einer Hohngeste annahm, mit der er zu sagen schien: »Für dich – nur meine Fürze.« Als der Gong ertönte, befand er sich noch immer in dieser Position.

Der Gong! Unter einem langen, lautlosen Seufzer allgemeiner Erleichterung federte Ali durch den Ring. Er wirkte ebenso groß und entschlossen wie Foreman und tat, als sei er die wirkliche Gefahr. Sie trafen aufeinander, ohne sich zu berühren, die Körper noch anderthalb Meter voneinander entfernt. Beide federten wieder zurück wie zwei gleichwertig geladene Pole, die einander heftig abstoßen. Dann ging Ali abermals vor, Foreman kam ebenfalls wieder nach vorn, sie umkreisten einander, finteten, bewegten sich in einem elektrischen Spannungsfeld, und Ali wagte den ersten Schlag, eine versuchsweise angesetzte Linke. Sie war zu kurz. Dann rammte er eine blitzschnelle rechte Gerade mitten in Foremans verdutztes Gesicht. Das unverkennbare Geräusch eines hochkarätigen Schlages war zu hören. Ein Schrei stieg auf. Was immer sonst geschehen sein mochte – Foreman war getroffen worden. Seit Jahren hatte ihn kein Gegner mehr so hart erwischt, und seine Sparringspartner hatten es nicht gewagt.

Wütend ging Foreman zum Angriff über. Ali aber vertiefte die Demütigung noch. Er packte den Champion um den Hals und drückte ihm den Kopf hinunter, rang ihn grausam, unwiderstehlich nieder, um Foreman zu zeigen, daß er beträchtlich stärker war, als alle Warnungen vorausgesagt hatten, und nun waren die Fronten geklärt. Sie umkreisten einander abermals. Sie finteten. Sie gingen aufeinander los und federten wieder zurück. Es war, als besäße jeder von ihnen eine Schußwaffe. Wenn einer feuerte und fehlte, war es sicher, daß der andere traf. Wenn man einen Schlag austeilte und der Gegner darauf gefaßt war, mußte der eigene Kopf den Schlag des anderen hinnehmen. Welch ein Schock! Als berühre man eine Hochspannungsleitung. Unversehens liegt man auf dem Boden.

Ali tanzte nicht. Ali hüpfte auf der Suche nach einer Angriffs-möglichkeit von einer Seite zur anderen. Foreman ebenfalls. Un-gefähr fünfzehn Sekunden vergingen. Und auf einmal traf Ali ihn wieder. Abermals mit einer Rechten. Abermals mit einem harten Schlag. Dicht am Ring klang es beinahe, als klatschte eine Fleder-maus in eine Wassermelone hinein. Wieder griff Foreman nach diesem Treffer an, und wieder nahm Ali seinen Hals in die rechte Armbeuge. Dann schob er den linken Handschuh unter Fore-mans rechte Achselhöhle, so daß Foreman keine Gelegenheit zu einem wirksamen Schwinger hatte. Es war ein geschickter Trick aus dem Fortgeschrittenenkurs über die Blockierung eines Geg-ners. Der Ringrichter trennte die beiden. Wieder bewegten sie sich wie Magnetteile, die einander anziehen und abstoßen, stie-ßen vor, side-steppten, forderten einander heraus, versuchten einander einzuschüchtern, zwei starke Männer, schnell wie Pu-mas, kraftvoll-gespannt wie Tiger – unsichtbare Funken sprü-hend bewegten sie sich im Ring. Ali traf Foreman abermals, linke Gerade, dann rechte Gerade. Foreman reagierte wie ein Bulle. Er stürmte vor. Ein gefährlicher Bulle. Die Handschuhe vorgestreckt wie Hörner. Kein Platz für Alis tänzelnden Side-step, keine Zeit zum Kontern und Ausweichen, Treffen und Ausweichen. Ali wich zurück, fintete, wich wieder zurück, war an den Seilen. Fo-reman hatte ihm den Weg abgeschnitten! Der Kampf dauerte erst dreißig Sekunden, und schon hatte Foreman ihn in die Seile ge-drängt. Nicht einmal den Versuch hatte Ali gemacht, diese vorge-streckten Fäuste zu umgehen, die Fäuste, die ihn treffen, zusam-menschlagen, seine Grazie vernichten wollten, nein, Ali, im Rückzug begriffen, mußte seinen Teil einstecken. Er traf Foreman mit einer weiteren Linken und einer weiteren Rechten.
Wieder stieg ein Schrei aus der Menge auf. Die Zuschauer sahen Ali in den Seilen. Alle hatten davon gesprochen, wie lange Ali diese Situation vermeiden konnte. Jetzt saß er zu früh in der Falle. Aber Foreman konnte seine Chance nicht wahrnehmen. Alis letzte Linke und Rechte hatten ihn angeschlagen. Foremans Fäu-

ste waren nicht schnell genug, und Ali parierte, Ali blockte ab. Sie gingen in den Clinch. Der Ringrichter trennte. Mühelos hatte sich Ali aus der Falle befreit.

Zur Feier seines Erfolges verpaßte er Foreman eine weitere rechte Gerade. Durch die Reihen der Pressevertreter lief ein erstaunter Ausruf: »Er schlägt *rechte* Gerade!« So überlegen hatte Ali seit sieben Jahren nicht mehr geboxt. Champions greifen andere Champions nicht mit rechten Geraden an. Jedenfalls nicht in der ersten Runde. Es ist der schwierigste und gefährlichste von allen Schlägen. Schwierig anzubringen und gefährlich für den Angreifer selbst. In fast allen Positionen hat die rechte Faust den längeren Weg, mindestens dreißig Zentimeter mehr als die linke. Boxer rechnen mit Zentimetern. In der Zeit, die eine Rechte braucht, um diese zusätzliche Distanz zu überwinden, schrillen beim Gegner alle Alarmglocken, und er leitet seinen Gegenangriff ein. Er duckt die kommende Rechte ab und donnert dem Angreifer die Linke an den Schädel. Ein guter Boxer wird daher einen gleichwertigen Gegner nur selten mit einer Rechten angreifen. Jedenfalls nicht in der ersten Runde. Er wird abwarten. Die Rechte sparsam einsetzen. Sie ist die Autorität, die den Gegner für eine Linke bestraft, die zu langsam kommt. Mit der Rechten pariert man eine Linke; mit dem rechten Unterarm blockt man den linken Haken ab und schlägt anschließend mit einer Rechten zurück. Das sind die klassischen Maximen des Boxens, die allen Sportreportern bekannt sind. Auf dieser Grundlage basiert ihre Interpretation. In Indianapolis gibt es gute Ingenieure, doch Ali ist unterwegs zum Mond. Angriffe mit rechten Geraden! Großer Gott!

In der nächsten Minute traf Ali Foreman mit einer Kombination, die selten wie Plutonium ist: rechte Gerade, gefolgt von einem langen linken Haken. Springzing! machten diese Schläge, ein Hammer an den Kopf, noch ein Hammer an den Kopf; jedesmal stieß Foreman voll mörderischer Wut vor, wurde um den Hals gepackt und machte kehrt. Mit jedem Treffer wurde die Gefahr, die er ausstrahlte, intensiver. Diese Schläge reizten ihn zwar, schwächten ihn aber nicht. Ein anderer Boxer hätte bereits angefangen zu stolpern. Foreman wirkte höchstens verheerender. Seine Fäuste verloren kein bißchen von ihrer Schnelligkeit, seine Fäuste wirkten ebenso schnell wie Alis Fäuste (nur nicht, wenn er getroffen wurde), und seine Miene verriet allmählich unverkennbare Mordgier. So respektlos war er seit Jahren nicht mehr behandelt worden. Vergessen der joviale George der Pressekonferenzen. Sein Weg war wieder klar vorgezeichnet. Er würde Ali zerschmettern. Und während er immer wieder getroffen und um den Hals gepackt, getroffen und um den Hals gepackt wurde, beschlich die Sitzreihen am Ring eine ganz neue Furcht. Foreman wirkte schreckenerregend. Ali hatte ihn jetzt mit ungefähr fünfzehn harten Kopftreffern eingedeckt und dafür nicht einen einzigen Schlag einstecken müssen. Was würde geschehen, wenn Foreman Ali traf? Kein Schwergewichtler konnte ein derartiges Tempo durchhalten, jedenfalls nicht noch weitere vierzehn Kampfrunden.

Doch noch war ja nicht einmal die erste beendet. Während der letzten Minute zwang Foreman Ali wieder an die Seile, war über ihm, stürzte sich auf ihn, rammte einen rechten Uppercut durch Alis Deckung und sofort anschließend noch einen. Der zweite stieß wie ein Speer durch Alis Schädel. Verblüfft verdrehte er die Augen, umklammerte Foremans rechten Arm mit seinem linken, preßte ihn, hielt sich an ihm fest. Foreman war trotz des umklammerten Arms noch in der Lage, seine schöne Rechte anzubringen, und tat das auch. Vier schwere, halb abgeblockte Rechte, so markerschütternd wie die Schläge am großen Sandsack, an Alis Kopf, zwei weitere tiefer an seinem Körper, von denen Ali fast aus dem Gleichgewicht gebracht wurde, obwohl er sich an Foreman festhielt, und man sah deutlich, daß diese Schläge ihm zusetzten. Nur durch den energischsten Clinch seines Lebens kam Ali, beide Fäuste um Foremans Hals geklammert, wieder von den Seilen los. Das Weiße in Alis Augen wirkte jetzt glasig wie bei einem

Frontsoldaten, der nach einer Explosion einen abgerissenen Arm durch die Luft wirbeln sieht. Welchem Monster sah er sich gegenüber?

Foreman hieb eine wilde Linke. Dann eine Linke, eine Rechte, eine Linke, eine Linke, eine Rechte. Einige an den Kopf, einige an den Körper, einige wurden abgeblockt, einige gingen daneben, eine kollidierte mit Alis heftig arbeitenden Rippen, brutale Schläge, durchschüttelnd, unpräzise wie ein schwerer Zusammenstoß mit einem Lastwagen bei niedriger Geschwindigkeit.

Während ringsum alles tobte, traf Ali Foreman nun wieder mit einer Rechten. Foreman konterte mit einer Linken und einer Rechten. Jetzt fanden die Schläge beider Boxer ihr Ziel. Als der Gong ertönte, schüttelten alle den Kopf. Was für eine Runde! Jetzt hallte es in den Pressereihen am Ring von Kommentaren zu diesen rechtshändigen Angriffen wider. Wie kann Ali so etwas riskieren? Eine grandiose Runde! Norman besitzt nicht mehr allzu viele Eitelkeiten, aber vom Boxen glaubt er etwas zu verstehen. Er ist bereit, Ali auf der Reise zum Mond als Ingenieur zu begleiten. Denn Ali ist der einzige Boxer, der einen linken Haken nicht mit einem rechten Konter beantwortet. Er kämpft gegen den Gegner als Gesamtheit. Er lebt in einem Konzentrationsfeld, in dem er auch die kleinste Andeutung von Konzentrationsmangel entdeckt. Und Foreman hatte sich einen Sekundenbruchteil lang für die Möglichkeit einer Rechten offen gezeigt. Wer denn hatte es schließlich jemals gewagt, Foreman mit einer Rechten zu treffen? In letzter Zeit waren seine Gegner ja sogar zu ängstlich gewesen, ihn mit einer geraden Linken anzugreifen. Foremans Fäuste waren schnell, boten der Rechten aber Gelegenheit zum Treffen. Er war nicht darauf gefaßt, daß da ein Mann in den Ring kommen würde, der keine Angst vor ihm hatte. Das bot prächtige Aussichten. Aber auch erschreckende. Ali kann nicht in jeder Runde so kämpfen wie in dieser. Bei diesem Tempo ist er in der fünften erledigt. Vielleicht macht er sich jetzt schon Sorgen, während er in seiner Ecke sitzt. Diese Runde ging an ihn, doch welch eine

Wucht sitzt hinter Foremans Schlägen! Es stimmt. Foreman schlägt härter als jeder andere Boxer. Und kann harte Schläge einstecken. Ali wirkt nachdenklich.

In der Nähe hängt ein Lautsprecher, der an den Closed Circuit angeschlossen ist, und so hört Norman in der Pause ein Gespräch zwischen David Frost, Jim Brown und Joe Frazier, eine Tatsache, die ihn das Geschehen objektiver sehen läßt, denn die drei sitzen auf den Presseplätzen an der anderen Seite des Rings. Beim Belauschen ihrer Gespräche ist ihm ebenso behaglich zumute wie einem Mann, der vom warmen Kamin aus einen Schneesturm draußen beobachtet. Jim Brown hat zwar am Abend zuvor gemeint, daß Ali keine Chance habe, doch Brown ist immerhin ein Sportler, der genau berichtet, was er sieht. »Großartige Runde für Ali«, stellt er fest. »Er hat fabelhaft gearbeitet, aber ich glaube kaum, daß er dieses Tempo durchhalten kann.«

Frazier widerspricht ihm mürrisch. »Die Runde war ausgeglichen ... Beide waren beinahe gleich.«

David Frost: »Sie würden diese Runde nicht an Ali geben?«

Nun ist Joe nicht hier, um Ali zu beweihräuchern, schließlich hat Ali ihn dumm gescholten. »Es war sehr knapp. Ali konnte zwei oder drei gute Treffer im Gesicht anbringen, während George Körpertreffer erzielen konnte.«

Foreman sitzt auf seinem Hocker und hört zu, was Sadler zu sagen hat. Seine Miene ist nachdenklich, als habe er in den letzten Minuten mehr gelernt, als er bisher zu lernen gewohnt war, und als sei dieses Gefühl nicht angenehm. Mit Sicherheit hat er gelernt, daß Ali schlagen und treffen kann. Bereits jetzt zeigt sein Gesicht Schwellungen und Beulen. Außerdem ist Ali im »Ringen« besser als jeder andere Boxer, dem er jemals gegenübergestanden hat. Und geübter in der Kunst, seinen Gegner bis aufs Blut zu reizen. Er lehnt sich zurück, um den von seiner kochenden Wut in dieser ersten Runde schmerzenden Lungen ein wenig Ruhe zu gönnen. Er schafft es, jemandem am Ring zuzulächeln. Sein Lächeln wirkt gezwungen. Gegenüber im Ring spuckt Ali in die Schüssel, die man ihm hinhält, und wirkt hellwach. Sein Blick ist so aufmerksam wie der eines Jugendlichen in einem Großstadtghetto, der sich auf feindliches Territorium begibt. Kurz vor dem Gong steht er in seiner Ecke auf und dirigiert einen Jubelsprechchor. Hoch in die Luft stoßen Alis Arme, um die Menge anzufeuern, und er fixiert Foreman mit finsterem Blick. Als dann wieder der Gong ertönt, schlägt seine Stimmung urplötzlich um.

Als Foreman aus seiner Ecke kommt, weicht Ali an die Seile zurück, nein, läßt er sich in die Ecke drängen, den gefährlichsten Platz für einen Boxer, den gefährlichsten Platz jedenfalls nach allen bisher aufgestellten Theorien über das Boxen. In der Ecke kann man weder zur Seite noch rückwärts ausweichen, sondern muß sich nach vorn durchschlagen. Unter dem Geschrei der Menge, das genauso aufbrandete wie das Geschrei beim Autorennen, wenn ein Wagen den anderen überholt, ging Foreman auf Ali los, und Ali in seiner Seilecke begann um sich zu beißen wie eine Ratte, mit rasender Geschwindigkeit trafen seine Handschuhe gegen die Handschuhe Foremans. Beinahe erinnerte diese Phase an ein Watschenduell zwischen zwei recht kräftigen Jungen, die einander zu ohrfeigen versuchen. Dies war weit von jener orthodoxen Methode entfernt, bei der man aus einer Ecke herausbricht, aus einer Ecke heraustaucht oder sich den Weg freisprengt. Da Ali jedoch immer wieder traf, Foreman dagegen nicht, zog sich George verwirrt zurück, als erlebe er in Gedanken jene Schlägereien noch einmal, als er zehn Jahre alt war und Angst hatte – jawohl, Ali hatte sich offenbar zu psychologischer Kriegführung entschlossen, und dieser Entschluß war gut. Er entkam aus seiner Ecke und hielt wieder Foremans Kopf gepackt – mit einem Griff, daß Foreman den dümmlichen Ausdruck eines Stiers zur Schau trug.

Nachdem der Ringrichter sie getrennt hatte, begann Ali quer durch den Ring zurückzuweichen. Foreman, ihn mit schnellen Schlägen bearbeitend, immer hinter ihm her. »Zeig's ihm«, hatte seine Ecke ihm anscheinend geraten, »zeig ihm, daß deine Fäuste ebenso schnell sind wie seine.« Plötzlich traf Foreman Ali mit einer harten rechten Geraden. Ali klammerte sich an Foreman, um den Schock zu absorbieren. Nach dem Kampf sagte er dann, einige von Foremans Schlägen seien ihm bis in die Zehenspitzen gegangen, und dieser war anscheinend einer davon. Als die Fighter getrennt worden waren, jagte Foreman Ali wieder an die Seile, und Ali zog einen ganz neuen Trick aus dem Ärmel, seine um vier Zentimeter größere Reichweite. Beide Fäuste in Foremans Gesicht, hielt er den Gegner von sich ab. Beinahe eine Minute dieser Runde war vergangen, ehe Ali den ersten guten Schlag anbringen konnte, und es war abermals eine rechte Gerade. Foreman jedoch griff rücksichtslos an, bedrängte ihn, preßte Alis Handschuhe mit den eigenen Handschuhen hinunter, trieb ihn immer weiter zurück, schlug Alis Handschuhe, wenn ihm deren Bewegungen nicht gefielen, einfach beiseite. Foreman bestimmte jetzt den Kampf. Er war ein Bulle, aber ein Meisterbulle. Er beugte sich nicht dem Diktat anderer, er legte anderen sein Diktat auf. Die Kraft, die er aus seiner Gelassenheit zog, hatte ihn auf einen eingleisigen Weg gezwungen; das machte sich jetzt bemerkbar. Ali wich immer weiter zurück, doch Foreman erwischte ihn abermals. Schwer! Wieder einmal umklammerte Ali Foreman mit beiden Armen, am Hals, am Bizeps, vor den ein wenig gedämpften Schlägen, die Foreman austeilte, halb zurückzuckend, halb in der Stoßrichtung mitgehend. Foreman beherrschte die Lage inzwischen soweit, daß Ali anscheinend nur noch hinnehmen konnte, was von jedem Schlag übrigblieb. Immer wieder versuchte er, Foreman durch Ringergriffe kampfunfähig zu machen. Inzwischen schien Ali jedoch Vorteile und Schwächen gegeneinander abgewogen zu haben, denn er hatte – irgendwann und völlig unbemerkt, mitten in der Runde – offenbar eine Entscheidung getroffen, wie er den Rest des Kampfes gestalten wollte. Mit seiner rechten Geraden schien er Foreman nicht entscheidend zeichnen zu können. Stärker als Foreman war er ebensowenig, es sei denn, wenn er ihn im Ringergriff hatte, und in jene Episoden, da er sich an Foreman festhielt, während George ihn weiter bearbeitete, durfte er sich nicht mehr oft einlassen, denn sie kosteten Punkte, waren schmerzhaft und brachten ihm nichts ein. Andererseits war es noch immer zu früh zum Tanzen. Das würde seine Kräfte zu stark beanspruchen. Daher war nun der Zeitpunkt gekommen, auszuprobieren, ob er Foreman ausboxen konnte, während er selbst in den Seilen hing. Diese Wahl hatte ihm eigentlich von Anfang an offengestanden, aber es war auch die gefährlichste, die er treffen konnte. Denn solange Foreman noch Kraft besaß, boten ihm die Seile soviel Sicherheit wie eine Einradfahrt auf einem schmalen Balken. Aber was ist denn überhaupt Genie, wenn nicht Gleichgewicht am Rande des Unmöglichen? Also leitete Ali sein großes Hauptthema ein. In der Mitte der zweiten Runde legte er sich mit dem Rücken in die Seile und verharrte während des restlichen Kampfes in eben dieser Position, in einem Winkel von zehn, zwanzig Grad aus der Senkrechten zurückgelehnt, manchmal sogar noch etwas weiter, eine verkrampfte Haltung, in der das Boxen Folterqualen bereitet.

Selbstverständlich hatte sich Ali während der letzten zehn Jahre auf genau diesen Moment vorbereitet. Zehn Jahre lang hatte er sich darin trainiert, gegen Kraftpakete zu kämpfen, die auf seinen Bauch eindroschen, während er in den Seilen lag. Also nahm er seinen Platz voller Zuversicht ein, Schultern parallel zum Rand des Rings. In dieser Stellung konnte seine Rechte kaum mehr Wirkung zeitigen als eine linke Gerade, aber er würde wenigstens in der Lage sein, den Kopf mit beiden Handschuhen und den Bauch mit beiden Ellbogen zu decken, er konnte sich drehen und wenden und soweit zurücklehnen, daß Foreman praktisch über ihn fiel. Sollte Foreman sich dann von der Anstrengung dieses pausenlosen Zuschlagens ausruhen müssen, konnte Ali aus den Seilen federn und auf ihn losstechen wie eine Biene, ihn überrumpeln, ihn als Tolpatsch hinstellen, ihn lächerlich machen, seine Wut aufstacheln, und das mochte Foreman weit mehr auslaugen als jede andere Form des Kampfes. In dieser Position konnte

Ali ihm sogar Schmerz zufügen. Eine linke Gerade tut weh, wenn man hineinläuft, und Foreman stürmt immer vor. Trotz allem aber befindet Ali sich in der Lage eines Mannes, der sich in einer Türnische duckt und windet, während ein anderer mit zwei Knüppeln auf ihn losgeht. Foreman geht mit seinen zwei Knüppeln auf Ali los. Beim ersten Schlagabtausch trifft er Ali sechsmal, während Ali nur mit einem Schlag kontert. Aber die Kopftreffer scheinen Ali nicht zu stören; er absorbiert den Schock mit dem ganzen Körper. Er gleicht einer Feder in den Seilen. Treffer scheinen durch ihn hindurchzugehen, als sei er tatsächlich eine zur Schockabsorption konstruierte Blattfeder. Der Kampfgeist in seinen Gelenken ist nicht geronnen. Ermutigt von der Erkenntnis, daß er diese Schläge aushalten kann, beginnt er Foreman sogar zu hänseln. »Kannst du schlagen?« ruft er ihm zu. »Du kannst nicht schlagen. Du schiebst!« Da sein Kopf sich in Reichweite von Foremans Fäusten befindet, macht Foreman daraufhin einen Ausfall. Sofort schnappt Alis Kopf zurück wie die Zielfigur einer Wurfbude auf der Kirmes. Jetzt bist du dran, findet Ali sodann, und federt sofort wieder vor. Bing und pling! Nunmehr schlägt Foreman daneben, während Ali trifft.

Es entwickelt sich zu einem Kampf-, ja sogar zu einem Lebensstil, den Männern in Alis Ecke jedoch verursacht das Zusehen Qualen. In den letzten dreißig Sekunden dieser zweiten Runde kommt Ali mit einer Reihe rechter Gerader aus den Seilen, die so schnell sind wie gestochene Linke. Foremans Kopf muß sich inzwischen anfühlen wie eine Niete unter dem Niethammer. Wenige Sekunden vor Rundenschluß gelingt Foreman der beste Schlag der ganzen Nacht, ein wahrer Schnellzug von linken Haken, der die Nachtluft erzittern läßt. Aber er kommt ein bißchen zu langsam. Ali läßt ihn in derselben lässigen, ruhigen Art an sich vorbeigehen, in der Archie Moore zusah, wie ein Schwinger sein Kinn um einen Zentimeter verfehlte. Dieser Fehlschlag seiner Bemühungen bringt Foreman so stark aus dem Gleichgewicht, daß Ali ihn mühelos durch die Seile fegen könnte. »Nichts«, quetscht Ali durch seinen Mundschutz. »Du kannst nicht zielen.« Der Gong ertönt, und Foreman macht ein bedrücktes Gesicht. In dieser Linken lag vorzeitige Resignation. Ali schüttelt höhnisch den Kopf. Das ist natürlich einer von Alis uralten Tricks. So hatte er während seines ersten Kampfes gegen Frazier immer wieder der Menge zu verstehen gegeben, daß Joe überhaupt keinen Eindruck auf ihn machte, während Ali in immer größere Schwierigkeiten geriet.

14
Mann in der Takelung

Man hat das Gefühl, als seien acht Runden vorbei, aber es sind erst zwei. Liegt es daran, daß wir versuchen, uns in das Zeitgefühl der beiden Boxer hineinzuversetzen? Bis die Erschöpfung einen Fighter in das Fegefeuer der Verdammten hinabschickt, bewegt er sich in einer so hochgradigen Bewußtseins- und Wahrnehmungsfähigkeit, wie er sie sonst niemals erlebt, so daß ihm keine Einzelheit entgeht. Nirgends kann sich seine Intelligenz so voll entfalten, ist sein Zeitgefühl so allumfassend wie bei dem endlosen Kampf gegen sein eigenes Ich im Ring. Dreißig Minuten vergehen, als wären es drei Stunden. Nehmen wir also das Risiko auf uns, daß das Lesen dieser Kampfbeschreibung länger dauert als der Kampf selbst. Einer Tatsache können wir dabei sicher sein: Für die Boxer war er noch länger.

Beobachten wir sie, wie sie zwischen der zweiten und dritten Runde in ihren Ecken sitzen. Noch ist der Ausgang des Kampfes nicht abzusehen. Für keinen von beiden. Ali steht vor einem gewaltigen Problem, ebenso gewaltig wie seine Zuversicht. Alle haben sich gefragt, ob Ali die ersten Runden überstehen, ob er Foremans Schlägen gewachsen sein würde. Jetzt aber hat sich dieses Problem verschärft und lautet nun: Kann er Foremans Kraft brechen, ehe er selbst mit seinem Latein am Ende ist?

Foreman dagegen hat wieder ein anderes Problem; obwohl er sich selbst wohl darüber nicht ganz so klar ist wie seine Ecke. Er zweifelt nicht daran, daß er den Kampf gewinnen wird. Er denkt ebensowenig darüber nach, wie ein Löwe auf die Idee kommen würde, daß er mit einem Geparden nicht fertig wird; nein, für ihn besteht die Frage lediglich darin, ob er Ali erwischen kann, ein Gedanke, der aufreizend und frustrierend auf ihn wirkt. Trotzdem muß diese Beleidigung seiner Wut in seiner Ecke Besorgnis erregen. Schließlich können sie ihm schlecht raten, nicht wütend zu sein. Denn seiner Wut hat Foreman es zu verdanken, daß er so viele Gegner k. o. schlagen konnte. Ohne die Wut wäre er nicht wie ein Bulle, sondern eher wie eine Kuh. Nichtsdestoweniger muß er seine Wut bezähmen, bis er Ali in der Falle hat. Sonst gibt er sich zu früh zu sehr aus.

Also bearbeitet Sadler ihn, massiert ihm Brust und Bauch, spürt mit den Fingern alle Stellen auf, an denen sich die Wut festgesetzt hat, im Fleisch, in den Muskeln der Brustpartie, Sadler massiert ihn mit der gesamten Erfahrung der fünfunddreißig Jahre, in denen er mit seinen schwarzen Fingern schwarzem Fleisch Linderung gebracht hat, seine Finger spielen voller Sensibilität, während er, mit glitzerndem Silberarmband am Handgelenk, zupft und knetet, klopft und streicht. Als Sadler spürt, daß sich der Fighter wieder einigermaßen beruhigt hat, beginnt er auf ihn einzusprechen, und Foremans Gesicht nimmt den Ausdruck eines Mannes an, dessen Kopf langsam arbeitet. Zuviel gibt es, worüber er nachdenken muß. Er spuckt in die Schale, die man ihm hinhält, und nickt respektvoll. Er sieht aus, als höre er seinem Zahnarzt zu.

In Alis Ecke setzt Dundee Ali mit der ruhigen Konzentration eines Kellermeisters den Hals der mit Heftpflaster verschlossenen Wasserflasche an den Mund und stützt sie dabei mit dem Zeigefinger, damit er sie nicht unversehens zu stark neigt. Ali spült und spuckt mit dem Blick eines Mannes, der ernst und überlegt harte, aber notwendige Möglichkeiten gegeneinander abwägt.

Joe Frazier: »George bepflastert diesen Körper mit Schlägen. Er fügt ihm Schmerz zu. Ali dürfte nicht in den Seilen bleiben ...
Wenn er sich nicht endlich bewegt oder George blockiert, wird George ihn in Grund und Boden boxen. Er muß sich bewegen. Er hat es nicht nötig, in den Seilen zu hängen. Warum ist er dauernd an den *Seilen*?« Fraziers Stimme nimmt einen gekränkten Ton an. Allein schon der Klang dieses Wortes verursacht ihm Unbeha-

gen. Joe Frazier würde sich für *erledigt* halten, wenn er an den Seilen boxen müßte. Die Seile, das ist ein häßliches, jämmerliches *kuntu.*

Jim Brown erwidert:»Ali trifft Foreman hart, *obwohl* er an den Seilen steht. Er bringt gewaltige Treffer an, und«, mit der Erfahrung des professionellen Footballspielers,»irgendwann einmal wird sich das bemerkbar machen.«

Der Gong. Wieder kommt Ali mit hochmütig-grimmigem Gesicht aus der Ecke, als wolle er in dieser Runde wirklich den Angriff auf Foreman wagen, scheint aber wieder etwas an dieser Idee auszusetzen zu haben, sehr viel auszusetzen zu haben, ändert seinen Plan augenblicklich, weicht zurück und beginnt wieder das Spiel an den Seilen. Foreman greift an. Der Kampf nimmt sein bewährtes Schema. Ali begibt sich freiwillig an die Seile, Foreman drängt hinter ihm her. Von nun an wird Ali in jeder Runde dreißig bis vierzig Sekunden oder sogar eine ganze Minute lang mit dem Rücken an den Seilen arbeiten, die Schultern höchstens vierzig bis sechzig Zentimeter vom obersten Seil entfernt, und ebensoviel Zeit an den Seilen wie freistehend im Ring verbringen. Sobald die Atmosphäre oder die Taktik des Kampfes erkennen läßt, daß die eine Seilreihe jetzt lange genug benutzt worden ist, weicht er quer durch den Ring zurück, um sich an eine andere zu begeben. Im Durchschnitt verbringt er an jeder der vier Ringseiten je ein Viertel jeder Runde. Als suche er ganz bewußt Kraft bei den Totengöttern des Nordens, Westens, Ostens und Südens. Nie verlief ein großer Kampf nach einem so eingefahrenen Bewegungsschema. Es sieht aus, als wäre es von einem Choreographen ausgearbeitet worden, der zwar von Beinarbeit nichts versteht, hinsichtlich der Armarbeit jedoch aus einem unermeßlichen Einfallsreichtum schöpfen kann. Runde um Runde folgt der Kampf exakt diesem Schema, ist aber dennoch nie langweilig, denn Ali scheint ununterbrochen in Gefahr zu sein, und ist es wirklich, ist es auch wieder nicht. Er stellt alle Regeln des Boxsports auf den Kopf. Er demonstriert, daß das, was bei anderen Boxern eine Schwäche ist, bei ihm durchaus eine Stärke sein kann. Foreman ist darauf trainiert, instinktiv derart von einer Seite zur anderen zu wechseln, daß Ali das Umkreisen unmöglich wird; Foreman hat gelernt, den Rückzug des Gegners an die Seile zu erzwingen. Ali aber macht gar keinen Versuch, ihm zu entkommen. Er umkreist ihn nicht, ändert auch nicht die Richtung seiner Kreisbewegungen. Sondern weicht zurück. Foremans ausgestreckte Arme erweisen sich für ihn als Nachteil. Da er ein ständig tanzendes Ziel nicht treffen kann, muß er sich langsam vorwärts tasten. Dabei verpaßt ihm Ali immer wieder linke und rechte Gerade, schnell wie gekonnte Karateschläge. Schließlich besitzt ja Alis Frau den schwarzen Kategürtel. Früher oder später jedoch hat Foreman ihn dann immer wieder gestellt, macht sich über ihn her, hämmert, prügelt mit derselben Wut auf ihn ein, mit der er den schweren Sandsack bearbeitet. Ali benutzt die Seile, um die Treffer zu absorbieren. Wenn man frei steht, ist es schmerzhaft, schwere Körpertreffer hinzunehmen, selbst wenn man den Schlag mit den Armen abblockt. Körper, Beine und Wirbelsäule leiden unter dem Schock. Man muß die Hauptwucht des Hiebes verkraften. In den Seilen liegend jedoch kann Ali sie ableiten; da schlucken die Seile das Allerschlimmste. Wenn er Foremans Schläge nicht mit den Handschuhen abfangen oder abfälschen oder Foremans Schulter aus der Richtung bringen kann, um seine Stoßkraft unwirksam zu machen, oder wenn er nicht den Kopf zurücknehmen, zur Seite ausweichen oder sich aufrichten kann, um Foremans Kopf in die Klammer zu nehmen, wenn ihm also gar nichts anderes übrigbleibt, als den Schlag einzustecken, dann spannt Ali die Muskeln an und leitet den Schock an die Seile weiter, so daß es Foreman vorkommen muß, als hämmere er auf einen Baumstamm ein, der in elastischen Seilen hängt. Die Wucht seines Schlages scheint sich die Seile entlang fortzusetzen und sogar die Ringpfosten zu erschüttern. Das verstärkt Alis Gefühl, entspannt sein zu können: Ihm bleibt immer die Möglichkeit, sich auf den Schlag wirksam vorzubereiten. Wenn gelegentlich ein Treffer schmerzt, kontert er sofort mit bösartigen, wirkungsvollen Linken und Rechten. Da er mit beiden Schultern an den Seilen steht, setzt er die Rechte ebensooft ein wie die Linke. Bei seinem Gefühl für richtiges Timing sind es großartige Gerade. Er beherrscht die Kunst, Foreman genau dann zu treffen, wenn dieser angreift. Das verdoppelt oder verdreifacht die Wucht seiner Schläge. Außerdem bringt er so viele rechte Gerade an, daß Foreman sich allmählich fragen muß, ob er es mit einem Rechtsausleger zu tun hat. Dann wieder kommt eine linke Gerade. Ein bekehrter Rechtsausleger? Dies alles hat ein wenig von jenem Gefühl der Verfremdung, das einen befällt, wenn man mit einer Brünetten schläft, die eine blonde Perücke trägt. Nun hat Ali natürlich auch eine rote Perücke. Gegen Ende dieser Runde trifft er Foreman mit einer Serie der härtesten Schläge des ganzen Kampfes. Eine Rechte, eine Linke und wieder eine Rechte – in einer Kombination, die Foreman verblüfft. Eine solche Kombination hat er womöglich seit seiner letzten Straßenschlägerei nicht mehr gesehen. Ali wirft ihm einen verächtlichen Blick zu, dann gehen sie die letzten Sekunden bis zum Gong in den Clinch. Während der Sekunden, die Foreman braucht, um seine Ecke zu erreichen, wirken seine Beine wie die eines Kranken, der nach einer Woche Bettruhe die ersten Gehversuche macht.

Unten am Ring begann Rachman Henry Clark zu verhöhnen. »Dein Mann ist ein Stümper«, erklärte Rachman. »Ali wird ihn verdreschen.«

Clark wirkte begreiflicherweise deprimiert. Dies war keine schöne Nacht für ihn. Zuerst war sein eigener Kampf verschoben, anschließend sogar abgesagt worden, und nun beobachtete er George von einer Kiste im Zwischengang aus. Da er viel Geld auf George gesetzt hatte, mußte ihn diese letzte Runde beunruhigen. In der Ecke massierte Sadler Foremans rechte Schulter, und George würgte ein bißchen, auf der Innenseite seiner Lippen zeigte sich erschreckenderweise ein weißer Schaum, wie man ihn im Maul eines überhetzten Pferdes findet.

Als er mit dem Gong aus der Ecke kam, wirkte er aber schon wieder munter. Er marschierte quer durch den Ring auf Ali zu, um ihm eine ganz neue Form des Scheinangriffs vorzuführen, eine langgezogene Schlagbewegung beider Hände, begleitet von kurzen Kopfstößen. Es war ein ganz anderer Rhythmus als zuvor, als wolle er Ali sagen: »Du hast ja keine Ahnung, was ich noch alles auf Lager habe!«

Er wirkte frisch, hielt seine rechte Faust aber in Hüfthöhe. Der Grund für diese Nachlässigkeit mußte in seiner Erschöpfung liegen, denn Ali reagierte sofort mit einer herausfordernden harten Rechten, einem pfeilschnellen Haken und einer weiteren so schweren Rechten an Foremans Kopf, daß dieser zum erstenmal in diesem Kampf selber den Clinch suchte. Hilfesuchend an Ali geklammert, von Schwindelgefühl und fürchterlichem Brechreiz gequält, während ihm heiße, beißende Galle in den Mund stieg, fand er anscheinend zu neuer Kraft, denn er sah plötzlich viel besser aus. Es gelang ihm, Ali an die Seile zu drängen und ihn gelegentlich auch zu treffen, und zum erstenmal seit einiger Zeit brachte er mehr Treffer an, als er selber einstecken mußte. Es gelang ihm sogar, Alis Rhythmus mehrmals empfindlich zu stören. Bis jetzt war es unweigerlich so gewesen, daß sich Ali, wenn er einen Schlag hinnehmen mußte, sofort von den Seilen löste und mit einem Treffer konterte. In dieser Runde jedoch rammte George Ali mehrmals, bevor dieser seinen üblichen Bewegungsablauf startete, den Arm an den Hals oder stoppte ihn mit Ringergriffen. Während Ali ununterbrochen redete. »Komm schon, George, zeig mir, was du kannst!« sagte er. »Kannst du nicht härter zuschlagen? Das war doch nichts. Ich dachte immer, du wärst der Champion, ich dachte, du könntest zuschlagen.«

Und Foreman schuftete wie ein Maurer, der atemlos schnaufend die Pyramide hinaufläuft, um oben seine Steine zu vermörteln, stieß mit den Armen plötzlich in unerwartete Richtungen und versuchte, den in den Seilen federnden Ali zu erwischen, diesen Ali, der sich mit jeder Minute im Schutz der Seile sicherer fühlte, aber am Ende der Runde erwischte ihn Foreman mit dem besten Schlag, den er seit langen Minuten angebracht hatte, erwischte ihn ganz kurz vor dem Gong, und als er kehrtmachte, um in seine Ecke zu gehen, sagte er laut und deutlich vernehmbar: »Na, wie war das?«

Dieser Erfolg mußte ihm Mut gemacht haben, denn in der fünften Runde versuchte er Ali k. o. zu schlagen. Obwohl Ali an den Seilen immer selbstsicherer wurde, glaubte Foreman, Alis Deckung durchbrechen zu können. Zuversicht auf beiden Seiten aber bedeutet Krieg. Diese Runde würde in die Annalen des Schwergewichtsboxens als eine der ganz großen eingehen; so hervorragend war sie, daß sie den Boxern ihren eigenen Stil aufzwang. Man sah es in unauslöschlicher Leuchtschrift vor sich: *Die große fünfte Runde im Ali-Foreman-Kampf!*

Wie bei vielen großen Ereignissen waren auch hier die Anfänge unbedeutend. Foreman beendete die vierte Runde zwar gut, in den Sitzreihen unten am Ring jedoch ahnte man allgemein, daß sich eine monumentale Überraschung anbahnte. Sogar Joe Frazier gab zu, daß George »nicht gelassen« war. Und John Daly brüllte David Frost vergnügt zu: »Für mich steht fest, daß Ali gewinnt; in spätestens vier Runden wird er den Sieg in der Tasche haben!«

Foreman war da anderer Ansicht. In der vierten Runde hatte er schon eine Ahnung von Sieg gewittert: in jenem überragenden Schlag, den er zuletzt noch landen konnte. »Na, wie war das?« Als er zur fünften aus der Ecke kam, schien er der Meinung zu sein, wenn er bis jetzt mit brutaler Kraft nichts hatte ausrichten können, dann müsse er eben noch mehr Kraft gegen Ali einsetzen, und zwar weit mehr, als dieser es jemals erlebt hatte. Foremans Gesicht war stark zerschlagen, seine Beine bewegten sich wie Räder, aus deren Felgen man ein Stück herausgebrochen hat, in seinen Armen tobte glühendheiß die Lava der Erschöpfung, und sein Atem erreichte die Lungen brüllend wie der Gluthauch eines Hochofens, aber er war noch immer ein Wunder an Kraft, er war *das* Kraftwunder, er überwand Folterqualen und legte mit seinem Trommelfeuer los, wenn andere nicht einmal mehr die Arme heben konnten, er war noch weit intensiver auf stures Durchhalten trainiert worden als auf die Vernichtung des Gegners, und daheim in Pendleton, als er mit dem Training für diesen Kampf begann, hatte er einmal fünfzehn Runden mit einem halben Dutzend Sparringspartnern geboxt, die sich jeweils nach zwei Runden ablösten, während sich Foreman zwischen den Runden nur dreißig Sekunden Pause gönnte. Weiter kämpfte er, und weiter, und weiter, seine Arme waren unermüdlich, jawohl, er konnte einen Wald umhauen, jeden Baum einzeln und ganz allein, und nun gedachte er auch Ali zu fällen.

Während der ersten halben Minute sparrten sie nur ein bißchen herum. Dann begann das Trommelfeuer. Ali lag wieder in den Seilen, lehnte sich soweit zurück wie ein Hochseeangler, wenn ein großer Fisch angebissen hat, und wartete so auf Foreman, der auf ihn zustampfte, um ihn auszuradieren. Was nun kam, erinnerte an die Feuerwalzen der Artillerieschlachten des Ersten Weltkrieges. In den nächsten anderthalb Minuten bewegte sich keiner der beiden mehr als einen halben Meter von der Stelle. Und über dieses hart umkämpfte Niemandsland hinweg ließ Foreman Salven von vier, sechs, acht und neun Schlägen los, schwere, blindwütige, harte Schläge, schwer wie das Dröhnen von Eichentüren, Bomben auf den Körper, Donnerkeile an den Kopf, Prügel, bis er keine Luft mehr bekam, Zurückweichen, um wieder zu Atem zu kommen, und wieder Sturmangriff, wieder die Bomben, wieder die Explosionen, und mit voller Wucht, mit vollem Dampf auf den Körper da vor ihm, die Arme zerschmettern, die Armdeckung durchbrechen, hinein in die Rippen, treib ihn in den Boden, in den Boden, und dann Dynamit in den Boden, schieß ihn heraus, schieß ihn bis in den Himmel, nimm ihn auseinander, feg ihn von den Beinen – allmächtiger Erdbeweger, Du, muß er in sich hineingekeucht haben, leg diesen irrwitzigen, hüpfenden Ziegenbock endlich um!

Und Ali, beide Handschuhe am Kopf, beide Ellbogen an den Rippen, stand und pendelte und wurde gerüttelt und geschüttelt wie ein Grashüpfer an der Spitze eines Halms, wenn der Wind weht, und die Seile schwangen und klatschten wie im Sturm fliegende Segelleinen, und Foreman stieß mit der Rechten nach Alis Kinn, und Ali warf sich zurück, um einen Zentimeter aus Foremans Reichweite, halb über den Ring hinausgelehnt, und schnellte vor, stieß Foremans Ellbogen beiseite, umklammerte den eigenen Brustkorb und pendelte, pendelte ein bißchen stärker, und lehnte sich zurück, und federte von den Seilen hoch und fälschte einen Treffer ab und fiel wieder in die Seile zurück, und all das mit der Gelassenheit eines Seemanns, der sich in der Takelung wiegt.

Und agierte die ganze Zeit mit den Augen, die wie Sterne leuchteten, trickste Foreman mit den Augen aus, ließ, wie in panischer Angst, das Weiße seiner Augen sehen, obwohl er keinerlei Panik empfand, und verlockte Foreman damit zu unzeitigem Angriff, blickte in die eine Richtung, während er mit dem Kopf in die andere auswich, starrte Foreman an, Angesicht zu Angesicht, fixierte ihn mit den Augen, Seele zu Seele, *muntu* zu *muntu*, hob wieder die Fäuste an den Kopf, spähte zwischen den Handschuhen hindurch, blockierte ihn in der Achselhöhle, reizte ihn, in den Seilen liegend, bis Foreman angriff, warf sich zurück, verhöhnte ihn, trieb ihn zum Wahnsinn und wirkte nach außen hin so kühl, als boxe er ein paar Sparringsrunden, lenkte jetzt Foremans Kopf ab mit der flinken Drehung eines Matadors, der den Stier nach fünf schönen Passagen davonschickt, und einmal, als er um eine Kleinigkeit zu lange zu zögern, Foreman um eine Kleinigkeit zu sehr zu reizen schien, da rührte sich in George so etwas wie der sechste Sinn eines Stiers, der sich entschließt, nunmehr den Matador anzugehen statt die Muleta, und ein Mitglied der Cuadrilla, irgend jemand in Alis Ecke, schrie: »Vorsicht! Vorsicht! Vorsicht!«, und Ali warf sich zurück, gerade noch rechtzeitig, denn während er noch in den Seilen schwang, landete Foreman sechs seiner mächtigsten linken Haken hintereinander und zum Abschluß eine Rechte, es war der Höhepunkt seines Kampfes, das Herzstück seines besten Angriffs, eine Linke in den Bauch, eine Linke an den Kopf, eine Linke in den Bauch, eine Linke an den Kopf, eine Linke in den Bauch, noch eine Linke in den Bauch, und Ali konnte sie alle parieren, Ellbogen vor dem Bauch, Handschuhe vor dem Kopf, und die Seile vollführten wahre Schlangenbewegungen. Auf die Linken war Ali gefaßt. Die Rechte aber, die ihnen folgte, die hatte er überhaupt nicht erwartet. Foreman traf ihn mit unerhörter Kraft. Die Ringbolzen kreischten. Ali rief: »Hat nicht weh getan.« War dies der härteste Schlag, den er in dieser Nacht einstecken mußte? Es sollten noch zehn vom selben Kaliber folgen. Immer wieder stählte Foreman seine Muskeln aus der Schale seiner Verzweiflung, in der sich Entschlossenheit zusammenbraute, landete Treffer, die als Abschluß von bestimmt vierzig bis fünfzig Schlägen pro Minute kamen, Schlägen, jeder einzelne hart genug, um auf ein Signal des Rückenmarks die Knie zu Wasser werden zu lassen. Irgend etwas von Foremans *n'golo* muß aber schließlich gewichen sein, irgendein wesentlicher Teil seiner blinden Wut, und Ali langte über das Sperrfeuer hinweg und stieß ihn hin und wieder in den Hals wie eine Hausfrau, die einen Zahnstocher in den Kuchen stößt, um zu sehen, ob er gar ist. Foremans Schläge wurden immer schwächer, Ali löste sich von den Seilen und teilte in den letzten dreißig Sekunden der Runde endlich auch selbst wieder Schläge aus, mindestens zwanzig an der Zahl. Und beinahe alle trafen ihr Ziel. Es waren einige der härtesten Schläge dieser Nacht. Vier Rechte, ein linker Haken und eine Rechte in einer verblüffenden Kombination. Einmal flog Foremans Kopf nach einem Schlag um neunzig Grad herum, ein rechter *cross* mit Faust und Unterarm, der ihn seitlich am Kiefer traf; Foreman muß diesen doppelten Kontakt gespürt haben, zuerst vom Handschuh, dann von Alis nacktem Unterarm, betäubend, hirnerschütternd. In seinem Kopf mußten Mauern zusammenbrechen. Foreman wankte, stürzte sich auf Ali, funkelte ihn wütend an, wurde abermals getroffen – zing-bing! –, noch zwei.

Als alles vorbei war, packte Ali Foreman um den Hals wie ein großer Bruder, der einen klobigen und etwas beschränkten kleinen Bruder zur Ordnung ruft, und sah dann jemanden im Publikum an, wahrscheinlich einen Feind, vielleicht aber auch einen gehässigen Freund, der gesagt hatte, daß Foreman gewinnen werde, denn nun streckte Ali, der George immer noch um den Hals gepackt hielt, seine lange, weiß belegte Zunge heraus. Auf der anderen Seite des Rings begann Bundini beim Ertönen des Gongs zu strahlen.

»Nicht zu fassen«, sagte Jim Brown. »Es ist wirklich nicht zu fassen! Ich hatte gedacht, er wäre schwer angeschlagen. Ich hatte gedacht, die Treffer hätten ihn fertiggemacht. Und dann ist er plötzlich wieder da. Und macht Foreman fertig. Und *mir* hat er zugezwinkert.« Hatte er tatsächlich gezwinkert, oder war es nicht doch die Zunge gewesen?

Im Gang vor dem Ring schrie Rachman zu Henry Clark hinüber: »Dein Fighter ist ein Versager. Ein Amateur. Mein Bruder wird ihn schon erledigen. Mein Bruder wird ihm das Fell gerben!«

15
Das Lied des Scharfrichters

Und so begann der dritte Akt des Kampfes. Selten hatte es einen besseren Schluß für den zweiten Akt gegeben als Foremans mißlungenen Versuch, Ali an den Seilen zu bezwingen. Die bevorstehenden letzten Szenen jedoch würden ein ganz anderes Problem bringen. Was mußte geschehen, damit der Schlußvorhang fallen konnte? Wenn Foreman erschöpft war, war Ali müde. Er hatte Foreman härter getroffen als je einen anderen Gegner zuvor. Und er hatte ihn oft getroffen. Foremans Kopf mußte inzwischen einem vulkanisierten Gummiball gleichen. Es war möglich, daß Ali die ganze Nacht hindurch auf ihn einprügelte, ohne daß etwas Neues geschah. Vor dem Knockout gibt es eine Schwelle. Wenn ihr ein Boxer nahekommt, sie aber nicht überschreitet, wankt er unter Umständen ewig im Ring umher. Er hat die schreckliche Botschaft erhalten, bleibt aber immer noch aufrecht stehen. Weitere Schrecken derselben Art können ihn nicht zerstören. Er gleicht den Opfern einer unglücklichen Ehe, von der keiner weiß, wie man sie beenden soll. Ali mußte also unbedingt noch einen Trick aus dem Ärmel ziehen. Tat er das nicht, würde es zum Schlimmsten kommen und er mit Foreman mühselig durch die letzten Runden stolpern. Es geschieht so bedauerlich selten, daß man beim Boxen auch nur die kleinste Spur von Ästhetik entdeckt. Welch eine unaussprechliche Verschwendung also, wenn ein so großer Künstler wie Ali die Perfektion dieses Kampfes zerstören würde, indem er sich eine ereignislose halbe Stunde hindurch einer uninteressanten, einstimmigen Entscheidung entgegenschleppt. Ein schönes Ende dieses Kampfes würde in der Legende weiterleben, ein schwacher Sieg jedoch, letztlich eine Antiklimax, mußte ihn zu einer halben Legende reduzieren –

übertrieben gelobt von seinen Freunden, angefochten von seinen Feinden –, jener Zustand, mit dem die meisten Helden geschlagen sind. Ali kämpfte jedoch, um etwas ganz anderes zu beweisen. Sagte er. Darum mußte Ali Foreman in den nächsten Runden bezwingen und mußte seine Sache gut machen: Das war kein geringes Problem. Er glich einem Torero, der nach einer großartigen *faena* immer noch die Möglichkeit eines ungeschickten und enttäuschenden Todesstoßes vor sich sieht. Da es Sportlern höchstes Vergnügen bereitet, den Stil des jeweiligen Gegners zu übernehmen, plante Ali, Foreman seines letzten Stolzes zu berauben. George war ein Scharfrichter. Ali würde ein besserer sein. Doch wie richtet man Scharfrichter hin?

In den folgenden drei Runden verdeutlichte sich das Problem in seiner ganzen lähmenden Schwierigkeit. Foreman kam zur sechsten Runde heraus wie eine streunende Katze mit zerbissenen Brauen. Sein Gesicht war mit Beulen und Schwellungen bedeckt, seine Haut glich einer Teerfläche, die in der heißen Sonne Blasen wirft. Als der Gong ertönte, wirkte er jedoch wieder gefährlich, nicht mehr wie eine Katze, eher wie ein Stier. Mit gesenktem Kopf ging er quer durch den Ring zum Angriff über. Er war die vollkommene Demonstration der Macht einer Idee, selbst wenn diese Idee nicht mehr funktionierte. Und wurde von Ali sofort gepackt und wertvolle, beruhigende Sekunden lang um den Hals genommen, bis Zack Clayton die beiden trennte. Anschließend rückte Foreman wieder vor, um ein paar weitere Schläge anzubringen. Er schien jedoch keine Kraft mehr zu haben. Die Schläge kamen langsam und vorsichtig. Sie erreichten Ali nicht. Am schnellsten bewegte er sich, wenn er Alis Fäuste von seinem Gesicht ablenkte.

Erst jetzt setzte Ali seine klassische linke Gerade ein, auf die alle von der ersten Runde an gewartet hatten. Innerhalb der nächsten dreißig Sekunden bearbeitete er Foremans Kopf mit zehn Schmetterbomben, in denen das Tempo eines geübten Degenfechters steckte, und Foreman akzeptierte sie mit einer Apathie, die der

Fast-Resignation seiner Hoffnungen nahekam. Jedesmal, wenn sein Kopf zurückschnappte, mußte die Kommunikation zwischen Gehirn und Nerven reduziert worden sein. Beinahe ein chirurgischer Eingriff. Irgend etwas in Foremans Reaktionen veranlaßte Ali jedoch, von ihm abzulassen. Vielleicht sein eigenes Gefühl für Mäßigung. Es drohte lächerlich auszusehen, wenn er unaufhörlich auf Foreman eindrosch. Außerdem brauchte Ali selbst eine Pause. Die nun folgenden zwei Minuten waren die langsamsten des ganzen Kampfes. Foreman trieb Ali aus Gewohnheit immer wieder an die Seile, mit einem sturen Vorwärtsdrive, der es George ermöglichte, auf seine eigene Art und Weise ebenfalls ein wenig auszuruhen, auf die einzige Art und Weise, die ihm jetzt noch offenstand, nämlich, auf den Gegner einzudringen. Ali war inzwischen so froh über die Vorteile, die ihm seine Position an den Seilen bot, daß er sich in sie hineinfallen ließ wie ein Mann, der in stillem Triumph nach Hause zurückkehrt, ja er legte sich in sie hinein mit der Erleichterung eines Schwerarbeiters, der sich nach einem langen Werktag ins Bett legt, um sich von seiner hart arbeitenden Frau ein bißchen der von Gott gegebenen Freuden verabreichen zu lassen. Beinahe liebevoll begegnete er Foremans schwerfälligem Angriff, nahm ihn freundlich, vorsichtig beim Hals. Und traf ihn dann mit rechten und linken Karateschüssen, die aus dem Schultergelenk kamen. Foreman war jetzt so armlahm geworden, daß er einen Schlag nur durchbrachte, wenn er sich dabei nach vorn warf, bis sein Körperschwung dem Arm das Zustoßen ermöglichte. Er wirkte wie ein Betrunkener oder vielmehr wie ein Schlafwandler bei einem Tanzmarathon. Es war besser, ihn vor dem Todesstoß nicht zu wecken. Es mochte jetzt zwar ein leichtes sein, ihn niederzuschlagen, in der Atmosphäre dieses Ringes war jedoch möglicherweise nicht mehr genug Gewalttätigkeit vorhanden, um ihn endgültig k. o. zu schlagen. Daher konnte sich der Schock, sich auf den Brettern wiederzufinden, auf Foreman als Stimulans auswirken. Und sein Ego kehrte vielleicht zurück: Lag er am Boden, lief er als Champion höchste Gefahr, seinen Titel zu verlieren – und das ist eine unerschöpfliche Energiequelle. Ali studierte jetzt die Reaktionen von Foremans Kopf wie ein Stierkämpfer, der sich den Stier zurechtstellt, ehe er zum Todesstoß ansetzt. Er duckte nach links, warf sich aber, noch immer geduckt, unter Foremans Fäusten hinweg nach rechts, während er ununterbrochen Kopf, Hals und Schultern des Gegners beobachtete. Und da Foreman jeder Bewegung Schwung verlieh, lag die Schlußfolgerung nahe, daß der Stier noch immer zuviel Kraft besaß, um den Todesstoß widerstandslos hinzunehmen.

Dennoch waren Foremans Schläge kaum mehr als Klapse. So schwach waren sie, daß ihnen wohl jeder Boxer, der sich in einigermaßen guter Kondition befand, gewachsen gewesen wäre. Trotzdem griff Foreman weiter an. Um Atem ringend, weit vorgebeugt, beinahe hinkend, mit einem Tap-tap-tap schwächlicher Knüffe, es hätte nicht viel gefehlt, und er wäre auf den in den Seilen lehnenden Ali gefallen. Doch welch ein Problem bot schon allein die Willenskraft, die hinter dieser Sturheit steckte! Endlose Perioden des Schweigens waren die Basis für eine unendliche Kraft der Entschlossenheit. Der Gong kündigte das Ende der sechsten Runde an. Unwillkürlich zeigten beide Männer ein erleichtertes Lächeln.

Als Foreman seine Ecke erreichte, machte er den Eindruck, als werde er jeden Augenblick umkippen. Sandy Saddler mochte ihn nicht ansehen. Die Stimmung in Foremans Ecke war jetzt deprimierter als die in Alis Umkleideraum vor dem Kampf.

Ali, in seiner Ecke, machte ein nachdenkliches Gesicht; vor dem Gong stand er geistesabwesend auf und dirigierte geistesabwesend, mit zum Himmel gereckten Armen, einen Sprechchor.

Dieser Sprechchor rüttelte Foreman auf. Noch vor dem Gong kam er aus seiner Ecke in die Ringmitte. Ali riß die Augen auf und starrte ihn mit gespielter Verwunderung und dann sogar mit Geringschätzung an, als wolle er sagen: »Jetzt hast du erreicht, was du wolltest. Jetzt bist du dran.« Er kam ebenfalls aus seiner

Ecke, und der Ringrichter mußte die beiden, als der Gong ertönte, erst einmal auseinanderdrängen. Trotzdem war es eine langsame Runde, fast so langsam wie die sechste. Foreman hatte keinen Drive mehr, während Ali nicht schneller boxte, als es unbedingt nötig war, jetzt jedoch häufiger die Stellung an den Seilen wechselte. Foreman erwies sich als zu schwerfällig, um als Gegner effektvoll zu sein. Einmal, mitten in der Runde, stolperte Foreman an Ali vorbei und war zum erstenmal in diesem Kampf den Seilen näher als sein Gegner. Eine erschreckende Tatsache. Seit den ersten fünf Sekunden des Kampfes hatte Ali den Ring kein einziges Mal mehr vorwärtsmarschierend durchquert. Sieben Runden lang hatte er sich, immer zurückweichend, zwischen Foreman und den Seilen befunden – bis auf jene kurzen Phasen, in denen er rückwärts von einer Ringseite zur anderen wechselte. Als diesmal statt dessen Foreman an den Seilen stand, ging Ali unmittelbar zum Rückzug über, und Foreman stapfte wie ein Infanterist mit gesenktem Kopf hinter ihm her. Die beste Taktik für Foreman wäre es nun wohl gewesen, sich in die Ringmitte zu stellen und Ali an sich herankommen zu lassen. Tat Ali das nicht, wäre die Brillanz seines Kampfstils dahin, kam er doch, konnte Foreman seine Schwächen ausnutzen. Und sich, während er wartete, ausruhen. George aber schien zu fürchten, daß eine Katastrophe eintrat, wenn er seine Methode änderte. Also würde er weiter angreifen, vielen Dank, bis in das Grab hinein, das er sich selber schaufelte. Natürlich hatte er die Hoffnung noch nicht ganz aufgegeben. Er glaubte immer noch, Ali mit einem einzigen Schlag entscheidend treffen zu können. Und es gelang ihm eine knappe Minute vor Schluß dieser Runde auch, einen linken Haken in Alis Bauch zu landen – mit so großer Wucht, daß Ali nach Luft schnappte. Dann folgte ein so mächtiger Uppercut, daß Ali sich in den Clinch flüchtete, nein, Foreman gab noch nicht auf. Er stützte sich mit ausgestrecktem Arm von Ali ab und versuchte, ihn mit der anderen Faust zu bearbeiten. Es sah aus, als klopfe er einen Teppich aus. Foreman zeigte allmählich die Unbeholfenheit eines Straßenraufbolds nach einer langen Schlägerei. Er fiel in primitivstes Verhalten zurück. Von den kultiviertesten Fightern abgesehen, passiert das allen Boxern in der Erschöpfung am Ende eines langen, harten Kampfes. Allmählich sinken sie von der Eleganz ihres schönsten Kampfstils wieder ab auf das Niveau des Kniestoßes zwischen die Beine und des Schlags auf den Hinterkopf (mit einem Stein in der Faust) aus ihren längst vergessenen Straßenschlachten.

Ali, der mindestens halb so müde war, verausgabte sich nicht. Seine Bewegungen waren noch immer graziös. Gegen Ende dieser Runde hielt er Foremans Kopf abermals liebevoll umklammert. Foreman erinnerte jetzt an Hal, den Computer in *2001*, wie er Stück für Stück auseinandergenommen wird, Fehlfunktionen traten auf, krampfartige Reaktionsausfälle. Und trotzdem blitzte in seinen Bewegungen und Gesten immer wieder ein wenig von dem alten Draufgängertum auf, das ihm Sadler, Saddler und Moore in Tausenden von Übungsstunden antrainiert hatten. Die schwächsten Treffer seiner Fäuste wirkten inzwischen jedoch schon eher wie Bittgebärden. Und immer noch verteilten seine Arme Schläge. Gegen Ende der siebten Runde konnte er sich kaum noch aufrecht halten: Aber er muß noch etwa siebzig Schläge ausgeteilt haben. Von denen nur sehr wenige trafen. Ali hatte sich mit fünfundzwanzig begnügt, von denen mindestens die Hälfte ihr Ziel erreichte. Foreman kämpfte so langsam wie ein ausgepumpter Fighter bei den »Golden Gloves«, so langsam wie ein Mann, der einen Kissenberg erklimmt, so langsam, als würde ihre erste Runde nunmehr in Zeitlupe wiederholt, das wäre nicht langsamer gewesen als Foremans jetziges Tempo, seine Bewegungen erinnerten an einen Footballspieler, der in der Zeitlupeneinblendung den gegnerischen Läufer mit beiden Händen und Armen zu umschlingen versucht – aus dem von Tempo und Kraft bestimmten Kampf war eine Bewegungsstudie geworden. Behutsam nahm Ali Foremans Kopf in den linken Arm, um dann mit der Rechten auf ihn einzuschlagen. Foreman machte den Eindruck, als werde er vor Erschöpfung zusammenbrechen. Sein Gesicht wirkte weich und frisch gewaschen wie das eines Kindes, dem man gerade die schmutzigen Wangen geschrubbt hat, aber sie zeigten ja inzwischen beide jenen sanftmütigen Ausdruck, den Boxer annehmen, wenn sie sehr müde sind und sehr hart gegeneinander gekämpft haben.

Als Foreman in der Ecke saß, massierte ihm Archie Moore die Schultern. Sandy Saddler bearbeitete seine Beine. Dick Sadler redete auf ihn ein. Jim Brown sagte:»Dieser Muhammad Ali ist einfach *übermenschlich*.« Wenn Jim das sagte, war es ein Kompliment. Mit allem, was menschlich war, wurde Jim Brown fertig. Und auch Frazier ließ ein wenig Humor hören:»Ich würde sagen, daß mein Fighter im Augenblick nicht gerade in Führung liegt. Leider habe ich das Gefühl, daß George es diesmal nicht schaffen wird.«

Unten im Gang rief Rachman wieder einmal zu Henry Clark hinüber:»Henry, nun gib's endlich zu, dein Mann ist erledigt, er ist ein Stümper, ein Straßenschläger. Gib's zu, Henry! Na schön, vielleicht bin ich kein Boxer, ich weiß, daß ich nicht so gut bin wie du, aber du mußt zugeben, daß Muhammad Ali George Foreman geschlagen hat.«

Was nicht ganz den Tatsachen entsprach. Noch nicht. Zwei Runden waren vergangen. Die beiden langweiligsten Runden des Kampfes. Die Nacht war heiß. Und mit jeder Runde würde die Atmosphäre jetzt tropischer werden. Ali, in seiner Ecke, schien beim Atmen Schwierigkeiten zu haben. Waren es die Nieren oder die Rippen? Dundee redete auf ihn ein, Ali schüttelte verneinend den Kopf. Im Gegensatz zu Foreman machte er einen kampflustigen Eindruck. Sein Blick war so flink, jawohl, wie der Blick eines Wiesels. Der Gong rief nunmehr zur achten Runde. Langsam, bedächtig, wieder einmal zurückweichend, traf er Foreman mit sorgfältig gezielten Schlägen, einen nach dem anderen auf den Punkt gesetzt, sechs schöne Schläge, linke und rechte. Es war, als hätte er einen Reservevorrat von schönen Schlägen, einen genau abgezählten Vorrat, wie ein Soldat in einer belagerten Festung, der seine Patronen zählt, daher mußte jeder einzelne Schlag exakt seine Aufgabe erfüllen.

Foremans Beine bewegten sich nun in einem unschönen Stechschritt, wie ein Pferd, das behutsam über die Steine einer mit Felsbrocken übersäten Straße hinwegtritt. Zum hundertsten Mal von einem grausamen Hieb getroffen, konterte er mit einem linken Haken, der so heftig und so schlecht gezielt war, daß er beinahe durch die Seile katapultiert wurde. Einen Augenblick waren sein Nacken und sein Rücken ungedeckt, und Ali holte bereits zum Schlag aus, brach ihn aber wieder ab, als wolle er in diesem Moment der Welt beweisen, daß er nicht daran dachte, diesen Kampf durch einen Schlag zu beflecken, der an die Hiebe erinnerte, die Foreman Norton, Roman und Frazier an den Hinterkopf versetzt hatte. Also deutete Ali den Schlag nur an, um sich sodann wieder zurückzuziehen. Zum zweitenmal in diesem Kampf hatte er Foreman zwischen sich und den Seilen gehabt und die Situation nicht ausgenutzt.

Nun, George löste sich wieder von den Seilen und verfolgte Ali wie ein Mann, der hinter einer Katze her ist. Der fehlgegangene Schlag schien ihn aufgerüttelt zu haben, anscheinend hatte er das Gefühl, ein Teil seiner Kraft sei zurückgekehrt. Und wenn er auch seine härtesten Schläge vermissen ließ, hart waren diese immerhin auch. Wieder einmal war er ein Wunder an Kraft. An den Seilen kamen Schlaghagel von ihm, in denen das Echo des Trommelfeuers der fünften Runde nachhallte. Und immer noch verspottete ihn Ali, immer noch redete er auf ihn ein. »Wehr dich!« sagte Ali. »Ich dachte, du könntest zuschlagen. Du bist schwach. Du bist verbraucht.« Nach einer Weile pfiff Foremans Atem lauter als seine Schläge. Und zum achtzehnten Mal schrien die Männer in Alis Ecke: »Raus aus den Seilen! *Knock him out!* Mach ihn fertig!« Foreman hatte das Kraftreservoir, das er von der siebten in die achte Runde hinübergerettet hatte, verbraucht. Er fuchtelte unkoordiniert mit den Fäusten, tapsig wie ein Säugling, der seine Reflexe noch nicht beherrscht.

In den letzten zwanzig Sekunden der Runde griff Ali an. Aufgrund seiner eigenen Erfahrung, jener Erfahrung, die auf zwanzig Jahren Boxen beruhte, aufgrund all dessen, was er gelernt hatte über die Frage, was zu irgendeinem Zeitpunkt im Ring möglich war und was nicht, wählte er diesen speziellen Moment und traf Foreman, in den Seilen liegend, mit einer Rechten und einer Linken, löste sich dann von den Seilen und traf ihn abermals mit einer Linken und einer Rechten. In diese letzte Rechte legte er wieder die ganze Kraft nicht nur seiner Faust, sondern auch seines Unterarms, es war ein hirnerschütternder Schlag gegen den Kopf, der Foreman vorwärtstaumeln ließ. Als er an Ali vorbeistolperte, rammte ihm dieser noch eine Rechte an den Kiefer und zog sich dann so geschickt zurück, daß Foreman nunmehr an den Seilen war. Zum erstenmal in diesem Kampf hatte er Foreman den Weg zur Ringmitte abgeschnitten. Ali erwischte ihn nun mit einer Kombination von Schlägen, die ebenso schnell kamen wie die in der ersten Runde, aber härter und unmittelbarer in der Abfolge, drei kapitale Rechte hintereinander mußte Foreman einstecken, dann eine Linke, und sekundenlang zeichnete sich auf Foremans Gesicht die Erkenntnis ab, daß er sich in Gefahr befand und sich auf die letzte Verteidigungsstellung zurückziehen mußte. Sein Gegner griff an, und hinter diesem Gegner befanden sich keine Seile mehr. Welch eine Umstellung: Die Pole seiner Existenz hatten sich verkehrt! Jetzt war er der Mann an den Seilen! Dann grub sich ein wuchtiges Geschoß in Gestalt einer mit einem Handschuh bekleideten Faust ins Zentrum von Foremans Bewußtsein, der beste Schlag dieser erregenden Nacht, der Schlag, mit dem Ali seine Karriere sicherte. Foremans Arme flogen zur Seite wie bei einem Fallschirmspringer, der sich vom Flugzeug abstößt, und in dieser gekrümmten Haltung versuchte er zur Ringmitte durchzustoßen. Und hielt die ganze Zeit den Blick auf Ali geheftet und sah ganz ohne Wut zu ihm auf, als sei Ali tatsächlich der Mensch, den er auf der Welt am besten kannte und den er an seinem Sterbebett wissen wollte. Schwindel erfaßte

George Foreman, ließ ihn taumeln. Immer noch in dieser gekrümmten Haltung, verständnislos, den Blick unentwegt auf Ali gerichtet, begann er zu stolpern, zu wanken und zu fallen, zögernd, als wehre er sich innerlich dagegen. Der Gedanke an die Weltmeisterschaft hielt sein Bewußtsein wie mit Magneten oben, während sein Körper bereits den Boden suchte. Er sank nieder wie ein 1,80 Meter großer, sechzigjähriger Butler, der eine todtraurige Nachricht erhalten hat, jawohl, er fiel tatsächlich zwei ganze Sekunden lang, etappenweise ging der Champion zu Boden, und Ali, die Fäuste zu einem letzten Schlag erhoben, dessen Notwendigkeit sich aber nicht ergab, drehte sich langsam, in engem Kreis mit ihm, begleitete ihn fürsorglich bis auf die Bretter. Der Ringrichter führte Ali in die Ecke. Dort stand er, anscheinend tief in Gedanken versunken. Jetzt zwang er seine Füße zu einem schnellen, aber zurückhaltenden Shuffle, fast eine Entschuldigung dafür, daß er es versäumt hatte, seine Beine zum Tanz aufzufordern, und sah zu, wie Foreman sich wieder aufzurichten versuchte.

Wie ein Betrunkener, der sich aus dem Bett wälzt, weil er hofft, doch noch zur Arbeit gehen zu können, rollte sich Foreman herum, begann Foreman langsam, mühselig, diesen bleischweren, gefällten Körper, den Gott ihm aus unerfindlichen Gründen gegeben hatte, emporzustemmen, und war, ob er das Zählen nun hörte oder nicht, einen Sekundenbruchteil nach dem »Aus« auf den Beinen, aber restlos erledigt, denn als Zack Clayton ihn mit einer Hand im Rücken stützte, ging er fügsam und ohne Widerstand in seine Ecke. Moore nahm ihn in Empfang. Sadler nahm ihn in Empfang. Später erfuhr man, was sie sprachen.
»Alles in Ordnung?«
»Yeah«, antwortete Foreman.
»Keine Sorge. Es ist alles vorbei.«
»Yeah.«
»Hauptsache, mit dir ist alles in Ordnung«, sagte Sadler. »Der Rest wird sich finden.«

Im Ring wurde Ali von Rachman, von Gene Kilroy, von Bundini, von einer ganzen Schar schwarzer Freunde, alter, neuer und ganz neuer, umringt, die durch die Gänge herbeigestürmt kamen, durch die Seile kletterten und auf ihn zueilten, um ihn zu berühren. Im verwunderten Ton eines benommenen Brautvaters, dem plötzlich klar wird, daß seine Tochter tatsächlich und unwiderruflich verheiratet ist, sagte Mailer zu George Plimpton:»Mein Gott, er ist wieder Champion!« Als hätte man sich jahrelang darauf gedrillt, eine so gute Nachricht gar nicht mehr zu erwarten. Oben im Ring wurde Ali ohnmächtig. Es kam so plötzlich und unerwartet, daß es beinahe niemand bemerkte. Angelo Dundee, der im Ring umherlief und den Reportern seine Begeisterung kundtat, hatte gar nicht bemerkt, was passiert war. Ebensowenig wie all die anderen lachenden Gesichter ringsum. Lediglich die acht bis zehn Männer in Alis unmittelbarer Nähe wußten, was vor sich ging. Und die Gesichter dieser acht bis zehn Männer, deren Mund sich eben noch zum Siegesjubel geöffnet hatte, erstarrten nunmehr zu Schreckensgrimassen. Innerhalb von fünf Sekunden wechselte Bundini vom Lachen zum Weinen.

Warum Ali in Ohnmacht gefallen war, wird wahrscheinlich nie jemand erfahren. Ob es eine Warnung vor übermäßigem Stolz in zukünftigen Jahren war – ein persönlicher Donnerkeil Allahs – oder ein Schwächeanfall aufgrund seines erschöpften Zustandes: Wer konnte es wissen? Vielleicht war es sogar das Aufzucken eines Reflexes, den er im Unterbewußtsein seit Monaten geschärft haben mußte – die Fähigkeit, innerhalb von Sekunden aus tiefer Bewußtlosigkeit zu erwachen. Hatte er sich verpflichtet gefühlt, diesen Reflex in dieser Nacht wenigstens einmal unter Beweis zu stellen? Auf jeden Fall war er zu sehr ein Champion, um eine Affäre daraus zu machen, und stand vor Ablauf von zehn Sekunden wieder auf den Beinen. Seine Helfer, die sich im siebenten Himmel, niedergeschmettert, zu Tode geängstigt und wieder emporgehoben gefühlt hatten, betrachteten ihn mit Mienen, die Triumph und Niederlage ausdrückten. Hier, in diesem afrikanischen Ring, standen in diesem Augenblick die lächelnde Maske der Komödie und die Trauermaske der Tragödie unmittelbar nebeneinander.

David Frost schrie laut und begeistert ins Mikrophon: »Muhammad Ali hat es geschafft! Der große Boxer hat es geschafft! Dies ist der freudigste Augenblick in der Geschichte des Boxsports. Eine unbeschreibliche Szene. Das Stadion tobt. Muhammad Ali hat gewonnen!« Und weil der Ansager vor ihm zu spät mit dem Zählen angefangen hatte und zwei Sekunden hinter dem Ringrichter zurücklag und daher erst bei acht war, als Clayton bereits zehn sagte, wirkte es auf allen angeschlossenen Bildschirmen der Welt, als sei Foreman vor dem »Aus« aufgestanden, und überall herrschte die größte Verwirrung. Wie konnte es auch anders sein? Die Medien mußten immer Verwirrung stiften. »Muhammad Ali ist Sieger durch K. o.«, verkündete David Frost guten Glaubens. »Er ist Sieger durch K. o.«

Zu Hause in Amerika schrien natürlich alle bereits, Alis Sieg sei eine Schiebung. Ja. Genau wie die »Nachtwache« und das »Selbstbildnis des Künstlers als junger Mann«.

16
Der Regen kam

Für die Reporter hatte der Kampf jetzt erst begonnen, der Kampf um den Einlaß in Alis Umkleideraum. Es sollte Normans Exklusivinterview, sein erstes, werden. Wie er hineingekommen war, konnte er später nicht rekonstruieren, aber es war irgendwie mit wiederholtem rechtzeitigem Stoßen und Drängen durch die Phalanx der vor der Tür postierten Soldaten verbunden gewesen. Man mußte schon ziemlich kräftig schieben, um ein Stück vorwärtszukommen, andererseits aber auch wieder nicht so kräftig, daß man plötzlich einen Gewehrkolben in die Rippen bekam – mit einem letzten, großen Schwung gelang es ihm, im Kielwasser eines dicken Mannes, den er nie zuvor gesehen hatte, ein Bein durch die Türöffnung zu schieben.

Drinnen im Umkleideraum versuchte man, die Tür ins Schloß zu drücken, um Ali vor der heranrollenden Woge Menschenfleisch zu schützen, daher entstand nun eine Situation, in der Norman über jeden Muskel froh war, den er in seinem Körper besaß. Als jemand hinter ihm einen Vorstoß machte und sich ebenfalls durch die Tür zwängen wollte, bestand die Spitze dieses Stoßkeils schließlich aus einzelnen Körperteilen dreier verschiedener Personen, die gleichzeitig durch die Öffnung drängten. Da er sich in der Mitte befand und die anderen beiden Körper weich waren, hatte er es relativ bequem. Aber es war ein kaum zu lösendes Patt.

Schließlich half Pat Patterson, mit einer chrombeschlagenen Pistole an der Hüfte und dem gerechten Zorn eines Polizisten, der sein Revier angegriffen sieht, die anderen hinauszuschieben, Norman dagegen hereinzuziehen. Zu seiner Verwunderung war er der einzige Reporter im Raum. Nie hat ein Mann weniger aus einem Exklusivinterview gemacht! Gewiß, er hatte monatelang

Zeit für diesen Bericht, und es würde ein halbes Jahr dauern, bis seine Arbeit endlich im Druck erschien – also bestand kaum die Notwendigkeit, innerhalb der nächsten zehn Minuten zu einem Telefon zu stürzen. Doch selbst wenn Tausende von Meilen entfernt in einer Zeitungsredaktion ein Mann gesessen und gewartet hätte, hätte er wahrscheinlich nicht mehr aus dieser Situation gemacht. Er wollte Ali keine Fragen stellen, er wollte ihm gratulieren. Es gibt schließlich nicht viele Gelegenheiten im Leben, bei denen die Neigung zur Ironie so bedingungslos kapituliert.

Ali saß, die Hände auf die Knie gestützt, auf dem Massagetisch wie ein glücklicher, aber erschöpfter Gastgeber, dessen Party ein Erfolg war. Sein Gesicht war nicht gezeichnet, nur auf einem Wangenknochen sah man eine kleine Prellung. Er hatte wohl nie besser ausgesehen. Sein Blick wirkte wie der eines Kindes.

»Ich habe von der Marmelade genascht«, schienen seine Augen zu sagen, »sie schmeckt gut.« Und in diesen Augen strahlte von tief innen ein Licht. Wirklich, er sah aus wie ein festlich erleuchtetes Schloß.

»Sie haben alles gemacht, was Sie vorausgesagt hatten.« Damit zollte ihm Norman seinen bescheidenen Tribut.

»Yeah. Es war eine gute Nacht.« Keiner erwähnte, daß er nicht getanzt hatte. Anscheinend war das die angekündigte Überraschung gewesen.

»Es war ein phantastischer Kampf«, sagte Norman.

»Die Aufzeichnungen werden Ihnen bestimmt gefallen.«

Ali holte tief Luft. »Vielleicht werden sie jetzt doch zugeben, daß ich ein Professor der Boxkunst bin.« Wieder wurde die Tür zum Umkleideraum geöffnet: Belinda kam herein. Mann und Frau sahen einander schweigend an, als sei ein lange diskutiertes Problem endlich gelöst worden. Sie küßten sich. Der Gegenstand ihrer Liebe hatte sich dieser Liebe würdig erwiesen. Er schenkte ihr ein Lächeln, das ebenso aufrichtig war wie seine Gefühle. In Alis Blick lag etwas so Zärtliches, so Belustigtes und so Gelassenes, daß er sagen zu wollen schien: »Liebling, mein Verhalten mag dir sonderbar vorkommen, und wir beide wissen, daß ich ein Verrückter bin, aber bitte, glaube mir, wenn ich dir sage, daß ich, mein Liebling, nach allen wissenschaftlichen Beweisen doch ein ernst zu nehmender Bursche bin.« (Oder sind dies nur die Worte, die Norman selbst gesprochen hätte, hätte er einen so großartigen Sieg errungen?)

Belinda machte die Runde durch den Umkleideraum, um mit allen Anwesenden Glückwünsche auszutauschen. Sie ließ es sich angelegen sein, auch zu Roy Williams zu gehen, der die ganze lange Nacht auf seinen eigenen Kampf gewartet hatte – umsonst. »Ich möchte dir für alles danken, was du für uns getan hast, Roy«, sagte sie. »Wir hätten diesen Kampf nicht gewinnen können, wenn du Ali nicht so gut vorbereitet hättest.«

»Danke«, antwortete er erfreut, »es war wirklich eine gute Nacht.«

»Es tut mir leid, daß du nicht zu deinem Kampf gekommen bist.«

»Ach«, antwortete Roy mit seiner tiefen Stimme, »Ali hat gewonnen, das ist die Hauptsache.«

Hätte Norman jetzt seinen journalistischen Verstand beisammen gehabt, wäre er in den anderen Umkleideraum hinübergegangen, aber er wollte mit Ali über den Kampf sprechen – ein praktisch unerfüllbarer Wunsch. Weitere Reporter drängten herein, um den neuen Champion zu begrüßen, und bald standen so viele Menschen um den Massagetisch herum, und Ali sprach mit so leiser Stimme, daß kein Nachschub für Normans literarische Mühlen mehr zu erwarten war. Als er sich endlich doch zum Gehen entschloß, sollte er zu seinem Verdruß feststellen, daß George Foreman seinen Umkleideraum schon verlassen hatte, ärgerlich, denn Foreman hatte einiges zu sagen. Andere Reporter, vor allem Plimpton und Bot Ottum von *Sports Illustrated*, schlossen später diese Lücke. Infolge der allgemein üblichen Großzügigkeit, die Reporter einander zuteil werden lassen, lief man nur allzu leicht Gefahr, schlechte Gewohnheiten anzunehmen und sich die Storys, gemütlich in der Badewanne sitzend, telefonisch durchgeben zu lassen. Doch selbst aus zweiter Hand hatte Foreman etwas zu sagen. Immerhin aber, welch ein Jammer, die Aura des Geschlagenen, die Foreman umgeben mußte, nicht persönlich, aus nächster Nähe, erlebt zu haben! Jede Wunde bietet ihre eigene Offenbarung.

Der Umkleideraum, den er nie sah, besaß rote Wände, und der Boxer wurde nach dem Kampf in Handtücher aus Goldlamé gewickelt. »Diesen Burschen werde ich schlagen«, hatte Ali einmal gesagt. »Ich habe ihn in Salt Lake City gesehen. Da trug er pink-orangefarbene Schuhe mit Plateausohle und hohem Absatz. Ich dagegen trage vernünftige Halbschuhe. Als ich diese Stutzerschuhe sah, sagte ich mir: ›Ich werde gewinnen.‹«

Ja, Rot und Gold für gestürzte Monarchen. Foreman lag unter Eisbeuteln. Plimpton zufolge fragte er zunächst Dick Sadler, ob er k. o. geschlagen worden sei, dann zählte er eine Weile rückwärts, hundert, neunundneunzig, achtundneunzig, um festzustellen, ob sein Kopf wieder klar war, und rief anschließend alle zwanzig Mitglieder seines Camps beim Namen. »Ich fühlte mich sicher«, sagte Foreman. »Ich hatte das sichere Gefühl, diesen Kampf restlos im Griff zu haben. Als die Leute in den Ring sprangen, war ich völlig überrascht.« Er sagte das alles mit ruhiger, gelassener Stimme. »Ich wurde ausgezählt«, sagte er, »aber ich war nicht k. o.«

Zitieren wir hier Plimptons Bericht:

»Er wiederholte, manchmal so langsam, daß es den Anschein hatte, als lese er mühsam stolpernd einen schriftlichen Text, was er nach seinen Siegen schon so häufig im Umkleideraum gesagt hatte: ›Es gibt keinen Verlierer. Kein Boxer sollte zum Sieger erklärt werden. Man sollte beiden Beifall spenden.‹

Die Reporter standen unbehaglich herum; sie wußten, schließlich würde er sich darüber klarwerden, daß sich diese großherzigen Worte, die dem Verlierer galten, zum erstenmal in seiner Laufbahn auf ihn selbst bezogen.«

Dann sprach Foreman von Ali: »Ein guter Amerikaner«, sagte er, »ein wirklicher Gentleman. Ein wundervoller Familienvater.«

Die Reporter zählten inzwischen, wie viele Kopftreffer Foreman in diesen acht Runden eingesteckt hatte.

Er redete immer noch wie ein Sieger. Die Niederlage löst oft eine vorübergehende Bewußtseinsstörung aus. Man weiß, daß es eine Realität gibt, in die man zurückkehren kann, das heißt, die Chancen stehen gut, daß sie dann wirklich noch da sein wird, aber diese Realität wirkt nicht real. Dazu ist sie zu unwirklich. Die Realität ist zu einer Theorie geworden, die einem von anderen Menschen eingehämmert wird. Sie scheint weniger natürlich zu, sein als das, was man empfindet. George Foreman empfand sich immer noch als der Champion.

Er nahm einen Eisbeutel von seinem Gesicht. »Ich möchte eine Erklärung abgeben. Heute nacht habe ich wahre Freundschaft kennengelernt«, sagte er. »Heute nacht habe ich in Bill Caplan einen wahren Freund gefunden.«

Es war derselbe Bill Caplan, der Foreman tagtäglich beim Tischtennis geschlagen hatte. Der kräftige, untersetzte Bill Caplan mit dem runden Gesicht, mit der Brille, auf den ständig mindestens hundert Reporter wütend waren, weil Foreman sich kaum zu Interviews hergab. Mit wieviel jüdischem Mitgefühl in den Augen muß Caplan Foreman nach dem Kampf angeblickt haben! Georges eigene Leute würden nicht so nett zu ihm sein. Nach den Maßstäben der Schwarzen ist eine Niederlage ebenso schlimm wie eine ansteckende Krankheit.

»Ich glaube«, sagte George, »den Schlag, der einen niederwirft, sieht man gar nicht kommen. Wahrscheinlich weiß man überhaupt nichts davon.«

Draußen vor dem Stadion drängten sich die Menschen; die Schwarzen feierten im heraufdämmernden Morgen. Es war, als hätten sie vor diesem Kampf nicht gewagt, allzu große Hoffnungen auf Ali zu setzen. Aber wie es Menschen gibt, die ihren rechtmäßigen historischen Status erst in der Stunde ihrer Ermordung erlangen, so erlangen ihn andere am Morgen ihres großen Sieges. Draußen vor dem Stadion, auf den Boulevards und in den Hintergassen Kinshasas herrschte eine überschäumende Atmosphäre der Befreiung. Menschen waren betrunken, Menschen verneigten sich voreinander, Menschen machten mit ausgebreiteten Armen Luftsprünge, die jedem Basketballspieler zur Ehre gereicht hätten. Man wurde die Straße entlanggeschwemmt. Überall Lachen und Menschen, die einander über eine Entfernung von zwei Häuserblocks zuwinkten. Bei seinem Anblick grelle Pfiffe. Ein Weißer. Der mußte für Foreman sein. Jawohl, der glückliche Geist der Revolution war wiedergekehrt, glücklich allerdings nicht ganz und gar, sagen wir lieber, der Geist der Erneuerung, und Löwen, Küchenschaben, Philosophen, alle waren sie erwacht. *Nommo* (falls wir uns erinnern) ist das Wort, und das Wort ist im Wasser, und das Leben ist in der Luft. Die feuchte Luft dieser Morgendämmerung ist erfüllt vom *ngolo* der Lebenden und vom Durst der Toten. Es ist ein unheimlicher Morgen. Unter den schweren Wolken liegt eine Dämmerung, die nicht heraufsteigen kann. Das Licht erinnert an die bleiche Farbe der Erde bei einer Sonnenfinsternis. Auf der Straße stößt Norman zufällig auf einen Freund, den er vom Spielkasino kennt, und die beiden überlegen, ob sie zu Fuß nach Hause gehen sollen, aber das sind immerhin acht Meilen oder sogar noch mehr. Endlich erwischen sie ein Taxi. Sein Freund hat es organisiert. Sein Freund hat in einem vorüberfahrenden Taxi eine Hure entdeckt, die er kennt, ruft sie herbei und bietet ihr an, das Fahrgeld zu bezahlen, wenn sie bereit ist, sie beide mitzunehmen. Es ist eine junge, hübsche Hure mit dunkler, bronzefarbener Haut, mit einem Körper, biegsam wie rankender Wein, und mit einem Busch dunkler, bronzefarbener Haare in den Achselhöhlen. In diesem Augenblick ist sie in Muhammad Ali verliebt – in diesem Augenblick möchte man nicht mit ihrem Zuhälter tauschen. In unserem Bericht wird sie nicht wieder vorkommen, und da die Afrikaner, laut unserem guten Pater Tempels, des Glaubens sind, »der Name sei nicht nur eine einfache, äußere Höflichkeitsform, sondern die wesentliche Realität des Individuums«, wollen wir die Realität, die sie sich zugelegt hat, voll zu Ehren kommen lassen und sie hier abdrucken: Marcelline.

Kurz darauf setzen sie sie vor ihrem Haus ab, einer Bruchbude mit Blechdach an einer ungepflasterten Straße voller Schlaglöcher und Ölflecken, Wasserpfützen und trockenem Laub. Marcelline war schön wie ein Filmstar.

Im »Inter-Continental« trinken alle in die endlose Morgendämmerung hinein. An der Bar und im Patio feiern die Menschen, begrüßen den neuen Morgen mit Champagner. Er trifft Jim Brown und kann es nicht lassen, ihn zu fragen: »Glauben Sie immer noch, daß der Kampf Schiebung war?« Jim Brown grinst reumütig und schüttelt den Kopf. Er freut sich über seinen Irrtum. »*Man*«, sagt er, »ich hab' mich noch nie im Leben so getäuscht.«

Einen um den anderen von Foremans Leuten traf er dort. Vielleicht besteht das Merkmal eines guten Mannes darin, daß er für eine Niederlage nur einen einzigen guten Satz hat. Henry Clark, der seine hohe Wette verloren hatte, sagte nur: »Der bessere Boxer hat gewonnen.« Doc Broadus wirkte bedrückt, aber voll Energie. »Es hat ihm gutgetan«, lautete sein Kommentar. Foremans Onkel Hayward, ein wuchtiger, alter Schwarzer mit einflußreichen Beziehungen und einem mächtigen Trommelbauch, der an die klassischen weißen Südstaatenpolitiker erinnerte, erwiderte auf den Wunsch, George möge nun nicht von allen als Niete bezeichnet werden: »Er hat es verdient.«

Elmo, dem er in der Halle begegnete, sprach kein Wort. Schließlich sagte Norman zu ihm: »George mußte gegen ihn antreten, als er in Spitzenkondition war.«

Elmo nickte stumm. Dann lächelte er. »Werd's schon verarbeiten«, sagte er. »*Oyé*.«

Archie Moore hatte ein paar Worte mehr: »Boxen, das ist wie Silben. Man lernt sie eine nach der anderen.« In seinen Augen aber stand ein gewisser Glanz. Er verhielt sich George gegenüber loyal, doch Ali war der Triumph seiner eigenen Boxtradition.

Dick Sadler verbreitete sich sehr eingehend. Falls er auch ein guter Mann war, verleiht die Niederlage einigen Männern anscheinend die Gabe der Rede. »Es lag nicht an dem, was Muhammad tat«, sagte Sadler, »sondern an dem, was George nicht tat. Er hat sich nicht bewegt. Er hat nicht hören wollen. Ich weiß nicht, was in ihn gefahren war. George läßt nie einen Gegner klammern. Muhammad hat er klammern lassen. Wir haben ihm gesagt, daß Muhammad klammern würde. George wußte schon vor dem Kampf, was Muhammad tun würde. Aber er hat sich selbst ausgeboxt. George kann den ganzen Tag lang schlagen. Wie ist es möglich, daß er sich selbst ausboxt? Ich werde verrückt! George Foreman, der große, böse Fighter, bekannt für seine Brutalität, George Foreman, der die Gegner auf den Hinterkopf schlägt, der seine Gegner schlägt, wenn sie in den Seilen hängen, der sie schlägt, wenn sie am Boden liegen, der sie in die Nieren schlägt, der harte, bösartige Fighter – George Foreman läßt Muhammad Ali klammern! Ich habe ihm gezeigt, was er tun soll. Wenn Muhammad mit den Fäusten seinen Kopf schützt, kann er nichts sehen, also, George, schlag zu, wenn er blind ist. Wenn er die Fäuste unten hat, um seinen Bauch zu schützen. Pflastere ihm eine aufs Ohr. Rück ihn dir mit der Linken zurecht, George, und dann gleich mit der Rechten hinein. Aber er wollte nicht, er konnte nicht.«

»Vielleicht ist Ali anders als die übrigen Boxer.« Norman war beinahe versucht, Sadler seine Theorie zu erläutern, nach der dies der erste große Kampf gewesen war, den man ernsthaft mit dem Schachspiel vergleichen konnte. Derartige Vergleiche aber waren gefühlsbedingte Phantasien, und dies war kaum der richtige Zeitpunkt dafür. Trotzdem! Es war gut, daß er den Mund gehalten hatte, denn Sadler bemerkte gleich darauf: »Ich weiß ebensowenig wie Sie, was ich von dem Kampf halten soll. Ich muß erst mal darüber nachdenken.«

Als ein sechsjähriges kleines Mädchen auf dem Weg zu einem sehr zeitigen Frühstück an ihnen vorbeikam, ging Sadler hin und nahm die Kleine fest in den Arm. »Bonjour, *ma petite*«, sagte er. »*Bonjour.*«

Das Gespräch beschäftigte ihn aber immer noch, denn er kam wieder zu Norman zurück und sagte:»Ich habe keine Erklärung dafür.«

Dann endlich erlöste die Regenzeit, mit zwei Wochen Verspätung und mit dem Wahnsinn so mancher afrikanischen Atmosphäre und so manchen unbekannten Stammes beladen, den stöhnenden Kongo mit den Wassern des Kosmos. Die Regenzeit brach herein, und die Sterne des afrikanischen Himmels fielen herab. In dem Wolkenbruch, in dieser langen, endlosen mondgrünen Morgendämmerung, fiel der Regen in Silberstreifen und Silberwänden, in Wasserfällen und Strömen, in Seen, die wie ein Stein von oben kamen, und mit einem Schlag, der lauter hallte als der Ausbruch eines Feuers im Wald. Es goß wie aus Eimern, ein tropischer Regen, der mitten aus dem Herzen da oben kam. Einen so schweren Regen hatte er seit dreißig Jahren nicht mehr erlebt, nicht mehr, seit er auf den Philippinen in einem kleinen Zweimannzelt gesessen hatte.

Später hörte er, welchen Schaden das Unwetter im Stadion angerichtet hatte. Das Wasser pladderte auf die Sitze, strömte durch die Gänge, ergoß sich in Urwaldkaskaden über die Treppen, schäumte durch die engen Korridore, überflutete das Fußballfeld und spülte Essensreste und den Abfall der sechzigtausend, die kurz zuvor diese Plätze innegehabt hatten, bis unter den Ring. Foremans Umkleideraum glich einem dunklen Teich, in dessen dreißig Zentimeter hoch stehendem Wasser benutzte Handtücher schwammen, gegen Ende der Sintflut gingen im Stadion Kinder auf Beutezug. Apfelsinenschalen und Eintrittskarten sammelten sich, von den Fluten zusammengetrieben, unter der Leinwand, Batterien wurden naß, Generatoren fielen aus. Die Hälfte der Telexgeräte versagten in diesem Unwetter, und der Satellit übertrug weder Bild noch Wort. Welch eine Katastrophe, wäre das Unwetter während des Kampfes losgebrochen!

Am nächsten Tag lachte Ali und beanspruchte das Verdienst am Zurückhalten des Regens für sich.

17
Eine neue Arena

An jenem nächsten Tag (das war derselbe, nur nach einer Schlaf-pause von neun bis zwölf) entschloß sich Norman beim Lunch, ein letztes Mal nach Nsele hinauszufahren und sich von Ali zu verab-schieden. Unterwegs dachte er an das Gespräch, das er vielleicht mit dem Boxer führen würde, und überlegte, ob er Ali wohl erklä-ren konnte, daß der Kampf nicht nur eine Revolution im Boxsport darstellte (dem würde Ali zweifellos zustimmen), sondern darüber hinaus im modernen Schachspiel ein getreues Gegenstück hatte.

Da Norman immer sofort bereit war, den Ehevermittler zwischen zwei großen Ideen zu spielen, und dazu neigte, gewichtige Meta-phern vorzubringen, ohne ihnen die nötige Basis zu verleihen, gab er sich in diesen Tagen Mühe, besonders vorsichtig zu sein. Ein Schriftsteller sollte an seinem Laster arbeiten. Indes, die neue Idee gefiel ihm. Beim Schach hatte man sich früher an die Taktik gehalten, vor allem erst einmal die Mitte zu besetzen, und zwar aus ganz demselben Grund wie auch beim Boxen: weil man aus dieser Position heraus zu Angriffen sowohl nach links als auch nach rechts ansetzen konnte. Später gab es allerdings eine Revo-lution im Schach, und die neuen Meister behaupteten, wenn man die Mitte allzu schnell besetze, biete diese Position nicht nur Vor-teile, sie bringe auch Nachteile. Es sei besser, die Mitte erst dann zu besetzen, wenn der Gegner gestellt sei. Bei einer solchen Stra-tegie mußte man wegen des Platzmangels jedoch sehr erfinde-risch sein. Hier war bei jedem Zug taktische Brillanz vonnöten. Und hatte Ali nicht genau die gezeigt? Man durfte jedoch mit Recht bezweifeln, daß je eine Schachpartie mit soviel Gefühl für geniales Timing gespielt worden war, wie es Ali bei seiner Beset-zung der Ringmitte bewiesen hatte.

Da Norman in seiner Jugend größte Bewunderung für die Werke von Karl Marx und Oswald Spengler hegte, hatte er eine ausgesprochene Vorliebe für deutsche Stilformen entwickelt. Vor Jahren hätte er vielleicht geschrieben: »Es bestehen profunde historische Relationen zwischen der Aufgabe des Zentrums durch Nimzowitch und Réti (mit ihrem späteren Einfluß auf die Schulen des hypermodernen dynamischen Schachspiels) und der Boxtechnik des amerikanischen Schwergewichtsmeisters Muhammad Ali, der in den Faustkampf jene modale Transposition vom Aktiven zum Passiven eingeführt hat, wie sie der techno-revolutionäre Geist der letzten Jahrzehnte des zwanzigsten Jahrhunderts erforderte, ein wesentlicher Beitrag zur Befreiung der Frau, eine Umkehrung der Polarität in etablierten Machtstrukturen, die zum technologischen und/oder mystischen Merkmal des Jahrhunderts wird«, jawohl, seinen Stil hat er inzwischen ein wenig verbessert, aber aus seiner Liebe zur afrikanischen Philosophie ist ersichtlich, daß Norman immer noch an dem Glauben festhält, die Geschichte sei ein Organismus mit einem gewissen Sinn für Stil, ein göttlicher Federstrich für jede Ära. Dies ist nicht einmal schwer zu beschreiben, es ist nur leider schwer zu sagen, ohne von den Kritikern guillotiniert zu werden (die, eine Clique von Kanzlisten, niemals über die einfache Liebe zur Vernunft – und den Durst nach frischem Blut – der Französischen Revolution hinausgelangt sind).

Genug! Wenden wir uns Ali zu. Norman spricht mit ihm natürlich nicht über Schach. Sie sind ja kaum einen Moment unter vier Augen. Und wären sie es gewesen, hätte Ali wohl kaum Interesse gezeigt. Er ist mit eigenen Ideen beschäftigt.

In Nsele gibt der neue Champion eine Pressekonferenz vor hundert afrikanischen Reportern und Medienvertretern, die ihn mit einer Förmlichkeit und Achtung behandeln, wie man sie früher wohl nur Gandhi entgegengebracht hat. Es ist drei Uhr nachmittags, keine zehn Stunden sind seit dem Sieg vergangen, er hat wahrscheinlich nicht einmal die Hälfte davon geschlafen – und

trotzdem ist seine Zunge unermüdlich, er muß sich zu fünfzig verschiedenen Themen äußern, erklärt der Presse der Dritten Welt in der kurzen Zeit, die Norman dabei ist, daß ihn »die langen Kleider eurer Frauen tiefer beeindruckten als eure Jets und euer Lumumba-Denkmal«. Gleich darauf beglückwünscht er sie dazu, ihre Namen ins Afrikanische abgeändert zu haben. »Bei seiner Investitur«, schreibt Pater Tempels, »bekommt (der Häuptling) einen (neuen) Namen … Sein ehemaliger Name darf nie mehr ausgesprochen werden, damit seine neue Lebenskraft keinen Schaden leidet.« Muhammad Ali, geboren als Cassius Clay, wußte, wovon er sprach, und er sprach von der Geburt der Völker und den Strapazen des Sieges und der Notwendigkeit von Zielen außerhalb der eigenen Eitelkeit. »All dies hat George Foreman nicht erkannt«, dozierte er. »Aber ich weiß, daß ich mit einem Sieg über George Foreman und mit der Eroberung der Welt durch meine Fäuste meinem Volk nicht die Freiheit bringe. Ich bin mir darüber klar, daß ich über all dies weit hinausgehen und mich auf weit mehr vorbereiten muß. Ich weiß«, endete Muhammad Ali, »daß ich eine neue Arena betrete.«
Großer Gott! Aufs Ganze! Er ging aufs Ganze. Und warum auch nicht, berücksichtigt man die wachsende Geschwindigkeit, mit der er die Gesamtheit dessen, was ihm gegeben war, meisterte. Norman dachte an damals, als er ihn persönlich kennenlernte, es war im Sommer 1963 an einem Spieltisch im »The Dunes«, Las Vegas, und Cassius Clay war ein hochgewachsener, magerer, nervöser junger Boxer, der noch keinen Kampf verloren, jetzt aber eine Todesangst vor Sonny Liston hatte, dem er sich bald darauf stellen sollte. Der Junge war unglücklich, weil er sich nur vage an den Namen erinnerte. »Norm Mailer, ja, ich habe von Ihnen gehört. Sie sind beim Film oder so … « – der Junge haßte Unsicherheit, und später, beim Würfeln, beschwerte sich Cassius, der keine Ahnung vom Würfeln hatte und kaum wußte, wann er gewonnen hatte, immer wieder aber jenes Glück hatte, das ihm auch in Zukunft treu bleiben sollte, beschwerte sich Cassius, als

man ihm nach einem guten Wurf Spielmarken hinschob, voller Empörung. »Was sind denn das für Dinger?« rief er laut. »Chips.«

»Geht bloß weg mit diesem Zeug«, maulte er. »Ich will Silberdollars!« Wieder einer von diesen beschränkten Bauernlümmeln aus Louisville. Und jetzt betrat er eine neue Arena. »Wer nicht den Mut besitzt, Risiken einzugehen, wird im Leben nichts erreichen«, erklärte er den Vertretern der schwarzen Medien. »Deshalb liebe und achte ich Afrika. Es ist das Land der Risiken und«, er suchte nach dem passenden Wort, »der Aufstrebenden. Die Menschen haben sich Achtung bewahrt, aber sie haben auch den Mut, neue Ideen in Angriff zu nehmen. Sie sind die Macht der Zukunft.« Mit welch einer maßlosen Angst vor der Bedeutung seiner Rolle in der Welt muß Ali angesichts seines Wissens um die eigene Ignoranz leben!

Später waren Budd Schulberg und er einige Minuten mit Ali allein, und es entspann sich ein schönes Gespräch über den Kampf. Ali hatte gerade begonnen, sich eingehender darüber auszulassen. Es machte ihm Spaß, den eigenen Kampf zu analysieren. »Wissen Sie«, sagte er, »George hat keine gute Atemtechnik.« Aber sie wurden unterbrochen. John Daly war mit einer Gruppe Freunde gekommen. Ali, der sich in bester Stimmung befand, bezauberte die Damen sogleich mit seinem Charme. »Ach«, sagte er auf eine Frage, »meine Mutter macht sich nie Sorgen um mich. Ich könnte im Ring umgebracht werden, aber Sorgen würde sie sich nicht machen. ›Meinem Baby geht's gut‹, würde sie immer nur sagen.« Er blinzelte Tom Daly zu, John Dalys Vater mit den dreihundert Kämpfen, dem er gerade erst vorgestellt worden war. Das Telefon klingelte. Es war ein Reporter aus New York, und Ali unterhielt sich mit ihm, während er vor seinen Gästen Grimassen schnitt. »Ja, ich werde mich jetzt ein paar Monate ausruhen, und ihr könnt mich als Champ betrachten und ihn als Tramp.« Lautes Gelächter bei den Leuten in seiner Umgebung. »Nein, ich habe keine Pläne. Es heißt, sie wollen mir zehn Millionen bieten«, ein offener Blick zu John Daly hinüber, »aber soweit sind wir noch nicht. Nein, das Weiße Haus werde ich nicht besuchen. Ich werde das Schwarze Haus hier besuchen und noch einmal mit dem Präsidenten von Zaire sprechen und mir meinen Hausgorilla abholen und den kleinen Joe Frazier dann mit nach Hause nehmen.« Er wartete, bis das Lachen verebbte und die nächste Frage kam. »Sie wollen wissen, ob ich glücklich darüber bin, mir den Titel in Afrika zurückgeholt zu haben, der Heimat meiner Vorfahren? Jawohl, ich bin sehr glücklich darüber, es ist ein schönes Gefühl, aber es bedeutet nicht allzuviel. Es wäre mir lieber, wenn es im Madison Square Garden geschehen wäre, denn da sind die echten Ungläubigen, da sind die wirklichen Boxexperten.«

Später, nachdem sich die Besucher verabschiedet hatten und der Abend sich über den Kongo senkte, wollte Ali einen kleinen Spaziergang machen, wurde aber von so vielen Schwarzen umringt, die draußen vor der Villa gewartet hatten, um ihn zu sehen, daß er gleich wieder umkehrte. Die rote Prellung auf seiner Wange war inzwischen abgeschwollen, und sein Gesicht war wieder ganz ungezeichnet. Der einzige Anhaltspunkt dafür, daß er einen Kampf hinter sich hatte, bestand darin, daß er sich mit besonderer Vorsicht bewegte, ungefähr wie ein Mann, der einen schweren Unfall gehabt hat und noch nicht weiß, wo sich die Schmerzen bemerkbar machen werden. Er hatte schwere Treffer in die Seite und an den oberen Rand der Nieren hinnehmen müssen. In der Stille seines Badezimmers krümmte er sich zweifellos vor Schmerzen und hatte wohl auch Blut im Urin. Das ist der Preis, den viele Boxer für einen Kampf bezahlen. Er setzte natürlich seinen Stolz darein, sich nichts anmerken zu lassen. Er fühlte sich wohl und freute sich, andere Menschen glücklich machen zu können. Deswegen blieb er an der Haustür stehen, als wolle er den wartenden Afrikanern für ihr geduldiges Ausharren eine Entschädigung bieten, und rief laut: »Ich kann jeden schlagen. Schickt mir euren besten Mann, und ich werde mit ihm boxen.«

Die mageren Schwarzen kicherten. Diejenigen, die ein bißchen Englisch verstanden, kicherten sofort, die anderen nahmen das Lachen auf, als man ihnen seine Worte übersetzte.

»Aber schickt mir nur den besten«, rief Ali ihnen wieder zu. Ein zwölfjähriger Junge kam nach vorn und begann anderthalb Meter von ihm entfernt schattenzuboxen. »Du glaubst wohl, daß du gegen mich eine Chance hast, wie?« fragte Ali. »Da irrst du dich aber gewaltig, du steckst ganz schön in der Klemme.« Er sparrte mit dem Zwölfjährigen, der recht flink war und ein bißchen vom Boxen verstand, und dann ging Ali langsam in die Knie und rief: »Jetzt stecke ich in der Klemme. Er ist zu gut für mich.« Alles brüllte vor Vergnügen. Ali stand auf und sagte zu dem Jungen: »Heute hast du mich geschafft, aber ich warne dich! Ich werde nach Hause gehen und fleißig trainieren, und dann komme ich wieder und mache dich fertig.« Er winkte der Menge noch einmal zu und verschwand im Haus.

Wieder einmal war es Zeit zu gehen, Lebewohl zu sagen und sich für den Abflug aus Afrika vorzubereiten. Norman verabschiedete sich von Ali und Belinda und warf noch einen letzten Blick auf Ali zurück, der ausgestreckt, die nackten Füße auf dem Rauchtischchen, auf dem grünen Kordsofa lag, während Belinda ihm gegenübersaß und ihm kichernd die nackten Sohlen seiner weltberühmten flinken Füße mit einem kleinen Rückenkratzer aus Elfenbein kitzelte. Adieu, Ali!

Unterwegs, auf der letzten Rückfahrt ins Hotel, kam Norman immer wieder an Gruppen Jugendlicher vorbei, die am Straßenrand Lauftraining betrieben. Er wußte nicht, ob es sich um ein nagelneues Phänomen handelte, aber die dunkle Straße war von zahllosen jungen schwarzen Trimm-dich-Läufern bevölkert, und einmal hätte er fast einige angefahren, so plötzlich tauchten sie im Scheinwerferlicht auf. In jener Nacht, als er mit Ali gelaufen war – war es fünf Nächte her? –, hatte Ali anschließend gesagt: »Es wird für Sie eine wunderbare Erinnerung sein, den Champion einige Tage vor dem Kampf beim Lauftraining begleitet zu haben.« Damals hatte er das für eine äußerst gewagte Bemerkung gehalten, nun aber mußte er allmählich einsehen, daß Ali wahrscheinlich wieder einmal recht gehabt hatte: Schon jetzt begann Norman mit Genugtuung daran zu denken.

18
Zwangsaufenthalt in Dakar

Es wurde ein Heimflug mit Hindernissen. Das Problem ergab
sich in Dakar, wo eine Menschenmenge, in der festen Überzeugung, Muhammad Ali sei an Bord, die Runways des Flughafens
stürmte und die Maschine belagerte. Beim Abflug in Kinshasa
hatte er jedoch noch keine Ahnung davon gehabt. Sondern war
nur erleichtert gewesen. Es war nämlich das Gerücht umgegan-
gen, Ali werde die Maschine mit seinem gesamten Camp beanspruchen.

Nun war es schön, am Airline-Schalter festzustellen, daß der ge-
buchte Erster-Klasse-Platz doch noch zur Verfügung stand.
Welch ein Glück! Für den neunzehn Stunden langen Flug von
Kinshasa nach New York mit Zwischenhalt in Lagos, Accra, Mon-
rovia und Dakar in der Economy-Klasse auf dem mittleren Sitz
einer Dreierreihe eingeklemmt zu sein, mußte eins der realisti-
schen Vorgefühle auf die Qualen nach dem Tod sein, die das Leben für ihn bereithielt. Es war einer der längsten Flüge, die es auf
dieser Welt noch gab, und manchmal wohl auch einer der
schlimmsten. Trotzdem genoß Norman den Flug. In der Maschine schien ein Teil afrikanischen Lebens aus- und einzugehen, des
legalen wie des illegalen: Großwildjäger und Schmuggler, Ingenieure und Häuptlinge, schwarze Babies und ein geheimnisvoller
weißer Mann in schwarzem Anzug, weißem Hemd und schwarzer Krawatte, der in der Ersten Klasse reiste und eine schwarzle-
derne Aktentasche neben sich auf den leeren Sitz legte. Der Sitz
war ausschließlich für diese Aktentasche reserviert und der einzige freie Platz im ganzen Abteil. Welcher Passagier der Ersten
Klasse konnte unter diesen Umständen den Blick von der schwarzen Tasche losreißen? Später sollte sich herausstellen, daß ihr Be-

sitzer der Kurier eines Königs war, und als ein britischer Beamter in die Maschine kam, um ihn abzuholen, hörte man den Herrn im schwarzen Anzug in vornehmem, gebildetem Englisch sagen: »Gott sei Dank, daß Sie pünktlich sind!« Enthielt die Tasche spaltbares Material oder Staatsgeheimnisse? Waren die beiden verkleidete Gauner und ihre Beute Diamanten? Dies war der einzige Flug, den Norman kannte, der in jeder beliebigen Nacht den visuellen Nervenkitzel eines Hitchcock-Films bot.

Außerdem bot er genügend Muße zum Nachdenken. Viele Stunden zum Nachdenken und viele Stunden zum Lesen. Die Langeweile eines endlosen Flugs konnte sich aber auch ins Gegenteil verkehren, und aus Langeweile wurde Offenbarung. Auf dem Rückflug hatte er ein paar davon. Die Ereignisse der Woche sprengten den Rahmen, den er ihnen in seinen Gedanken eingeräumt hatte, und er sah ein, daß er sich nun wohl doch einem Problem stellen mußte, das er von Anfang an hatte vermeiden wollen: der Frage, was er von Ali und den Muslims halten sollte. Er hatte insgeheim auf einen Beweis dafür gehofft, daß Ali doch kein Muslim war, im Grunde seines Herzens nicht, und das war absurd. Es wurde allmählich Zeit, zu der Einsicht zu gelangen, daß die Tatsache, Black Muslim zu sein, Kern der Existenz und Zentrum der Kraft für Ali war. Was sollte man da tun? Also beschäftigte er sich mit der Abschrift einer Rede, die Louis Farrakhan, der *National Representative* des Honorable Elijah Muhammad, am 27. Mai, dem *Black Family Day,* vor einem Publikum von über einhunderttausend Schwarzen im Frühjahr dieses Jahres gehalten hatte, desselben Jahres, in dem später, im Herbst, Ali gegen Foreman antreten sollte. Er hatte sich diese Rede einmal spät abends auf einer Schallplatte angehört und war, da sie eine Stunde dauerte, anschließend sofort eingeschlafen; daher erinnerte er sich am nächsten Morgen nicht mehr genau daran, erinnerte sich an sie eher als ein überzeugendes, dynamisches Meisterstück der Rhetorik denn an ihren Inhalt. Und ließ daher eine Abschrift anfertigen.

Diese Abschrift studierte er nun, und der Text war klar. Als er ihn gelesen hatte, war er überzeugt, ein bißchen mehr über Ali erfahren zu haben.

»... alle Führer der Schwarzen, die in den letzten zehn Jahren aufgetaucht sind, mußten sterben. Aber *ein* großer Führer und *eine* große Gruppe ist nun auf der schwarzen Szene erschienen, und ganz Schwarz-Amerika kann sie sehen. Dieser Führer ... ist der Honorable Elijah Muhammad.«

Louis Farrakhan sprach von den Schwarzen als einer Familie, die für sich selbst sorgen muß. Sie müßten sich wehren gegen die Bemühungen der Weißen, sie gegeneinander aufzuhetzen, sagte er. Dann begann Louis Farrakhan einige schwarze Märtyrer aufzuzählen. Als ersten nannte er Marcus Garvey, dann Adam Clayton Powell. Vielleicht sollten wir hier einen ganzen Abschnitt seiner Rede anführen. Schwer zu lesen ist sie nicht:

»Adam Clayton Powell hat nicht behauptet, Jesus zu sein. Er hat gesagt, er sei euer Freund und wolle den Schwarzen Gutes tun. Doch als sie uns von Adam Clayton Powell getrennt hatten ... kastrierten sie ihn, während wir tatenlos danebenstanden und zusahen. Und erst nach Adam Clayton Powells Tod sagtet ihr, sagte ich, wißt ihr was, Clayton Powell war wirklich ein großer Mann. Wie kommt es, daß wir die Größe eines Menschen nicht erkennen, solange er noch am Leben ist? Wie kommt es, daß wir warten müssen, bis ein Mensch tot und dahingegangen ist, ehe wir erkennen, was für einen Menschen wir an ihm gehabt haben? O meine geliebten schwarzen Brüder und Schwestern, ich bitte euch an diesem Nachmittag: Denkt nach! Denkt an Huey Newton und Eldridge Cleaver. Viele von euch haben die Black-Panther-Philosophie geliebt. Ihr fandet es großartig, wenn ein junger schwarzer Bruder aufstand und das System herausforderte. Es waren wunderbare Brüder, wunderbare Männer, die alle

Schwarzen befreien wollten. Aber dann hat Whitey die Panther-Bewegung wieder einmal infiltriert, und während viele unserer Brüder und Schwestern sagten: ›Weiter so, weiter so, Baby! Weiter so!‹, saß in ihrer Mitte bereits ein Agent der Regierung der Vereinigten Staaten und plante die Vernichtung der Black Panthers. Ihr habt es erlebt, wie man Huey und Eldridge gegeneinander aufgehetzt, die Bewegung gespalten und dann zerbrochen hat! Und jetzt können sie über die Black Panthers reden, weil sie sie vernichtet haben. Jetzt können sie über CORE und SNCC reden, weil sie alles vernichtet haben. Jetzt können sie über Rap Brown reden, weil mein wunderbarer schwarzer Bruder im Gefängnis sitzt. Jetzt können sie über Stokely Carmichael reden, weil Stokely von der Bildfläche verschwunden ist. Aber, o ja, es gibt in Amerika einen Schwarzen, der in den dreißiger Jahren da war, der in den vierziger Jahren da war, der in den fünfziger Jahren da war, der in den sechziger Jahren da war, und jetzt, in den siebziger Jahren, ist Elijah Muhammad immer noch auf der Bildfläche und ist immer noch wohlauf. (Rauschender Beifall) …
Wie hat Elijah Muhammad überleben können? Was hat Elijah Muhammad befähigt, Berge von Haß und Propaganda zu überwinden? Wißt ihr noch, wie sie behaupteten, daß wir Haß lehren? Wißt ihr noch, wie sie behaupteten, wir seien gewalttätig? Wißt ihr noch, wie sie behaupteten, wir seien anti-weiß und antichristlich? Und wißt ihr noch, daß ihr nichts mit den Black Muslims zu tun haben wolltet? Wißt ihr das noch? Erinnert ihr euch an die Zeit, da ihr lieber tot sein als von einem Muslim etwas annehmen wolltet? Erinnert ihr euch? O nein, tut nicht, als könntet ihr euch nicht erinnern! Denn es ist noch gar nicht so lange her! Nur ein paar Jahre. Hier vor mir sitzen Abgesandte der Vereinten Nationen. Hier vor mir sitzen Gelehrte und Wissenschaftler, gebildete Menschen, die nie etwas mit Elijah Muhammad zu tun haben wollten! Ich frage euch, was hat diese Sinnesänderung in euch bewirkt? Was hat euch bewogen, heute nachmittag hierherzukommen? Die Tatsache, daß Elijah Muhammad seine Anhänger

sicher durch diesen Irrgarten von Verwirrung und Propaganda geführt hat. Elijah Muhammad hat in weiser Voraussicht niemals zur Waffe gegriffen. Er hat seinen Anhängern gepredigt: Nehmt nicht einmal ein Federmesser in die Hand. Er hat gesagt: Tut, was ich euch sage, und ihr werdet Erfolg haben. Elijah Muhammad hat euch die Rauschgiftnadel aus dem Arm gezogen. Elijah Muhammad hat euch die Weinflasche aus der Hand genommen. Elijah Muhammad hat uns daran gehindert, unser Geld beim Pferderennen und beim Glücksspiel zu verschleudern. Und er hat zu uns gesagt: Legt dieses Geld zusammen, Brüder. Legt dieses Geld zusammen, Schwestern. Und laßt uns konstruktive Dinge tun. So daß nun, nachdem alle anderen schwarzen Gruppen und Organisationen von den weißen Mächten durch weiße Hinterlist, durch weiße Schikane in Washington D. C. vernichtet worden sind, nur noch ein einziger Führer, nur noch eine einzige Gruppe übriggeblieben ist. Und dieser Führer und diese Gruppe repräsentieren die Hoffnung aller Schwarzen in Amerika.«

Louis Farrakhan erwähnte natürlich weder Malcolm X noch Martin Luther King. Auch die Black Muslims flickten nicht jeden Zaun. Nichtsdestoweniger – welch eine Macht war da in Schwarz-Amerika erstanden! Seit langem waren sie die größte einheitliche Macht in den Gefängnissen, also mochten sie durchaus auch zur größten zivilen Macht in den Beziehungen der Schwarzen zu Amerika aufsteigen – adieu, NAACP! Alis Gedanken beruhten vielleicht doch nicht, wie Norman so lange vermutet hatte, auf Launen und Widersprüchen, sondern auf den festen Grundsätzen einer kollektiven Idee.

Ob es eine Idee war, die sich durchsetzen und, wenn sie es tat, mehr Nutzen als Schaden bringen würde – wer konnte das absehen? Die Faktoren ließen sich gegeneinander ausspielen wie Karten beim Poker. Norman war immer noch genug Marxist, um sich zu sagen, daß die Black-Muslim-Bewegung zuerst und vor allem eine epochemachende Offensive war, durch die den

Schwarzen in Amerika eine eigene Mittelklasse geschaffen werden sollte. »Ein Schwarzer«, sagte Farrakhan, »der nur weiß, wie man Kinder macht, diese Kinder aber nicht ernähren und sichern will, ist ein Feind des Aufstiegs aller Schwarzen … Solange ihr und ich, solange wir nicht lernen, unsere Kinder so sehr zu lieben, daß wir sie mit unserem Herzblut zu schützen bereit sind, solange werden wir nicht als Menschen respektiert werden … Solange der Schwarze nicht lernt, den Mund aus der Küche des Weißen zu lassen, werden wir niemals wirklich frei sein … Wir müssen uns selbst ernähren … selbst kleiden.« Einer seiner Sätze hätte vor einhundertfünfzig Jahren als das zukünftige Credo der Bourgeoisie gelten können: »Vereinigung von Reichtum und Klugheit gebiert Macht.«

Falls in ihren Zielen durch das Establishment unterstützt, würden die Black Muslims den Schwarzen einen gerechten Anteil an den Errungenschaften der weißen Mittelklasse sichern, die weiße Auffassung von Ordnung inbegriffen. In Unvereinbarkeit dazu stand die Möglichkeit, daß sich die Muslims nolens volens eines Tages als revolutionäre Avantgarde wiederfinden würden. Vor allem, wenn man sie zurückwies. Außerdem war ihre Bewegung keineswegs gänzlich frei von der einen oder anderen komplizierten Bindung an die arabische Welt. Welch ein unberechenbarer Topf! Kein Szenarium könnte so surrealistisch sein, daß es sich darinnen nicht zusammenbraute. Stellen wir uns vor, wie Ali dem Nahen Osten Frieden bringt: »Meine lieben arabischen Kollegen, meine alten jüdischen Freunde«, hören wir Ali sagen. Schwarzer Kissinger.

Nein, Norman wurde von der beunruhigenden Ahnung gequält, daß die Bewunderung, die er für Ali hegte, früher oder später in jenen Respekt umschlagen würde, den man einem mächtigen und überzeugten Gegner zollt. Kein Knick war zu scharf für die Haken, die die Geschichte schlug, keine Dimension zu klein für das zukünftige Wachstum Muhammad Alis. Schließlich hatten sie ihm einen gewichtigen Namen gegeben. Der ursprüngliche

Ali war der Adoptivsohn des Propheten Muhammad gewesen. Und nun konnte es sein, daß ein moderner Muhammad Ali Führer seines Volkes wurde. Es war gut für Muhammad Ali, daß er an Prädestination und Unterwerfung unter den Willen Gottes glaubte.

Normans Gedanken waren zu allgemein und er selbst bis obenhin voll von Champagner, Trübsal, angenehmen Erinnerungen und Schlafmangel. Er schlief. An seine Träume erinnerte er sich nicht. Später erwachte er von der »Meine Maschine ist mein Reich«-Südstaatenstimme des Piloten, der über die Sprechanlage verkündete, seine Pan-Am-Passagiere könnten beruhigt sein, es gebe keinerlei Schwierigkeiten in Dakar, für alle Fälle aber, »nämlich, ich weiß nicht, wieso die darauf kommen, in Kinshasa war es nur ein Gerücht, aber die guten Leute in Dakar sind überzeugt, daß der Schwergewichtschampion hier an Bord ist, und sie wollen Muhammad Ali sehen, deshalb warten ungefähr zweitausend von ihnen dort am Flughafen. In Dakar ist es jetzt ein Uhr nachts, aber die Leute sind überzeugt, daß er in dieser Maschine ist. Wir werden auf einem der hinteren Runways landen, dort können wir dann vielleicht die Passagiere, die hier von Bord gehen wollen, und die neu zusteigenden Passagiere mit dem Flughafenbus befördern lassen. Wie dem auch sei, wir bedauern die Verzögerung.«

Doch als sie an der geheimen Stelle ganz hinten am Ende des Flughafens landeten, war das Geheimnis bereits entdeckt worden. Schon als sie noch ausrollten, kamen ihnen Hunderte von Menschen entgegengelaufen. Der Pilot schaltete die Lichter aus, gab Gas, und die Maschine rollte quer über den Platz zu einem anderen Runway hinüber. Andere Menschen kamen ihnen entgegengelaufen. Der Pilot stellte die Triebwerke ab. »Leute«, erklärte er, »wir haben Anweisung, ein bißchen zu warten. Also werden wir eine Weile hierbleiben. Es ist absolut alles in Ordnung.« Binnen kurzem war die Maschine eingekreist. Eine höchst seltsame Situation. Immer wieder schoben sich Polizeiautos mit rotem

Blinklicht auf dem Dach und Polizeiautos mit blauem Blinklicht auf dem Dach langsam in die Menschenmenge, so daß unter den Flügeln der Maschine rot-blaue, S-förmige und spiralförmige Lichtmuster kreisten, und dann kamen Löschwagen der Feuerwehr und bespritzten die Menge mit ihren Schläuchen. Aber die Maschine wurde naß. An den Fenstern rannen Tropfen herab. Hier auf dem Boden und bei überdies geschlossenen Türen stieg die Hitze in der Kabine enorm. Die Polizeiautos gaben auf. Die Maschine am Ende eines Runways war von etwa tausend Menschen umlagert, und jeder Scheinwerfer des Flughafens war auf sie gerichtet. Jetzt konnte die Maschine ihre Triebwerke nicht mehr starten, ohne einen Teil der Bevölkerung von Dakar zu kremieren.

Immer mehr Menschen kamen aus dem Flughafengebäude auf die Maschine zu, strömten über die weite Asphaltfläche des Rollfelds. Lautsprecherwagen fuhren auf, suchten sich Gehör zu verschaffen, fuhren wieder ab. Jetzt traf ein Flughafenbus ein, hielt und wartete. Draußen kursierten Gerüchte in der Menge. Einzelne Personen lösten sich aus dem Pulk und liefen davon, wenn Polizeiautos ihren Motor starteten. Hin und wieder bewegte sich die Menge wie ein riesiger Elefant im Schlaf, einige Meter nach der einen oder der anderen Richtung, als sei ihr eines der umlaufenden Gerüchte in die Beine gefahren.

»Ich glaube«, ertönte wieder die Stimme des Piloten, »wir haben einen *modus vivendi* gefunden. Die Leute da draußen glauben uns nicht, wenn wir ihnen versichern, daß Muhammad Ali nicht an Bord ist. Deswegen haben wir uns bereit erklärt, eine Delegation an Bord kommen zu lassen, die die Maschine durchsuchen wird. Die guten Leute werden niemanden belästigen, und anschließend werden wir vielleicht starten können. Übrigens werden wir nach dem Besuch der Delegation alle entsprechenden Passagiere von Bord gehen lassen und die neuen aufnehmen können.« Beifall bei den Passagieren. Die Stewardessen brachten Drinks – Sonderrationen für Notfälle.

Und dann kam die Delegation. Es war ein repräsentativer Querschnitt durch die Menge unten, Offiziere in Uniform, Flughafenbeamte, Arbeiter, eine Frau, ein Halsabschneider, etwa zwölf Schwarze in der Delegation. Sie begannen in der Economy-Klasse, schauten unter die Sitze, in die Waschräume, und als sie vorn ankamen, waren sie tief enttäuscht zu der Überlegung gekommen, daß sich der Schwergewichtschampion möglicherweise doch nicht an Bord befinde. In der Ersten Klasse packte sich Bob Goodman, ein Public-Relations-Mann für den Kampf, ein paar Kissen auf den Bauch und legte eine rote Decke darüber. »Hier hat sich Muhammad Ali versteckt«, flüsterte er der Delegation zu, und der Anblick seines rosigen, rundlichen Gesichts erheiterte die ersten beiden schwarzen Delegationsmitglieder so sehr, daß sie den Gang entlangkamen und, eine große Schau abziehend, behutsam unter die Decke spähten, ehe sie in lautes Gelächter ausbrachen.

Als sich die Delegation wieder verzogen hatte, gingen die Passagiere nach Dakar von Bord, während die neuen Passagiere nach New York zustiegen; sie alle mußten durch eine Gasse von Polizisten marschieren, die am Fuß der fahrbaren Treppe zur Kabinentür Aufstellung genommen hatten. In Abständen kam über die Lautsprecher immer wieder die Nachricht von der negativ verlaufenen Suchaktion der Delegation, und ein Teil der Wartenden brach endlich auf. Eine beträchtliche Anzahl dagegen blieb. Sie waren im Verlauf der letzten zwanzig Jahre und im Verlauf der letzten zweitausend Jahre zu oft hereingelegt worden, um einer Delegation Glauben zu schenken. Sie wußten, daß Muhammad Ali an Bord war.

Eine der Stewardessen trat auf die obere Plattform der fahrbaren Treppe hinaus und sprach die Menge auf französisch an. »Wir wären stolz, wenn wir ihn an Bord hätten«, sagte sie durch ein elektrisches Megaphon. »Wir hatten es uns sehr gewünscht. Aber er ist nicht an Bord.«

Die Menge starrte sie an. Aber die Leute rührten sich nicht. Sie war groß, dünn, mit einem durch und durch amerikanischen Gesicht, offen, klar, kräftig, eine Spur knauserig, und würde Fremde nie allzu schnell an ihrem Humor teilhaben lassen. Die Menge hörte ihr mißtrauisch zu. Sie war eine Vertreterin der Mächte unausrottbarer weißer Hinterlist. Pfiffe ertönten, aber nicht allzu viele. Schwarze Ohren spitzten sich, als sie in den Vokalen und Konsonanten ihrer französischen Worte die amerikanische Herkunft erkannten. Außerdem war sie die einzig noch vorhandene Aktrice.

Norman trat ebenfalls auf die Plattform hinaus, um etwas frische Luft zu schnappen. Da es draußen jedoch noch heißer war als in der Kabine und überdies nach altem Öl und Jetabgasen stank, blieb er nur kurz und hörte dem jungen Mädchen zu. Achselzukkend sah sie ihn an. »Es hat keinen Zweck«, sagte sie mit einem Blick auf die wartenden Gesichter unten.

»Darf ich einen Vorschlag machen?«

»Ich bitte darum.«

»Sagen Sie ihnen, ob sie es Ihnen nun abnehmen oder nicht, sie sollten doch wohl wissen, daß sich der Weltmeister Muhammad Ali niemals vor seinem eigenen Volk in einem Waschraum verstecken würde.«

»Das ist gut!« antwortete die Stewardeß. »Das könnte sie überzeugen. Was heißt Waschraum auf französisch?«

»Versuchen Sie's mal mit *lavabo*.«

»*Lavabo. Lavabo.*« Sie nahm wieder das Megaphon zur Hand und begann seinen Einfall in die Tat umzusetzen. Tapfer mühte sie sich mit ihrem Französisch. Eine Zeitlang hörte er noch zu. »*Muhammad Ali ne veut pas cacher dans la lavabo*«, sagte sie. »*Il est trop grand pour cela. Un homme trop large pour avoir peur. La champion du monde qui avait le courage de battre avec George Foreman ne cache pas dans un lavabo quand il y a opportunité pour dire bonjour à son peuple. Il vous aime. Vous êtes son peuple.*«

Nein, es schien sich nichts zu rühren. Eine Atmosphäre bleischwerer Enttäuschung hing über der Menge. Der Abend hatte so vielversprechend begonnen, und nun waren sie naß von ihrem

eigenen Schweiß und von den Wasserschläuchen der Löschwagen. Nach einer Weile kehrte Norman in die Kabine zurück.
Wenige Minuten darauf sah er, daß sich die Menge tatsächlich aufzulösen begann. Nach einer weiteren Viertelstunde kam die Stewardeß herein, die Treppe wurde davongerollt, die Tür der Maschine geschlossen, die Triebwerke gestartet. Vergnügt rief der Captain den Stewardessen über die Bordsprechanlage zu: »Auf die Plätze, Mädchen, es geht los!«

Sie rollten und hoben ab. Als sie in der Luft waren, kam die Stewardeß, die durch das Megaphon gesprochen hatte, vorbei und sagte zu ihm, sie glaube, daß seine Idee gewirkt habe. Er war darüber so erfreut, daß er sie nach ihrem Namen fragte und ihr erklärte, er sei Schriftsteller und werde diese Episode vielleicht in einer seiner Arbeiten verwenden. Sie antwortete: »Ich glaube, da muß ich den Captain erst um Erlaubnis fragen.« Kurz darauf kam sie wieder und erklärte: »Er hat nichts dagegen, daß ich es Ihnen sage. Ich heiße Gail Toes. Mrs. Richard Toes aus Schenectady, stationiert in New York. Toes wie Zehen«, fügte sie mit einem leichten Einziehen der Magenpartie hinzu, als werde ihr Ehemann nie begreifen, wie sehr eine Frau ihn lieben mußte, um diesen seinen Namen anzunehmen. Eine andere Stewardeß, die gerade vorbeikam, sagte zu ihr: »Gail, ich war sehr stolz auf dich. Dein Französisch wird immer besser.«

»Na ja, irgendwie muß man sich ja weiterbilden«, antwortete Gail Toes. Sie habe bei Flugunterbrechungen in Teilen Afrikas, die sie nicht so gut kenne, viel Zeit, erklärte sie, deswegen lerne sie Französisch.

Ein bißchen später, auf dem Flug über den Atlantik, als die Lichter aus waren und die meisten Passagiere schliefen, beteiligte sich Norman in der vorderen Kabine an einem Spiel der Stewardessen. Es war irgend etwas mit fünf Würfeln und allen möglichen Methoden, Vorteile zu erzielen, aber er war nicht sehr gut darin und verlor zum größten Vergnügen der Mädchen um mehrere tausend Punkte. Endlich legte auch er sich schlafen und schlief mehrere Stunden, ehe sie in New York landeten, und vergaß das Spiel völlig, bis es ihm einige Wochen später wieder einfiel und er jeder Stewardeß ein signiertes Exemplar von *Marilyn* schickte, mit dem Ausdruck seiner Hoffnung, sie würden seine Begabung fürs Schreiben ein wenig höher einschätzen als sein Talent zum Würfelspiel.

19
Glücklich der dreifache Verlierer

Wünschen Sie einen markanteren Schluß? Hier eine afrikanische Erzählung. Ein Stammeshäuptling lieh einem Freund Pater Tempels' ein Schaf. Eines Morgens wurde das Schaf tot aufgefunden. Ein Hund, der dem Freund gehörte, wurde ertappt, wie er es fraß. Es gab keine Beweise dafür, daß der Hund das Schaf gerissen hatte, im Gegenteil, es war augenscheinlich, daß es im Schlaf gestorben war. Trotzdem leistete der Freund, der Kapundwe hieß und selber auch Häuptling war, dem ersten Häuptling Wiedergutmachung. Das Tier hatte sich schließlich in seiner Obhut befunden. Also gab er ihm nicht nur ein Schaf zurück, sondern drei, und dazu noch hundert Francs. Diese großzügige Wiedergutmachung sollte den ersten Häuptling angemessen für das Gefühl entschädigen, daß er einen größeren Verlust erlitten hatte, als ihn ein einfaches Tier darstellte. Der Schock über die Vernichtung seines Besitzes hatte seine Lebenskraft geschädigt. »Sein friedlicher Genuß des Lebens« war »verwundet« worden. Durch die Bezahlung sollte daher sein natürliches Recht auf »Wiederherstellung des Seins« anerkannt werden. Beide Häuptlinge verstanden genau, was es mit dieser Transaktion auf sich hatte.

Wir sprechen hier vom Wertmaßstab der Gefühle. Vielleicht ist dies der einzige Wertmaßstab in dem Machtspiel zwischen denen, die leben, und denen, die tot sind.

Authentisch und entlarvend erzählt

Mailers brillant geschriebener Augenzeugenbericht über die große Anti-Vietnam-Kundgebung im Oktober 1967 in Washington. Die Demonstration erreichte ihren Höhepunkt in einem Marsch auf das Pentagon, bei dem viele, darunter auch Norman Mailer selbst, sich freiwillig verhaften ließen. Der Autor und Journalist, der als sein eigener komischer Held durch diese vier Oktobertage geht, schildert sich selbst und die Vorgänge mit entwaffnender Ehrlichkeit. Mailer sieht die USA Ende der 1960er-Jahre als ein Land am Rande des Totalitarismus — ein beinahe prophetischer Vorgriff auf die Verhältnisse im Amerika von heute.

Norman Mailer
HEERE AUS DER NACHT
448 Seiten · ISBN 978-3-7844-3557-2
Auch als E-Book erhältlich

LANGENMÜLLER

langenmueller.de

Deutsch-jüdische Geschichte grandios erzählt

1934 flieht Ludwig nach Tel Aviv. Der hebräischen Sprache kaum mächtig, arbeitet er sich vom Orangenpflücker zum Prokuristen hoch. Gerade noch rechtzeitig holt er seine Eltern und Geschwister nach Palästina und rettet damit ihr Leben. Als er 1940 die schöne Hannah trifft und die beiden heiraten, zeichnet sich eine glückliche Zukunft ab. Doch persönliche Schicksalsschläge und die politische Unsicherheit im neu gegründeten Staat Israel lassen bei Ludwig und Hannah die Sehnsucht nach der deutschen Heimat wachsen. Zusammen mit Sohn Rafael kehren sie in ein Deutschland zurück, wo die Vorurteile gegen Juden keineswegs der Vergangenheit angehören ...

Rafael Seligmann
HANNAH UND LUDWIG
400 Seiten · ISBN 978-3-7844-3569-5
Auch als E-Book erhältlich

Das Hörbuch
ISBN 978-3-8032-9238-4

LANGENMÜLLER

langenmueller.de

Mord ist auch eine Kunst

Ein Zwillingspaar wie es ungleicher nicht sein könnte: Martin und Jonas Blume empfinden seit ihrer Kindheit nur Verachtung füreinander. Jonas ist der weltläufige Kunsthändler und wohlhabende Bonvivant. Martin hingegen, Polizeibeamter im höheren Dienst, führt das eintönige Leben eines kleingeistigen Misanthropen — bis einige spektakuläre Fälle auf seinem Schreibtisch landen: ein von antiken Pfeilen durchbohrter Mann im Londoner Richmond Park, ein mit einem Säbel enthaupteter Russe in einem Hotel ganz in seiner Nähe. Keinerlei Spuren, kein Motiv, nichts! Dann, nach jahrelanger Funkstille ein Anruf seines Bruders. Plötzlich sieht er die Zusammenhänge glasklar — nur, kann er sie auch beweisen?

Konrad Bernheimer
TÖDLICHE GEMÄLDE
336 Seiten · ISBN 978-3-7844-3558-9
Auch als E-Book erhältlich

Das Hörbuch
ISBN 978-3-8032-9233-9

LANGENMÜLLER

langenmueller.de